Le Noël d'une sage-femme

*

Retrouvailles à Carey Cove

ANNIE O'NEIL

Le Noël d'une sage-femme

Traduction française de
ADELINE MAGNE

BLANCHE

HARLEQUIN

Collection : Blanche

Titre original :
CHRISTMAS WITH THE SINGLE DAD DOC

HARPERCOLLINS FRANCE
83-85, boulevard Vincent-Auriol, 75646 PARIS CEDEX 13
Service Lectrices — Tél. : 01 45 82 47 47 - www.harlequin.fr
ISBN 978-2-2804-8948-5 — ISSN 0223-5056

Composé et édité par HarperCollins France.
Imprimé en septembre 2023 par CPI Black Print (Barcelone)
en utilisant 100% d'électricité renouvelable.
Dépôt légal : octobre 2023.

MIXTE
Papier issu de sources responsables
FSC® C159065

Pour limiter l'empreinte environnementale de ses livres, HarperCollins France s'engage à n'utiliser que du papier fabriqué à partir de bois provenant de forêts gérées durablement et de manière responsable.

1

— Mon beau sapin, roi des...

Kiara Baxter recula pour pulvériser une giclée d'aérosol sur le pochoir qu'elle venait de scotcher à une vitre.

— ... forêts...

Sans cesser de chantonner, elle appliqua une douzaine de motifs, puis elle recula pour contempler son œuvre. Pas mal... à la lumière de ce matin d'automne, les fenêtres décorées de cristaux de neige avaient l'air féeriques. Bien sûr, un peu de givre et de véritables flocons auraient rendu l'effet encore plus enchanteur mais, s'il y avait une chose que Kiara ne maîtrisait pas dans sa nouvelle vie en Cornouailles, c'était la météo. Enfin, elle pouvait toujours acheter de la fausse neige. Ou alors... Mais oui ! Une machine à neige ! Après tout, c'était pour la bonne cause.

Par son expérience de sage-femme, Kiara savait à quel point des équipements spécialisés pouvaient faire toute la différence dans des soins à des tout-petits. Ventilateurs, berceaux, moniteurs d'apnée... Tous ces appareils pouvaient changer la vie de ces bébés et de leurs parents, tout comme le fait d'être soignés à la maison. Elle avait donc à cœur de mobiliser des fonds au profit d'organismes d'aide aux familles de prématurés et, pour ce faire, son choix s'était porté sur Premiers Pas, une association dont elle connaissait le travail.

Forte de ces pensées, Kiara sortit son téléphone portable et, sous l'intitulé « Décorations de Noël », elle ajouta *machine à neige*. Décidément, la liste n'en finissait pas de s'allonger. Avec un grand sourire, elle se jucha sur l'accoudoir du canapé et promena un regard autour d'elle. Pour un peu, on se serait cru la veille de Noël. Chaussettes de cadeaux, sapin, crèche, assiettes de biscuits, elle avait d'ores et déjà coché toutes les cases. Certes, on était début novembre, et au village on commençait à la regarder d'un drôle d'air. À coup sûr, ses nouveaux voisins devaient se demander si elle n'était pas légèrement toquée. Mais non, pas du tout ! Elle se sentait juste un peu seule, voilà tout. Cette débauche de décorations, c'était une manière pour elle de prendre ses marques dans sa nouvelle vie.

Son regard se perdit par la fenêtre, sur le paysage automnal de Carey Cove qui se dessinait entre les faux flocons, sous une lumière limpide. Les arbres se couvraient d'un camaïeu de rouges et de jaunes, et des bourrasques colorées commençaient à tapisser les trottoirs. Plus d'une fois, après s'être assurée que personne ne la regardait, Kiara n'avait pu résister au plaisir de sauter dans les feuilles lors de ses trajets quotidiens pour se rendre au village afin d'écumer les boutiques de l'unique grand-rue. Londres était si loin…

Londres…

À ce mot, elle avait l'impression qu'une lame glacée se plantait dans son cœur. Pour la première fois de sa vie, elle allait manquer les illuminations de Noël. Cette année, elle devrait faire une croix sur les sorties au pub avec ses amis et ses parents. Il n'y aurait pas de déambulation dans les rues animées, bras dessus, bras dessous avec son fiancé, pas de…

Stop !

Elle avait tiré un trait sur tout ça, justement. C'était ici qu'elle avait choisi de vivre : à Carey Cove, un village de carte postale à des années-lumière d'une vieille capitale surpeuplée dans laquelle il était bien trop facile de tomber amoureuse d'un chirurgien au talent fou mais à la morale douteuse.

Une sonnerie familière la tira de ses pensées : celle associée à sa mère, une chanson de Bollywood qu'elle avait l'habitude de fredonner un peu faux, de sa voix gaie qui ressemblait tellement à la sienne. À croire que, par un sixième sens maternel, elle avait deviné ses idées noires.

— Coucou, maman. Comme toujours, tu tombes à pic.

Il n'en fallut pas plus pour inquiéter sa mère.

— C'est-à-dire ? Tout va bien ? J'ai mal choisi mon moment ?

— Non, pas du tout ! Au contraire, c'est sympa de t'entendre.

Que dire ? Kiara avait vingt-huit ans, elle avait quitté le nid familial depuis des années mais, fille unique, elle était restée très proche de ses parents. Tout au long des dix derniers mois, sa mère lui avait tendu une oreille attentive et des cargaisons de mouchoirs en papier. Alors, quand Kiara avait annoncé que travailler dans un autre hôpital à Londres n'était pas la solution à ses problèmes et qu'elle désirait reconstruire sa vie ailleurs, sa mère n'avait pas hésité à lui faire part de ses réserves. Même son père, au flegme si britannique, avait émis l'objection que s'installer à cinq heures de train n'était sans doute pas la plus sage des décisions.

— Tu es sûre que ça va, ma chérie ? Il n'est pas trop tard pour revenir, tu sais.

Revenir ? Quelle horreur ! Cette simple idée glaçait le sang de Kiara.

— Non, maman. Franchement, je me plais ici. Et puis j'ai signé mon nouveau contrat à Carey House, rappelle-toi.

Elle devait même commencer le lendemain. En haut de la colline en face de chez elle, au travers des arbres dénudés, elle apercevait tout juste les cheminées de pierre dorée de l'hôpital. De là-bas, on avait une vue magnifique sur le village et sur le port. Oui, en déménageant ici, Kiara avait fait le choix d'une nouvelle expérience. Elle n'avait encore jamais vécu dans un endroit comme celui-ci, où tout le monde se connaissait par son prénom. Seulement, entre-temps, sa vie avait implosé, et elle s'était sentie obligée de démissionner de l'énorme hôpital de banlieue où elle avait travaillé pendant cinq ans. Le regret et la honte l'avaient déterminée à partir. La colère, aussi. Dans l'espoir de recommencer à zéro, elle avait tout d'abord enchaîné des vacations dans diverses maternités londoniennes. Finalement, pour cette nouvelle vie, c'était Carey Cove qu'elle avait choisi. C'était peu dire qu'elle avait hâte de prendre ses fonctions au sein de l'équipe de sages-femmes de Carey House.

— Je ne vais pas leur faire faux bond avant même d'avoir commencé. D'autant plus que les bébés Valentin ne vont pas tarder à arriver.

— Pardon ? Désolée, ma chérie, mais j'ai du mal à te suivre.

Amusée, Kiara imaginait la mine perplexe que sa mère devait afficher en cet instant.

— Allons, maman, tu sais calculer, non ? Une sortie en amoureux le 14 février, avec des fleurs, du vin et tout le tralala, ça donne quoi en novembre ?

— Un bébé !

Mme Baxter éclata de rire avant d'ajouter :

— Sérieusement, ma chérie, je tiens à m'assurer que tu gardes le moral, surtout après ce qui t'est arrivé avec...

Kiara l'interrompit avant que sa mère ait eu le temps d'évoquer l'Ex-qu'on-ne-devait-pas-nommer.

— Mais je vais bien, maman ! Puisque je te dis que j'adore cet endroit. Au fait, tu te souviens de cette collecte que j'organise au profit de Premiers Pas ?

— Oui ?

Mais, au ton de sa voix, il était clair que sa mère avait complètement oublié de quoi il était question.

— Eh bien, les décorations avancent. Mes fenêtres sont toutes couvertes de flocons.

— Comment ça ? Il fait si froid chez toi ?

Kiara se rencogna dans son fauteuil en souriant. Elle avait beau ne pas regretter son déménagement, sa mère lui manquait. Dieu merci, elles s'appelaient quotidiennement pour parler de tout et de rien, comme à présent. Au bout de quelques instants, elle raccrocha, le cœur plus léger, et fit glisser un chouchou de son poignet pour se coiffer en queue-de-cheval. D'origine indienne, sa mère lui avait légué des cheveux d'un noir de jais, mais elle tenait de son père anglais ses grands yeux d'un brun doré.

Dire que ce Noël serait le premier qu'elle passerait loin d'eux... Et pourtant elle demeurait convaincue d'avoir fait le bon choix en venant vivre ici. Elle avait eu le coup de foudre pour la région. Et pour sa gastronomie, songea-t-elle en se tapotant le ventre. Il n'y avait pas à dire, la réputation culinaire des Cornouailles n'était pas usurpée. En témoignaient les kilos qu'elle avait déjà pris depuis quinze jours qu'elle était là. Jamais elle ne s'était autant empiffrée de tartes à la confiture, de tourtes et de pâtés. À ce régime, elle n'allait pas tarder à devenir obèse. En tout cas, elle ressemblait déjà beaucoup moins à la fille maigrichonne qu'elle était seulement un mois plus tôt, fuyant Londres et une humiliation sentimentale.

Elle se leva avec brusquerie et se remit à chantonner. OK, elle était célibataire à seulement huit semaines de sa période préférée de l'année. Et il ne neigeait pas. Ou du moins, pas encore. Mis à part cela, tous les autres aspects de sa vie étaient sous contrôle. Comme pour le prouver, elle vaporisa de la neige artificielle sur un autre pochoir. S'il avait été là, Peter aurait levé les yeux au ciel devant toutes ces décorations. Preuve supplémentaire qu'elle avait eu raison de le plaquer, décréta-t-elle en enfilant un gilet rouge vif.

Elle sortit sous un petit porche en chaume, à l'avant de la maison. D'après l'agent immobilier, au printemps prochain, il allait crouler sous la glycine. Pour l'heure, toutefois, il était décoré de guirlandes lumineuses, de rameaux de pin et de rubans rouges. Comment imaginer qu'en vendant son minuscule studio londonien, juché au-dessus d'une sandwicherie, elle avait pu s'acheter cet amour de maisonnette ? Avec ses murs blanchis à la chaux, ses volets verts et son toit de chaume, son cottage n'aurait pas déparé un magazine de décoration. Des images de l'appartement de son ex lui traversèrent l'esprit. Enfin, appartement, c'était vite dit : il aurait mieux valu parler de garçonnière. Des surfaces vitrées, des poutrelles métalliques, une prépondérance de gris... Et pas le moindre élément personnel susceptible d'égayer un peu l'ensemble. Souvent, elle lui avait proposé d'agrémenter son repaire de quelques coussins ou accessoires, mais Peter lui avait toujours opposé un non catégorique. Avec le recul, elle ne comprenait que trop bien les raisons de ce refus. Enfin, tout cela, c'était du passé. À présent, elle était vraiment chez elle et elle comptait bien fêter Noël comme elle l'entendait : avec démesure.

Postée sur le trottoir, elle observa ses décorations d'un œil critique. Ce qu'elle adorait à Carey Cove, c'était que toutes les maisons disposaient d'un jardinet en façade. Autrement dit, elle pouvait s'en donner à cœur joie avec les décorations. Pour l'heure, trois cerfs enrubannés de guirlandes lumineuses « broutaient » devant le porche. Kiara hésitait encore sur le traîneau. Elle avait d'abord pensé en installer un sur la pelouse mais, à la réflexion, pourquoi pas sur le toit ? Sous réserve de trouver un collègue plus grand qu'elle (ce qui ne serait pas bien difficile) et qui accepterait de l'aider à l'accrocher (là, ce serait nettement plus compliqué). Pour le moment, ses chouchous, c'était le trio de pingouins dansants. Et pourquoi pas en acheter d'autres ? À moins qu'elle ne craque pour le Père Noël qui exécutait une petite gigue quand on appuyait sur son nez... Ah là là, tant de décisions à prendre !

Elle tapota les poches de son gilet à la recherche d'une télécommande, puis elle jeta un coup d'œil discret autour d'elle. Dieu savait pourquoi elle était aussi timide. Après tout, elle ne connaissait personne, ici. Ou du moins, pour le moment. Elle appuya sur le bouton « Marche », et les pingouins se mirent à se trémousser. Il n'en fallait pas plus pour la mettre en joie comme une gamine. Franchement, s'il y avait dans le coin de vieux ronchons qui trouvaient à redire à ce genre de fantaisies, elle était déterminée à les convertir à la magie de Noël. Au fait, elle n'avait toujours pas accroché les faux sucres d'orge à la petite clôture blanche : ils étaient censés attirer l'attention sur une boîte à dons suspendue au portail. Sans oublier les boules ornées de flocons de neige. Aurait-elle le temps de décorer les trois sapins du jardin d'ici la fin de la journée ?

Elle laissa les pingouins gigoter tandis qu'elle retournait dans la maison pour y chercher le reste des décorations. Ils lui tiendraient compagnie pendant qu'elle s'affairerait dans le jardin. Avec un peu de chance, elle rencontrerait peut-être au travail de vraies gens, capables de répondre quand on leur adressait la parole.

— Harry, pas trop vite avec ta trottinette ! Je te l'ai déjà dit, bon sang !

Lucas pressa le pas pour ne pas se laisser distancer. Ainsi qu'il s'y attendait, ce petit casse-cou avait ralenti deux secondes avant de repartir de plus belle. Et dans une montée, en plus. Malgré son inquiétude, Lucas ne put s'empêcher de rire. Il se rappelait parfaitement ce qu'il avait donné à son fils pour son petit déjeuner. Non, il n'avait pas versé de carburant pour fusée dans son bol de céréales.

— Harry, il s'appelle comment, ton jeu ? Attrape-moi si tu peux ?

Le garçonnet pila, posa un pied à terre et se tourna vers lui. Ses yeux gris, si semblables à ceux de son père, pétillaient d'une malice qui contrastait avec les boucles blondes angéliques autour d'un casque rouge vif. Il imita alors un salut militaire accompagné d'un sourire rayonnant : le même que celui de sa mère, songea Lucas avec un coup au cœur.

— Oui, papa. Sécurité avant tout.

Lucas lui rendit son sourire malgré l'émotion qui lui serrait la gorge. Sur le point de mourir, Lily lui avait fait promettre de respecter une longue liste de volontés. Il devait laisser vivre le petit sans être sans cesse sur son dos. Il ne devait pas trop le dorloter non plus. Surtout, il ne devait en aucun cas lui imposer ses propres craintes d'adulte conscient de la fragilité de la vie.

Sans oublier la pire de toutes : ne plus porter son alliance au bout d'un an. Pour celle-ci, Lucas avait triché un peu. Il avait fait comme elle avait dit, mais au bout de dix-huit mois. Pour être plus précis, il l'avait enlevée le jour où il avait lubrifié la trottinette de Harry. Dès l'instant où la bague avait glissé de son doigt, il avait compris qu'il n'était pas lié à Lily par ce bijou, mais par le cœur. Et donc, il l'avait rangée dans une boîte à souvenirs que Lily avait gardée depuis leur rencontre à l'université. Une boîte qui renfermait des reliques de leur vie de couple. Les premiers tickets de cinéma... Les premiers billets d'avion... Le test de grossesse... Et désormais la première alliance, et sûrement la dernière.

Lucas rattrapa son fils à petites foulées, encombré par l'anorak de Harry, son sac à dos, la musette du repas. Puis il fit glisser son chargement sur un bras pour serrer l'enfant contre lui.

— Exactement, mon grand : sécurité avant tout.

Il lui donna une tape affectueuse sur le casque et lui répéta une énième fois de ne pas aller trop loin ni trop vite, puis ils se remirent en chemin vers la crèche. Lucas réprima un autre rappel à l'ordre lorsque Harry se mit en tête d'attraper des feuilles emportées par un coup de vent. Le petit n'avait que trois ans, bon sang ! Il ne pouvait pas l'empêcher de vivre. Qu'il le veuille ou non, la vie n'offrait aucune garantie. Mais justement, c'était pour cela qu'on avait inventé les pansements, les genouillères, les casques... C'était aussi à cela que servait la médecine. Oui, mais aucun de ces garde-fous n'était infaillible. Il en avait fait l'amère expérience, comme médecin et surtout comme mari. Lily et lui n'avaient-ils pas été convaincus qu'elle guérirait de son cancer ?

— Harry ! Pas trop loin, j'ai dit.

— Mais je suis pas trop loin, papa ! Je vois même les poils sur ton menton-ton-ton.

— Dis donc ! Je me suis rasé, ce matin.

Saisi d'un doute, Lucas se passa une main sur la joue. Et zut ! En effet, il ne s'était pas rasé. Mais une ombre de barbe, c'était plutôt branché, non ? Oh ! et puis, quelle importance ? Son apparence physique n'était pas une priorité pour lui, mais son fils, si. De même que leur petite vie à tous les deux. Sans oublier son boulot, bien sûr. Depuis qu'ils avaient quitté Penzance pour s'installer à Carey Cove, Lucas avait fini par adopter une routine qui fonctionnait plutôt bien, d'habitude. Il se levait en premier, se douchait, puis réveillait le petit. La tenue pour la crèche était toujours prête à l'avance, de même que la table du petit déjeuner. Qu'est-ce qui n'avait pas marché, ce matin ? Ah, oui, ils avaient eu un accident de chaussettes : pas moyen de trouver une paire assortie. Si un tout petit problème de ce genre avait suffi à faire dérailler son train-train, qu'arriverait-il en cas de gros pépin ?

Ne sois pas trop dur avec toi... Cela aussi, c'était un conseil de Lily. D'ailleurs, s'il voulait bien l'admettre, son dernier accident de rasage remontait à plus d'un an.

— Papa, regarde !

Harry pointait le doigt vers la maison au bout du chemin, celle qu'on appelait le « Cottage du gui ». Lucas ignorait qui y habitait, mais ce devait être un fana de Noël à en juger par la profusion de décorations. Et on était seulement début novembre ! Lucas, lui, n'était nullement pressé d'arriver à cette date. Il n'aimait pas Noël, voilà tout. Non parce que Lily avait raffolé de cette fête, ni parce qu'elle était morte à cette période : elle les avait quittés au milieu du plus beau printemps qu'il ait jamais vu. Simplement, Noël était un événement familial, et un membre essentiel de leur famille ne serait plus jamais des leurs. Alors, bien sûr, Lucas allait faire en sorte que son fils passe un bon moment mais, en ce qui le concernait, il lui était impossible d'éprouver le moindre enthousiasme.

Par bonheur, certains au village étaient moins blasés que lui. À commencer par le nouvel occupant du Cottage du gui. Le panneau « À vendre » avait été enlevé depuis un moment déjà, mais cela faisait seulement deux semaines que les premières décorations avaient surgi. D'abord, une petite maison du Père Noël, puis deux ou trois couronnes d'épineux, des guirlandes et des suspensions lumineuses. Tous les jours, des éléments nouveaux faisaient leur apparition. Aujourd'hui, par exemple, c'étaient des...

— Des pingouins ! Super !

Au moins, Harry était content. Mais quand même, des pingouins dansants... Et puis quoi, encore ? Des ours polaires en tutu ? Lucas n'eut pas le loisir de s'appesantir sur ces réflexions. Déjà, Harry poussait sa trottinette de toutes ses forces, comme s'il était poursuivi par une horde de démons. Lucas allongea le pas, le regard concentré sur son fils, mais un détail dans sa vision périphérique attira son attention. Une femme venait de sortir du Cottage du gui, les bras chargés d'une caisse. À cette distance, il ne vit pas grand-chose d'elle, si ce n'est qu'elle était menue et brune.

Soudain, il y eut un bruit de chute, un cri de douleur, et Lucas entendit son sang cogner à ses oreilles. Et voilà ! Ce qui devait arriver était arrivé. Lucas avait quitté son fils des yeux juste un millième de seconde, et bingo ! Harry était tombé pile à cet instant. Lucas se mit à courir. Pour ne rien arranger, le petit était dissimulé par une haie qui bordait le cottage. En revanche, Lucas vit la femme lâcher sa boîte pour se précipiter vers Harry. Arrivé à la hauteur du cottage, il n'entendit pas de pleurs, mais des voix : celles de son fils et de cette femme. Puis des rires... Harry ne s'était pas relevé et, même s'il s'était bel et bien écorché le genou, il avait l'air de s'en moquer complètement. Normalement, il aurait hurlé, braillé. Là, surprise : il échangeait des politesses avec l'inconnue. Accroupie à côté de lui, le visage dissimulé par un lourd rideau de cheveux noirs, elle lui serrait la main avec cordialité.

— Enchantée de faire ta connaissance, Harry. C'est un plaisir de rencontrer quelqu'un qui aime Noël autant que moi. Bon, une grosse décision s'impose. Tu veux un pansement avec un motif de Père Noël ou bien des lutins ?

— Des lutins !

Harry tapa dans ses mains, ravi, et la femme émit un petit rire cristallin.

— Je reviens tout de suite, dit-elle en se relevant. J'en profite pour prendre de quoi nettoyer les taches d'herbe sur tes genoux.

Lucas sourit, touché par sa gentillesse.

— Je suis absolument désolé. Harry raffole de tout ce qui...

Il ne termina pas sa phrase. La femme venait de tourner les yeux vers lui, et soudain ce qu'il avait eu l'intention de dire lui sortit complètement de l'esprit. Il n'avait jamais rencontré cette femme, mais face à elle il avait l'impression que son corps tout entier était soudain connecté à une réalité qu'il avait attendue sans le savoir. Chaque cellule de son être semblait chargée d'une énergie profonde, viscérale. En l'espace d'une seconde, Lucas détailla ses yeux bruns comme de l'ambre, ses lèvres d'un rouge profond, sa peau veloutée et son teint éclatant, presque lustré… L'inconnue cligna les paupières une fois, deux fois. Puis, comme si l'instant n'avait existé que dans l'imagination de Lucas, elle reporta son attention sur Harry. Elle l'aida à se relever, l'épousseta, le guida jusqu'aux marches d'un porche richement décoré, puis elle le fit asseoir en lui demandant de compter les secondes jusqu'à son retour.

— Un… deux… trois, commença-t-elle avec lui.

Elle s'éclipsa pour revenir au moment où Harry commençait à buter sur ses onze et douze. Sans un regard pour Lucas, elle lui tourna le dos et s'accroupit devant le garçonnet pour lui désinfecter le genou.

— Attention, ça va piquer un peu…

Lucas se sentit bizarrement pris de court. Il tenta une amorce maladroite de conversation.

— Vous n'y allez pas de main morte pour la décoration. Vous aimez Noël, on dirait ?

— Je le fais pour une association caritative, Premiers Pas. Vous connaissez ?

— Moi, j'aime Noël, dit Harry.

Lucas ne voyait pas le visage de la jeune femme, mais il entendit son sourire dans la réponse qu'elle fit à Harry.

— C'est un moment spécial, n'est-ce pas ?

— Oui ! C'est quand le Père Noël arrive.

— Et qui n'aime pas le Père Noël, hein ? enchaîna Lucas.

Il avait fallu qu'il mette son grain de sel… Mais, à sa décharge, il se sentait mis de côté comme un imbécile. Ou du moins, hors de son élément. Noël, ce n'était pas son truc, désolé. Bien sûr, il tenait à ce que Harry passe de belles fêtes, mais… Il se força à sourire sans conviction, et la jeune femme le gratifia d'un bref regard dédaigneux, le même qu'elle aurait eu pour une mouche sonore qui ne méritait pas son attention. Comme quoi, cette connexion spéciale qu'il pensait avoir ressentie n'avait dû exister que dans son imagination. Un courant avait peut-être circulé entre eux mais, si électricité il y avait, elle n'était pas de celles qui mènent à des dîners en amoureux et à des...

Ouh là... Décidément, il n'avait pas les idées d'aplomb, ce matin. Sa vie tournait essentiellement autour de son fils et elle consistait à veiller à son bonheur et à sa santé. Point final.

— Papa ?

Harry le regardait d'un drôle d'air. Sans doute se demandait-il si son père ne devenait pas un peu toqué.

— Bien ! dit la femme en se levant.

D'un geste sec, elle referma une trousse médicale d'allure professionnelle.

— Te voilà réparé, jeune homme.

— Dis merci à la gentille, euh...

Lucas laissa sa phrase en suspens dans l'espoir que l'inconnue lui donnerait son nom, mais il en fut pour ses frais.

— Merci !

Harry contemplait la jeune femme d'un air rayonnant qui lui valut un sourire chaleureux et un petit sucre d'orge « pour plus tard ».

— Passe une bonne journée, ajouta-t-elle, les yeux sur Harry.

Puis, sans adresser ne serait-ce qu'un regard à Lucas, elle pivota sur ses talons et disparut chez elle, laissant flotter derrière elle un parfum de mystère.

2

Pour son premier jour de travail, Kiara avait eu la main un peu lourde sur le mascara… Ça irait très bien comme ça, songea-t-elle en tirant sur le chouchou qu'elle portait autour du poignet. Avec des gestes mécaniques, elle attacha ses cheveux haut sur la tête et les empoigna pour tirer sur sa queue-de-cheval. Elle repensa alors à la scène de la veille, quand ce pauvre petit garçon était tombé juste devant chez elle.

Tout était arrivé en un clin d'œil. Sans qu'elle sache trop comment, tandis qu'elle sortait de chez elle les bras chargés de décorations, sa coiffure s'était accrochée à une branche, et son nœud avait glissé. Alors, elle avait vu le petit et elle s'était précipitée vers lui. Et puis elle avait redressé la tête et avait failli tomber en pâmoison devant le père. Des yeux magnifiques, des cheveux châtain clair, une coupe courte et soignée, avec autour des oreilles et du cou des frisottis qui rappelaient les jolies boucles souples de son fils. Il était grand, mais juste ce qu'il fallait : dans les un mètre quatre-vingts. Ni trop petit ni tellement grand qu'elle serait obligée de grimper sur un marchepied pour l'embrasser.

Mais il était papa, ce qui voulait dire qu'il y avait une maman dans les parages. Bref, il n'était pas libre. Après ses déboires de l'année précédente, elle aurait dû arriver à cette conclusion beaucoup plus rapidement. Pour ne rien arranger, en plus d'être sexy, il avait un air tourmenté, des ombres sous ses yeux ourlés de longs cils noirs qui faisaient vibrer en elle une corde sensible. Cet homme devait être en proie à des troubles intérieurs.

Mais, quoi qu'il en soit, cela ne la regardait pas. Elle s'était déjà fait prendre une fois à ce jeu-là. Elle ne savait que trop bien ce qu'il adviendrait si elle succombait à nouveau à un pauvre sourire de chien battu. Elle connaissait la chanson.

Si tu savais comme je suis seul. Je n'ai personne. Tous les jours, je sauve des enfants grâce à mes talents de chirurgien, et tout ça pour quoi ? Pour me retrouver sans personne à la fin de la journée, dans un grand appartement vide... Un lit vide...

Bla-bla-bla... Kiara leva les yeux au ciel. Heureusement, tout cela, c'était fini. Elle avait tourné la page, bu son chagrin, bu sa honte. Aujourd'hui était le premier jour du reste de sa vie professionnelle. Et, quoi qu'il arrive, ce serait une belle vie.

Rien de tel qu'une petite marche dans l'air vif du matin pour stimuler les endorphines. La brise fraîche qui venait de la mer, les arbres flamboyant de couleurs vives, tout cela lui annonçait un avenir neuf et radieux. Elle repartait de zéro, avec un nouveau boulot dans un charmant village, dans un recoin d'Angleterre qui lui était totalement inconnu... Et une rencontre fortuite avec un adorable bambin et son beau gosse de père n'allait pas la faire bouger d'un iota de sa trajectoire.

Arrivée au bout de l'allée gravillonnée qui menait à Carey House, Kiara s'arrêta et promena un regard autour d'elle. Elle n'aurait pu imaginer meilleur endroit pour reconstruire sa vie. La maternité possédait une unité obstétrique, mais l'essentiel des naissances concernait des grossesses sans problème. Autrement dit, elle allait aider des femmes à mettre au monde des enfants en bonne santé dans un hôpital avec vue sur la mer et sur un village de carte postale en contrebas. Le rêve...

Kiara se remit à marcher d'un pas vif, presque sautillant, et entra avec résolution. La réceptionniste bavardait avec une personne qui se situait hors du champ de vision de Kiara, dans la salle d'attente du généraliste. Au son de la porte qui s'ouvrait, elle se tourna vers Kiara et sourit.

— Vous aurez besoin de Nya. Juste une minute, je vais vous l'appeler.

Elle salua Kiara d'un geste léger des doigts, puis dressa un index pour lui signifier de patienter un petit instant. Kiara sourit. Elle avait rencontré Hazel Collins lors de son entretien d'embauche, et sa première impression avait été celle d'une femme chaleureuse et accueillante. La soixantaine enjouée, Hazel aurait pu passer pour la femme du Père Noël avec ses joues roses, son beau sourire et ses lourdes tresses de cheveux blancs enroulées sur le haut de sa tête. À l'en croire, Hazel était là depuis la création du bâtiment, mais c'était complètement faux, bien sûr. En revanche, il était fort probable que ses aïeux aient travaillé ici. Carey House était à l'origine une demeure bourgeoise qui datait de deux bons siècles, si ce n'était plus. Elle avait été reconvertie en maternité au tournant du XXe siècle, à une époque où les soins médicaux de qualité étaient relativement rares dans la région. À présent, les grossesses à risque et les complications inattendues étaient prises en charge à l'hôpital de St Isolde, à Falmouth. Mais sous la houlette de Nya Ademi, la sage-femme en chef, le service tournait à plein régime. En témoignait une grande affiche remplie des frimousses de bébés nés ici.

En attendant le retour de Hazel, Kiara se perdit dans la contemplation des minois aux yeux clos. Elle entendit alors des bruits de pas qui s'approchaient d'elle.

— Ils sont adorables, non ? dit-elle sans se retourner.

— Je ne vous le fais pas dire.

Kiara se figea. Ce n'était pas Hazel qui lui avait répondu, mais une voix masculine profonde et chaude comme du velours. Elle se retourna brusquement pour se retrouver nez à nez... enfin, nez à torse avec le papa sexy de la veille. Stupéfaite, elle inspira convulsivement... Une bouffée d'un parfum délicieux de pain frais et de muscade envahit alors ses narines. Sapristi, quelle odeur enivrante ! Kiara sentit ses genoux flageoler, et sa langue se changea en plomb. Mais ce n'était pas plus mal, car la première phrase qui lui vint en tête fut : *J'aimerais grimper sur toi comme sur un arbre.* Allez donc savoir ce que cela voulait dire...

Kiara se rendit compte qu'elle se penchait vers lui pour respirer à nouveau la fragrance qui émanait de lui et elle se redressa vivement, le cœur battant à tout rompre. Non seulement il sentait bon mais, vu de près, il était carrément irrésistible. Il s'était rasé, aujourd'hui. D'ailleurs, c'est au moment où elle vit ses joues lisses qu'elle se souvint du début de barbe qu'il avait arboré la veille. Qu'est-ce que cela lui ferait de caresser cette barbe du bout des doigts ? Était-elle douce, rugueuse ?

Kiara leva alors les yeux : grosse erreur ! Il avait des iris d'un gris hypnotique, intenses comme des nuages d'orage, rendus encore plus expressifs par de longs cils sombres. S'il avait été maléfique, elle les aurait comparés aux cils d'une plante carnivore prête à l'emprisonner. Mais, confusément, elle devinait que cet homme n'était pas méchant, justement, et que ses tourments avaient été causés par la vie, sans qu'il y soit pour rien. Un peu comme pour elle, d'une certaine façon.

Elle détailla alors son nez, sa bouche... Il se mordillait la lèvre inférieure, comme si lui aussi se demandait comment reconnecter son cerveau avec son corps. Kiara fut saisie d'un frisson. À l'endroit où se trouvait son cœur, quelque chose venait d'exploser, et une chaleur dorée déferlait sur ses zones érogènes. C'était horrible ! Qu'avait-elle dans la tête, bon sang ? Elle s'était pourtant juré solennellement de ne pas céder à certaines sirènes pendant au moins un an, et même jamais dans le cas d'un homme déjà pris.

La chaleur se transforma en rage brûlante. Elle avait traversé tout le pays pour reconstruire sa vie ici, avec un nouveau travail, de nouveaux collègues, et malgré tout le mal qu'elle s'était donné pour raccommoder son cœur elle se rendait compte à présent qu'il aurait suffi d'un rien pour faire craquer ce rapiéçage. La poitrine serrée par une douleur fulgurante, elle recula d'un pas.

— Vous ? Mais qu'est-ce que vous faites ici ?

Ce qu'il faisait ici ? Alors ça, c'était la meilleure. Pour un peu, Lucas aurait éclaté de rire. Jamais personne ne lui avait témoigné une telle antipathie. Il ne pouvait pas dire qu'il aimait ça, mais... Comme il tardait à répondre, il la vit froncer les sourcils. Il se frotta le menton, perplexe. Qu'avait-il fait pour se retrouver dans une telle situation ? Il avait beau fouiller sa mémoire, personne n'avait jamais semblé aussi dégoûté de le voir. Et à deux occasions, par-dessus le marché ! Avait-il un sosie quelque part ? Un double maléfique qui aurait causé du tort à cette malheureuse jeune femme ? Pourvu que non, parce que... parce que... Bon sang, il ne savait pas pourquoi !

Simplement, il avait envie de la connaître, pour des raisons impossibles à expliquer.

Enfin, si. Mais, s'il lui révélait qu'elle avait été l'héroïne de l'un des rêves les plus érotiques qu'il ait fait depuis longtemps, nul doute qu'elle lui flanquerait sa main sur la figure, et à juste titre. Il ne connaissait même pas son nom, et savait encore moins si ses seins étaient aussi rebondis qu'ils en avaient l'air, ni si elle gémirait son nom s'il en léchait les pointes et…

— Veuillez… m'excuser, bredouilla-t-il. Vous devez me confondre avec quelqu'un.

— Pas du tout. Je vous ai très bien reconnu. Enfin, je veux dire…

À court de mots, elle ôta son chouchou et refit sa queue-de-cheval, puis elle attrapa une poignée de cheveux dans chaque main et tira dessus pour placer le nœud sur le haut de sa tête. En voyant la couette qui se balançait entre ses épaules, l'envie le démangea de la caresser. Il l'imaginait même si fort qu'il aurait juré l'avoir déjà touchée. Il pouvait presque sentir les mèches soyeuses sous ses doigts. On aurait dit un souvenir longtemps enfoui qui resurgissait. Il ferma les yeux, et contre le rideau de ses paupières apparut une image qui aurait dû le faire rougir.

Enfin, elle reprit la parole, mais d'une voix cassante qui aurait davantage convenu à une maîtresse d'école de l'ère victorienne réprimandant un garnement mal élevé.

— Je veux dire, qui êtes-vous et que faites-vous ici, à Carey House ?

Elle détourna brièvement les yeux avant qu'il réponde. Lucas en profita pour étudier son visage, en quête d'un indice, n'importe lequel, susceptible de lui expliquer les raisons de son attitude envers lui. Pourquoi lui en voulait-elle à ce point ? Mais déjà elle braquait sur lui son regard ambré, telles deux torches qui semblaient fouiller en lui. Sauf qu'à présent il était à peu près sûr d'une chose : son hostilité venait d'un sentiment de vulnérabilité. Et d'une peur, ce qui était pire. Peur de lui ? À cette idée, il sentit son cœur se serrer. Jamais, au grand jamais, il n'avait voulu inspirer de tels sentiments à quelqu'un. Était-ce à cause de Harry et de son accident ? Avait-elle… Seigneur, pourvu qu'elle n'ait pas perdu un enfant ! Lui-même avait du mal à se remettre de la mort de sa femme, mais si jamais son fils devait… Quelle horreur ! Mieux valait ne pas y penser.

— Désolé. Je me présente : Dr Lucas Wilde, généraliste à Carey House.

Du doigt, il désigna la pièce dont venait de sortir Hazel, les mains chargées de deux assiettes de biscuits.

— Les salles de naissance se trouvent là-bas.

Clouée sur place, elle cligna les yeux d'un air interdit, comme si la main qu'il lui tendait était l'offrande la plus étrange qu'on lui ait jamais faite. Aurait-elle préféré qu'il lui fasse la bise ?

— Ah, Kiara ! Je vois que tu as rencontré le Dr Wilde.

— Euh..., lâcha-t-elle avec peine.

— Allons, docteur Wilde, ne me dites pas que vous ne vous êtes pas présenté à notre nouvelle sage-femme ? Voici Kiara Baxter. Kiara, le Dr Wilde est le médecin de Carey Cove.

Hazel se mit ensuite à parler de suppléants et de spécialistes qui venaient parfois de St Isolde, mais ses paroles arrivaient aux oreilles de Lucas dans un bourdonnement confus. Il ne parvenait toujours pas à dissocier l'héroïne de son rêve sensuel de la femme qui lui faisait face à présent, tel un taureau prêt à charger.

— J'ai laissé des biscuits dans la salle des sages-femmes, dit encore Hazel. Kiara, n'hésite pas à te servir ou...

Elle s'interrompit.

— Mieux encore : prends donc cette assiette, ma petite. Tu montes en salle de repos, je suppose ? Là où se trouvent les vestiaires ? C'est là qu'on dépose nos affaires personnelles.

Kiara les regardait alternativement avec l'air de se demander s'il s'agissait d'une plaisanterie. Enfin, elle prit une assiette remplie de petits gâteaux au gingembre.

— Vous allez voir, ils valent le détour, lui dit-il en se tapotant le nez d'un air entendu.

Maintenant, c'était au tour de Hazel de le dévisager comme s'il avait des cornes sur la tête. Lucas se retint de lever les yeux au ciel. Seigneur, était-il possible de recommencer cette journée à zéro ?

Un cri déchirant les fit soudain tous sursauter. Il venait de dehors, non loin. Hazel et Kiara s'empressèrent d'abandonner les assiettes sur le bureau de la réception, puis ils se précipitèrent vers la porte. Au beau milieu de l'allée, une femme était pliée en deux par la douleur, les bras croisés sur son gros ventre. Une telle scène n'avait rien d'exceptionnel à Carey House. Souvent, dans ces cas-là, un père arrivait en courant, le teint blême et les bras chargés d'un bazar de sacs qui contenaient les affaires de la future maman.

Kiara avait devancé Lucas et elle aidait la femme à se redresser. Alors, il la reconnut. Même sans voir son visage, il savait que cette silhouette menue, ces cheveux coupés en un carré élégant ne pouvaient appartenir qu'à Marnie Richards, l'une des sages-femmes de l'hôpital. Il accourut vers elle.

— Tenez-vous à moi, très bien. Je m'appelle Kiara et je travaille comme sage-femme ici. Le travail a commencé, n'est-ce pas ?

— Sans blague ! lâcha Marnie entre deux halètements.

Loin de se vexer, Kiara rit de bon cœur. C'était un bon point pour elle. Manifestement, elle avait l'habitude de ce genre de situation et elle ne tenait pas rigueur aux parturientes de leur manque de diplomatie.

— Je viens d'envoyer un texto à Nya, ajouta Marnie. C'est elle qui a suivi ma grossesse. Avec un peu de chance, elle aura compris que je n'ai pas réussi à passer la porte.

— Je peux l'avertir en vitesse, si tu veux, lui dit Lucas. Je suis sûr que Kiara ici présente sera ravie de te... Ouille... Oh là là, une autre contraction ?

Pour toute réponse, Marnie émit un grognement de douleur. Il lui prit une main alors que Kiara lui dispensait des conseils de respiration.

— Tu as une sacrée poigne, dis donc, Marnie. L'été prochain, je t'embauche dans mon équipe de tir à la corde.

La plaisanterie eut le mérite de la faire rire.

— Attends un peu que les contractions démarrent vraiment... Oh ! ça y est ! Dépêchez-vous, vite !

— Oui, oui. Autrement, je risque d'avoir une main en compote, dit-il en regardant Kiara d'un air endolori.

Elle lui adressa un sourire timide, les joues roses, avant d'esquiver son regard. Tandis qu'ils soutenaient Marnie, pas à pas, lentement, celle-ci répondait aux questions de Kiara par de brèves phrases saccadées dans lesquelles Lucas surprit les mots « perdu les eaux », « contractions » et d'autres qui voulaient dire que le moment était venu de mettre au monde le bébé, mais formulés dans un langage fleuri.

— Marnie !

Lucas leva les yeux en direction de la voix et vit Nya Ademi qui accourait vers eux. Avec un sourire d'excuse, elle le poussa doucement pour prendre sa place.

— Vos patients doivent vous attendre, docteur Wilde...

Lucas ne s'offusqua pas d'être congédié de la sorte. Nya ne faisait qu'appliquer la déontologie en vigueur à Carey House, résumée par six attributs : compassion, considération, compétences, communication, courage et engagement. Nya pressa le bras de Marnie, qui lui broya la main sans même la faire grimacer.

— On ne t'attendait pas si tôt, dis donc... Pourquoi tu n'as pas appelé ? Il ne faudrait pas que ce bébé naisse dehors, hein ?

Marnie se figea avec un cri de douleur. Le souffle court, elle attendit que la contraction s'atténue, puis elle adressa à Nya un regard las.

— Franchement, je me fiche de l'endroit où il arrive. Ça pourrait même être en haut d'un arbre.

Kiara jeta un bref regard à Lucas, qui la considéra d'un air interrogateur. Rougissante, elle se tourna vivement vers Marnie. Qu'est-ce que cela voulait dire ? songea-t-il, interloqué. À moins que... Elle n'aurait tout de même pas fait des rêveries coquines à son sujet ? Voilà qui serait intéressant... Très intéressant même. Mais totalement hors de propos. Reportant son attention sur la situation présente, il avisa un sac de voyage à quelques mètres et courut s'en saisir.

— En haut d'un arbre ? répéta Kiara d'une voix douce. Les cigognes peuvent quand même faire un petit effort, non ? Vous serez beaucoup mieux à Carey House, avec tout l'équipement disponible.

Kiara compta à mi-voix la durée de la contraction, puis elle pointa le bras vers le bâtiment, qui ne se trouvait plus qu'à quelques mètres.

— Allez, vous y êtes presque. Dès que vous serez à l'intérieur, on va faire naître ce petit bout. Courage !

Hazel apparut alors sur le seuil.

— Docteur Wilde ? Je suis vraiment navrée, mais votre patiente de 9 heures est déjà là. Elle a l'air assez anxieuse.

— J'arrive, Hazel. Je m'assure juste que notre championne va bien.

— Ça ira, Lucas. Va t'occuper de ta... Bon sang de miettes rassies et boîtes à biscuits vides ! gémit Marnie. Personne ne m'a dit que ça ferait aussi mal !

Kiara rit à nouveau, d'un rire chaleureux qui signifiait « comme je vous comprends ». Lucas leur tint la porte ouverte, puis il posa le sac à l'intérieur et demanda qu'on amène un fauteuil roulant. Pliée par une nouvelle contraction, Marnie s'était arrêtée de marcher à seulement quelques pas de l'entrée. D'une oreille, Lucas écoutait Kiara qui lui prodiguait des conseils de respiration et de posture de sa petite voix de pinson.

— Comme vous êtes sage-femme, je pense que vous avez dû entendre deux ou trois choses sur la douleur pendant l'accouchement. En fait, j'en mettrais même ma main au feu, ajouta-t-elle d'un air malicieux.

Kiara redressa la tête au moment où Lucas les faisait entrer, et l'espace d'un instant il fut aveuglé par son sourire. C'était comme être inondé de soleil. Mais Kiara détourna vivement les yeux, comme si elle s'était aperçue qu'elle accordait son attention à la mauvaise personne. En quoi elle n'avait pas tort, se morigéna-t-il. Marnie passait en premier. Kiara enchaîna alors avec une salve de questions. Quand avaient commencé les contractions ? De combien de minutes étaient-elles espacées ? Devait-on contacter quelqu'un ?

— Faites-moi entrer, bon sang ! Sinon, il sera trop tard pour la péridurale.

Kiara échangea un regard avec Nya, qui venait d'amener un fauteuil roulant, puis avec Lucas. Ce regard était sans équivoque : Marnie allait devoir accoucher sans anesthésie. Lucas croisa à nouveau ses yeux, et cette fois-ci ils partagèrent un sentiment totalement différent. Un sentiment de confiance. Ils savaient tous les deux que, quoi qu'il arrive, Kiara avait les compétences nécessaires pour y faire face. Non qu'il en ait jamais douté, bien sûr : Carey House n'employait que les meilleurs. Malgré tout, la façon de vivre un premier jour de travail différait d'une personne à l'autre. Manifestement, Kiara était de celles qui plongent dans le grand bain tout de suite, contrairement à d'autres, qui préféraient commencer par observer. Certains insistaient pour mener les opérations, histoire de prouver d'entrée de jeu qu'ils étaient à la hauteur. Ce n'était pas le genre de Kiara, fort heureusement. Elle avait la bonne attitude : celle qui consiste à être sûre de ses aptitudes et à ne pas faire son show ni regarder les autres de haut.

— Docteur Wilde ? insista Hazel en tapotant sa montre avec l'index.

Il se pencha vers Marnie pour entrer dans son champ de vision.

— À vous trois, vous allez vous en tirer sans mes encouragements de mâle alpha ?

Marnie parvint à rire entre deux halètements.

— Je ne sais pas. Sans antidouleurs, ça risque d'être difficile.

3

Lorsque Lucas se plia à l'insistance avec laquelle Marnie affirmait qu'elle allait très bien et qu'il devait s'occuper de ses patients, Kiara ne put s'empêcher de rire. De même qu'elle ne put s'empêcher de se retourner comme une gamine pour le suivre du regard tandis qu'il disparaissait dans son bureau. À sa grande surprise, il la gratifia d'un des doux sourires dont il avait le secret. Un sourire qui s'enroula autour de son cœur comme un ruban et libéra une nuée d'oiseaux qui chantaient comme au premier jour du printemps. *Bon sang de miettes rassies*, comme aurait dit Marnie. Kiara n'avait encore jamais entendu cette expression, mais Marnie l'avait sans doute inventée de toutes pièces pour ne pas employer d'autres jurons plus fleuris. Quoi qu'il en soit, Kiara reprenait la formule à son compte. Ses deux rencontres avec Lucas avaient été de délicieuses miettes sur un chemin qui ne menait qu'à du danger. Pour elle, du moins. Oui, Lucas était irrésistible. Et, oui, le fait qu'il travaille dans le domaine médical était un réel avantage pour la sage-femme qu'elle était. Trop souvent, les hommes avec qui elle était sortie avaient eu du mal à accepter les contraintes et les horaires de son métier.

Mais lorsque leurs chemins s'étaient littéralement heurtés, la veille, ce n'était pas pour rien que des sonnettes d'alarme avaient retenti dans son esprit. Lucas était avant tout père de famille. Et qui disait papa disait maman.

La voix ferme de Nya la ramena à ses obligations professionnelles. En l'occurrence, à Marnie.

— Très bien, ma belle. Allez, viens qu'on t'aide à enlever ces couches de vêtements avant que… Ouh là, du calme, ma chérie.

Kiara, tu pourrais aider Marnie à se déshabiller ? Pendant ce temps, j'avertis la réception qu'on s'occupe d'elle.

— Pas de problème, répondit Kiara en menant Marnie vers le lit. Je peux prendre votre manteau ? Ensuite, quand vous serez assise, on passera au reste, OK ?

Marnie acquiesça en haletant.

— Oh là là... Rien n'arrive comme prévu. D'habitude, je fonctionne avec des listes, une marche à suivre précise. C'est la base de mon boulot, bon sang ! Je me disais que je maîtriserais la situation...

C'est toujours ce qu'on se dit, faillit rétorquer Kiara. Par bonheur, elle retint sa langue à temps. Marnie n'avait sans doute ni envie ni besoin d'entendre de telles choses. Et puis ce genre de remarque avait le tort de ramener Kiara vers des événements qu'elle aurait voulu laisser derrière elle. Raison de plus pour ignorer Lucas. Mais, face à lui, les sourires lui venaient aux lèvres si facilement, si naturellement ! La veille, elle n'avait pas remarqué la manière dont ses yeux pétillaient chaque fois qu'il essayait d'être drôle. Il avait une façon bien à lui de rendre sexy des blagues à papa. Preuve supplémentaire qu'elle ferait mieux de se tenir à bonne distance de lui.

Elle s'accroupit pour déchausser Marnie.

— Adossez-vous contre les oreillers pendant que je vous enlève vos bottes. Là, voilà...

— Désolée pour les lacets... Encore une fois, ce n'était pas au programme.

Kiara lui lança un sourire avant de ranger les chaussures dans un petit placard qui accueillait les effets personnels des futures mamans.

— Ce serait super si les bébés s'adaptaient à nos plans, non ?

Marnie caressa son gros ventre en riant.

— J'étais sortie me promener. J'avais les chevilles gonflées et je pensais qu'un peu d'exercice nous ferait du bien, au bébé et à moi. J'étais sur la plage quand la première contraction est arrivée, mais je l'ai confondue avec un Braxton-Hicks et je ne me suis pas inquiétée. Si j'avais su que le grand moment était arrivé, je serais restée en pantoufles ! Dieu sait pourquoi j'ai cru que je pourrais me débrouiller toute seule.

Son petit rire désabusé se termina en soupir, puis elle pointa le doigt vers son gros ventre et, un court instant, son sourire s'assombrit.

— Sans doute parce que c'est moi qui ai organisé ce scénario du début à la fin. Enfin, non, corrigea-t-elle avec chaleur, ce n'est pas un scénario… C'est une petite fille.

— Oh ?

Kiara préféra s'en tenir à une réponse polie mais neutre. L'expérience lui avait appris qu'il valait mieux laisser à la mère le soin de révéler l'histoire entourant la conception du bébé. Le conte de fées n'était pas toujours au rendez-vous. De toute façon, une autre contraction empêcha Marnie d'en dire davantage. Après l'avoir aidée à ôter ses vêtements et à enfiler une blouse, Kiara avisa la chaise vide à côté du lit et jugea le moment opportun pour poser une question incontournable.

— Vous n'en avez pas parlé tout à l'heure, mais désirez-vous que j'appelle quelqu'un en particulier ?

Les joues de Marnie rosirent.

— Non, répliqua-t-elle d'un ton cassant. Désolée, désolée… J'ai fait un bébé toute seule, par PMA. C'est vrai, je ne t'avais pas expliqué comment j'en suis arrivée à avoir l'air d'une grosse baleine échouée. Ça t'embête si je te tutoie ? On est appelées à travailler ensemble, après tout.

— Pas de problème. Si je peux t'aider en quoi que ce soit, n'hésite pas, OK ?

Kiara était sincère. Accueillir un bébé n'était jamais une mince affaire, mais il fallait un sacré courage pour se lancer dans cette aventure en solo, et elle n'allait sûrement pas juger Marnie. Après tout, à chacun son destin, et la détermination de la jeune femme était solide comme le roc. Marnie désirait un enfant et elle en avait fait un. Dans un autre registre, Kiara abordait Noël de la même manière. Certes, les situations étaient différentes, mais le résultat était identique. Elles vivaient toutes les deux selon leurs propres règles.

Tandis qu'elle reliait sa patiente aux moniteurs, Kiara garda le silence afin de laisser la parole à Marnie si elle en avait envie.

— Si ça ne t'embête pas, je vais t'examiner, dit-elle enfin. Histoire de voir un peu mieux où tu en es.

— Oui, s'il te plaît. J'aimerais bien le faire moi-même, mais avec ça c'est un peu compliqué, répondit-elle en désignant son ventre.

Kiara jeta un coup d'œil vers la porte, prête à voir apparaître Nya à tout instant.

— Je sais que tu travailles ici mais, pour une fois, Nya sera ravie que tu restes assise, les bras croisés, et que tu laisses tout le boulot aux autres.

Elles échangèrent un sourire chaleureux, et Kiara se dit qu'elle aurait plaisir à travailler avec Marnie lorsque celle-ci reviendrait de son congé maternité.

— Nya doit être retenue, dit Marnie. Si tu veux prendre le relais, vas-y.

— Tu es sûre ? C'est ta sage-femme, après tout.

Marnie laissa échapper un rire qui se termina en gémissement.

— Pas du tout. Nya m'a fait passer tous mes tests, mais sa journée s'arrête bientôt, alors... Oh !

Elle s'empoigna à nouveau le ventre avec une grimace.

— Tu peux y aller. S'il te plaît...

— Pas de problème. Mais, si tu veux que je laisse la place à Nya, tu n'as qu'à le dire, OK ?

Kiara se désinfecta les mains et enfila des gants avant de s'asseoir sur un tabouret pour procéder à un examen rapide. En pareil cas, beaucoup de patientes ne pouvaient retenir un mouvement de recul. Marnie, elle, eut un sourire rayonnant.

— Tu te rends compte ? Je vais avoir une petite fille.

— C'est vrai ! Et...

Kiara laissa sa phrase en suspens une seconde, le temps de terminer son observation.

— Manifestement, tu vas la tenir dans tes bras et choisir un joli nom d'un instant à l'autre.

— Désolée... désolée !

Nya venait d'apparaître à la porte. Un sourire se peignit sur son visage alors qu'elle se dirigeait d'un pas vif vers le distributeur de gants.

— J'ai été retenue par une dame enceinte de jumeaux, mais avec Kiara je t'avais laissée entre de bonnes mains. Vous en êtes déjà à choisir un prénom ?

Marnie hocha la tête, et ses traits se crispèrent sous l'effet d'une nouvelle contraction.

— Je n'ai... encore jamais... accouché... mais je suis sûre que...

— Le sommet de la tête apparaît ! s'écrièrent Nya et Kiara.

À la demande de Marnie, Nya lui prit la main puis, après deux ou trois minutes d'encouragements entrecoupés par des cris gutturaux, Kiara souleva un petit corps qu'elle présenta à Marnie.

— Elle est magnifique !

Au même instant, le bébé poussa un cri puissant, et elles éclatèrent de rire. Marnie se laissa retomber sur les oreillers, épuisée, tandis que Nya et Kiara nettoyaient le nouveau-né. Puis il fut déposé entre les bras tendus de Marnie afin qu'il bénéficie du contact peau à peau, tellement essentiel pour la mère et pour l'enfant.

Au grand soulagement de Kiara, il lui avait été très facile de faire équipe avec Nya. Bien qu'étant sa chef, celle-ci la traitait en égale et prenait l'initiative seulement pour se procurer tel ou tel objet que Kiara aurait été bien en peine de localiser. Elle venait à peine d'arriver, après tout, et n'avait pas encore eu le temps de se familiariser avec les lieux.

Nya se tourna vers elle avec un sourire épanoui.

— Tu commences sur les chapeaux de roues, dis donc… à peine arrivée, une naissance.

— N'est-ce pas ? Un beau bébé par une belle journée. Quelle meilleure entrée en matière ?

Elles s'occupèrent du placenta et du cordon ombilical puis, Tandis que Nya préparait une piqûre de vitamine K, Marnie tendit à contrecœur sa fille à Kiara pour les prises de poids et de mesure. Elles installèrent ensuite la mère et l'enfant dans un lit propre.

— Je comprends mieux pourquoi les nouvelles mamans versent des larmes à un moment comme celui-ci, remarqua Marnie, les yeux mouillés.

Kiara lui adressa un sourire chaleureux.

— N'est-ce pas ? Tes hormones s'en donnent à cœur joie.

Mais Marnie était seule, sans personne avec qui partager cet instant mémorable. Kiara tenta de se mettre à sa place. À sa grande surprise, dans la même situation, c'était Lucas qu'elle imaginait avec elle au lieu de Peter, son ex. Plus précisément, elle ne se figurait pas Lucas en père ému : elle pensait davantage à une présence, à cette aura calme et chaleureuse qui émanait de lui lorsqu'ils avaient découvert Marnie dans l'allée.

Marnie hocha la tête en reniflant.

— Je sais. Je suis dans ce métier depuis des années, mais c'est seulement maintenant que je le comprends vraiment. Ici, ajouta-t-elle en se tapotant la poitrine. Grâce à cette petite, je me sens complète. J'ai l'impression d'être enfin la personne que j'avais vocation à devenir depuis toujours.

Kiara sourit sans rien dire. Les paroles de Marnie avaient touché un point sensible en elle. Kiara connaissait fort bien ce sentiment de manque, mais elle savait aussi que toute tentative d'épanouissement ne pouvait émaner que de soi-même. Pour Marnie, cet accomplissement personnel était passé par une PMA. Kiara, pour sa part, avait envie de pouvoir à nouveau éprouver de la confiance et de l'amour pour un homme. Elle ne voulait pas les ranger tous dans le même panier, mais...

À nouveau, l'image de Lucas s'invita dans son esprit. Elle s'efforça de la chasser, mais impossible de s'en débarrasser. C'était complètement fou ! Elle le connaissait à peine, mais son instinct lui disait qu'elle pouvait se fier à lui. Professionnellement, s'entend. Certes, elle ressentait des papillons dans le ventre dès qu'elle le voyait, mais elle avait assez de jugeote pour se rappeler qu'il était avant tout un collègue. Dans le cadre du travail, c'était un homme qu'il était bon de côtoyer.

Cette pensée la retint. Le respect des médecins avait toujours compté énormément pour elle. Avec le recul, elle songeait même que c'était peut-être pour cela qu'elle s'était entichée de Peter. Et pourtant, un chirurgien qui faisait du gringue à une infirmière, c'était d'un banal... Malgré tout, la première fois que Peter lui avait demandé son avis, il avait hoché la tête avec l'air de ne jamais avoir reçu de réponse aussi perspicace. Elle avait eu l'impression qu'il lui poussait des ailes... Quelle idiote ! Elle aurait dû se rendre compte que ce « respect » avait été de façade. En réalité, Peter ne s'était jamais soucié de l'avis de personne à part le sien.

Dans le cas de Lucas, toutefois, le respect avait semblé sincère. Il avait sûrement dû faire naître quelques bébés au cours de sa carrière, mais il n'avait pas hésité à la laisser s'occuper de Marnie. Pas une seconde Kiara n'avait eu le sentiment qu'il doutait de ses compétences, alors même qu'il ne la connaissait absolument pas.

Mine de rien, elle lui en savait gré. D'autant plus qu'elle avait manqué de politesse avec lui, elle devait bien l'admettre. Elle avait réservé sa gentillesse pour son fils, mais avec lui, Lucas, elle avait fait preuve d'une brusquerie à la limite de la grossièreté. Du moins, jusqu'à ce qu'ils échangent ce fameux regard : celui qui lui avait réchauffé le cœur comme du chocolat chaud.

— Ça va, Kiara ? demanda soudain Marnie.

Elle secoua la tête pour évacuer de son esprit l'image de Lucas.

— Pardon. Je suis vraiment ravie que ton bébé soit le premier que j'aie mis au monde dans cette clinique.

— Sans toi et Lucas, j'accouchais dehors !

Le rire de Marnie se termina en un soupir indéchiffrable.

— Lucas est un homme adorable, ajouta-t-elle. J'en connais peu qui seraient capables d'une telle gentillesse dans sa situation.

Kiara fronça les sourcils avec perplexité.

— C'est-à-dire ? Quelle situation ?

Marnie jeta un bref regard vers la porte avant de le reporter sur Kiara.

— Ce n'est pas vraiment à moi d'en parler, mais il mérite de rencontrer quelqu'un de vraiment spécial.

Le cœur de Kiara bondit.

Quelqu'un comme moi, par exemple ?

Marnie laissa échapper un long bâillement.

— Que dirais-tu d'un peu de repos ?

Kiara tira la couverture et tapota les oreillers, incapable de dissimuler le sourire qui s'épanouissait sur son visage. Sans le savoir, Marnie venait de lui offrir le plus beau des cadeaux de Noël. Lucas Wilde n'était pas marié ! Kiara s'efforça de contrôler son sourire. Elle n'avait pas déménagé ici pour se chercher un petit ami, mais pour faire naître des bébés et récolter des fonds au profit d'une association. Et prendre soin d'elle-même, aussi. Point final.

Malgré tout, ces quelques minutes en compagnie de Lucas lui avaient permis de le voir sous un jour qu'elle appréciait beaucoup. Il était bien plus qu'un beau gosse avec des yeux gris incroyables et des lèvres qui appelaient les baisers.

« Il mérite de rencontrer quelqu'un de vraiment spécial... »

Elle s'imagina soudain en costume de lutin sexy, une jambe

enroulée autour d'un sucre d'orge géant. Quant à Lucas, il n'avait sur lui qu'un bonnet de Père Noël…

Non, mais n'importe quoi ! Il est père célibataire, Kiara. Rien à voir avec un homme objet.

Kiara prit congé de Marnie, à moitié assoupie, et se dirigea vers le bureau des infirmières pour compléter le dossier médical. Nya sourit à son approche.

— C'est nouveau, ça. C'est rare que les corvées administratives donnent envie de gambader.

— Je gambadais ?

Kiara ne s'en était même pas aperçue. C'était l'effet Lucas, sans doute.

— Une belle naissance, ça me donne toujours du peps.

— Alors, tu as choisi le bon métier.

Nya lui pressa le bras affectueusement, puis elle lui montra l'endroit dédié à la tenue des dossiers.

— Je te laisse. Tout à l'heure, on parlera des patientes dont tu auras la charge.

Kiara commença à remplir les formulaires, mais elle n'était pas totalement concentrée sur sa tâche. Avait-elle vraiment gambadé à cause de Lucas Wilde ? Certes, il était mignon, sympathique et célibataire. Mais elle sortait d'une relation de trois ans qui lui avait explosé au visage de manière spectaculaire. Elle ne pouvait pas se permettre de l'oublier. Ce n'était toutefois pas une raison pour être aussi distante et froide avec un certain Dr Wilde…

Lucas passa en revue les résultats des tests de sa patiente ainsi que les symptômes qu'elle venait de lui décrire. Enfin, il lui annonça le diagnostic qu'elle redoutait assurément entre tous.

— Je crains que vous ne soyez entrée dans cette phase de la vie qu'on appelle « préménopause », madame Braxton.

Celle-ci balaya la politesse d'un revers de main et accepta le mouchoir en papier qu'il lui tendait.

— Pas de chichis, je vous en prie. Appelez-moi Becky, comme tout le monde. C'est la seule chose qui me donne l'impression d'être encore jeune. Enfin, ça et avoir un petit ami d'une trentaine d'années.

Elle s'essuya les yeux avec un sourire larmoyant et se moucha, puis elle se redressa en soupirant.

— J'avoue, c'était un peu fou de penser que je pouvais encore... Enfin, vous savez...

Lucas voyait très bien où elle voulait en venir, mais il se tut pour qu'elle formule la situation avec ses mots à elle.

— Encore tomber enceinte. À quarante-cinq ans passés.

— Ce n'est pas impossible, mais je dois vous mettre en garde...

— Une grossesse à mon âge n'est pas sans risque. Je sais, je sais.

Becky leva les mains avec un rire triste.

— Anomalies chromosomiques, hypertension, diabète gestationnel... Je connais tout ça.

— En effet, il y aurait des risques pour vous et pour le bébé, donc, si vous avez une vie sexuelle active et si vous essayez d'avoir un enfant, il serait bon de vous souvenir des complications possibles d'une grossesse gériatrique...

— Permettez-moi de vous interrompre. *Grossesse gériatrique*, répéta-t-elle d'un ton horrifié. À vous entendre, je suis bonne pour la maison de retraite !

— Pas du tout ! répondit Lucas avec bienveillance. Pas plus tard que ce matin, j'ai reçu en consultation une dame de quatre-vingt-huit ans et un homme de cent trois ans. Voilà ce que j'appelle « vieux ». J'ajoute que l'un et l'autre sont en excellente santé malgré leur grand âge.

Lucas espérait que son sourire laissait entendre ce que les convenances lui interdisaient de dire franchement. Becky Braxton était une belle femme en couple avec un homme plus jeune qui, visiblement, l'adorait. Depuis le début de la séance, il lui avait envoyé trois textos. Certes, elle n'aurait sans doute pas d'enfants, mais de là à penser que sa vie était finie et qu'elle n'avait plus qu'à s'acheter un fauteuil roulant...

— Vous êtes en parfaite santé, dit-il en tapotant la feuille de résultats qu'il venait d'imprimer. C'est très important.

Sur le point d'ajouter qu'elle avait encore plusieurs décennies devant elle, il se ravisa. Nul ne savait ce que l'avenir réservait. Il était bien placé pour le savoir... Il se contenta donc de lui proposer quelques brochures en lui assurant qu'il restait à sa disposition pour lui expliquer les changements physiques auxquels elle pouvait s'attendre.

— Je peux également vous confier à un collègue féminin.

— Alors là, non ! Vous êtes gentil, mais je suppose... Veuillez pardonner mon indiscrétion mais, quand j'ai appris votre situation, je me suis dit : « Si le Dr Wilde a réussi à se remettre d'un tel coup dur, alors, moi aussi. »

Elle se couvrit la bouche de ses doigts d'un air contrit.

— Vous ne m'en voulez pas, j'espère ? Le village est petit, et tout le monde se connaît. Les gens discutent... Mais sans mauvaises pensées.

— Je sais, dit-il. C'est un endroit très accueillant.

Lorsqu'il avait emménagé, il avait plus d'une fois trouvé devant sa porte de délicieux petits plats laissés par des voisins attentionnés qui voulaient lui souhaiter la bienvenue. Il n'avait pas tardé à se faire une place dans la vie du village, alors qu'à Penzance il s'était isolé pour lécher ses plaies. Oui, le coup avait été dur. Il n'avait pas trente ans quand Lily était morte, et Harry avait tout juste six mois. Par la force des choses, il avait appris que faire son deuil ne signifiait pas oublier, car comment oublier un être cher ? Un être dont un enfant de trois ans était le portrait vivant...

— Comment avez-vous fait ? insista Becky. Comment avez-vous renoué avec la vie alors qu'elle ne ressemble en rien à celle que vous aviez ?

— Bonne question.

Lucas aurait pu l'éluder mais, à défaut de lui fournir la réponse idéale, il pouvait au moins tenter de lui expliquer comment il s'y était pris pour rebondir.

— Dans mon cas et dans celui de Harry – c'est mon fils – il a surtout fallu trouver le moyen de nous adapter à cette réalité. Pour lui, c'était moins difficile, bien sûr, mais...

— Pardon, l'interrompit Becky. Je ne voulais pas être indiscrète. Bien ! Le mieux, pour moi, c'est de rentrer à la maison, pleurer un bon coup et faire le point avant d'avancer.

— Excellente résolution. L'essentiel est de ne pas laisser les plaies s'envenimer. Encore une fois, si vous désirez les coordonnées d'un collègue ou de certaines associations, je serai ravi de vous les communiquer.

Une pensée soudaine retint son attention. Et Kiara ? Quelque chose lui disait qu'elle avait déménagé à Carey Cove exactement pour les mêmes raisons que lui : pour repartir de zéro. Tourner la page.

La mort de Lily avait été une perte terrible, mais il avait pu reporter son amour sur Harry et lui assurer une vie sûre, saine et heureuse : celle qu'ils avaient voulu offrir à leurs enfants. Enfin, à *leur* enfant. Car il n'en aurait pas d'autres, n'est-ce pas ? Du moins, pas sans tomber à nouveau amoureux, et donc risquer son cœur. Il avait déjà fait ce grand saut dans l'inconnu qui consistait à s'engager pour le restant de ses jours avec une femme qui répondait à ses sentiments. Il pouvait s'estimer heureux de l'avoir vécu une fois dans sa vie. De même que Harry était un don du ciel. Kiara, elle, était juste…

Une minute. Pourquoi avait-il pensé à elle ? Kiara n'avait rien à faire dans ces réflexions. Surtout lorsqu'elles évoquaient la possibilité de retrouver l'amour.

Lucas reporta son attention sur la situation présente.

— Avez-vous envisagé une adoption ? Accueillir un enfant placé ?

— Pas vraiment, non, dit-elle en secouant la tête.

Becky prit un autre mouchoir et tamponna ses yeux noircis de mascara, puis elle arbora l'un de ces grands sourires dont elle avait l'habitude.

— Je suis ridicule de sangloter devant vous comme une gamine. Ça va aller.

Elle lui tapota la main comme si leurs rôles s'étaient inversés et que c'était elle qui le consolait à présent.

— Merci, docteur. Sans vouloir vous vexer, j'espère que nos chemins ne se recroiseront pas de sitôt. Ou alors…

Cette fois-ci, elle sourit avec sincérité.

— Demain soir, sur le port ? Oui, c'est demain qu'on lance les illuminations de Noël. Votre fils serait sûrement ravi d'y assister, vous ne pensez pas ? C'est un moment très convivial, avec du vin chaud, des gâteaux et, bien sûr, les lumières.

— Oui, pourquoi pas ?

Lucas la raccompagna jusqu'à la porte, puis il songea à rendre visite à Marnie. Midi approchait, après tout. Un peu plus tôt, Nya lui avait donné des nouvelles rassurantes : Marnie avait donné naissance à une petite fille en un temps record, la mère et l'enfant se portaient bien.

Il croisa Kiara alors qu'elle sortait de la chambre de Marnie, ses notes médicales à la main. Lorsqu'elle le vit, son regard s'éclaira. Voilà qui changeait agréablement de leurs premières rencontres. Saurait-il jamais pourquoi elle avait été aussi mal disposée envers lui ? Peut-être l'avait-il surprise, peut-être lui avait-il rappelé quelqu'un… Il y avait mille raisons pour rater une première impression.

— Elle dort ? demanda-t-il à voix basse.

Kiara jeta un coup d'œil vers le lit, puis elle hocha la tête avant de refermer doucement la porte.

— Comme un bébé. Avec *son* bébé, ajouta-t-elle avec un petit rire.

Elle baissa la tête avant de croiser son regard. Une sorte de courant puissant passa entre eux et les obligea à détourner les yeux. On aurait dit qu'ils reculaient tous les deux devant quelque chose, songea Lucas. Quelque chose d'inattendu ? De non désiré ? Allez savoir…

— Sinon, ça va ? Ça fait quoi ? Quatre heures ? Vous avez eu d'autres naissances depuis tout à l'heure ?

— Non, pas encore, répondit-elle avec un sourire timide. Mais on a ajouté deux patientes à mon planning de décembre. J'ai hâte de sortir mes couvertures de Noël.

Devant le regard interrogateur de Lucas, elle le mena vers un placard de fournitures et pointa le doigt vers une étagère chargée de couvertures aux motifs de lutins, de Pères Noël, de houx et de gui, sans oublier des rennes rouge vif.

— Je ne savais même pas qu'on avait du linge de saison.

— C'est moi qui l'ai apporté, dit-elle en rougissant.

— Comment ça ?

— Eh bien, dans mon ancien hôpital, il nous arrivait de recevoir des échantillons. Quand j'ai appris que je commencerais mon nouveau travail pendant la saison de Noël, j'ai eu l'idée de contacter un fournisseur, et il m'a envoyé une pleine boîte de matériel. Ce sont des modèles de l'année dernière, donc…

— Donc Carey House en est l'heureux bénéficiaire ? Vous n'êtes pas banale, vous. Non seulement vous adorez Noël, mais vous répandez la joie et la bonne humeur autour de vous.

Une fois de plus, elle baissa les yeux avant de les relever vers lui, visiblement touchée. Ses joues rosirent, elle se mordilla la lèvre inférieure. Le cœur de Lucas eut un raté. Cette femme avait été blessée par quelque chose. Ou plutôt par quelqu'un. Elle avait été atteinte dans son amour-propre.

— Je voulais juste faire un geste pour vous remercier tous de m'avoir acceptée parmi les vôtres.

— C'est une bonne idée. Vos couvertures vont faire des heureux. Ça t'embête si je te tutoie ?

Comme elle souriait, il demanda sans pouvoir s'en empêcher :

— Tu viens de Londres, c'est ça ?

Kiara émit un sifflement en sourdine.

— Waouh ! Les nouvelles vont vite par ici.

— À qui le dis-tu ? Moi-même, quand je suis arrivé…

Lucas s'interrompit brutalement. Il n'était pas prêt à lui raconter tout cela : le cancer de Lily, les mois d'angoisse, à prier pour qu'elle s'en sorte…

— À mon arrivée, reprit-il, j'ai été très bien accueilli. De toute façon, tu t'en es rendu compte, les nouvelles vont vite par ici. Mais il y a aussi moins de monde pour les entendre. Moins qu'à Londres, en tout cas.

À l'expression de son visage, il sut qu'elle avait remarqué la façon dont ses yeux s'étaient assombris lorsqu'il avait évoqué son emménagement à Carey Cove. Par bonheur, elle n'insista pas sur le sujet.

— J'ai travaillé à London Central.

Lucas la dévisagea d'un air impressionné.

— Tu devais avoir ton compte de marche quotidienne, là-bas. Je comprends pourquoi tu es aussi mince et…

Belle, faillit-il dire. Dieu merci, il retint sa langue à temps et simula une toux.

— Tu t'y plaisais ?

Si Kiara avait remarqué son faux pas, elle eut l'élégance de ne pas le laisser paraître.

— Oui, c'était une expérience géniale. C'était mon premier poste après la fac, et j'ai tout de suite été jetée dans le grand bain. Par contre, là-bas, les médecins contrôlent beaucoup plus l'organisation des soins. Je ne conteste pas leur autorité, bien sûr, mais avant de commencer dans ce métier je me figurais qu'être sage-femme ce serait... comment dire... un peu comme ici, en fait.

— Tu veux dire, des parturientes qui débarquent en catastrophe, prêtes à accoucher ?

— J'avoue, si Marnie avait été sur un âne avec un homme en robe de bure à ses côtés, ça aurait été encore mieux, répliqua-t-elle avec un sourire malicieux.

Comme il lui jetait un regard incrédule, elle éclata de rire.

— Mais non, voyons, je plaisante ! Bien sûr, c'est formidable que Marnie soit arrivée à temps et qu'on n'ait pas eu à se soucier de savoir s'il restait une petite place pour elle à l'auberge du coin. C'était plus... Eh bien, toi, par exemple : tu voyais que les sages-femmes maîtrisaient la situation et tu n'as pas discuté le fait que ce domaine de compétence était le nôtre.

— Et alors ? C'est normal, non ? Vous êtes sages-femmes.

— Je sais !

Kiara tapa dans ses mains en riant.

— Exactement ! À Londres, il y avait sans cesse des incidents à cause d'obstétriciens qui nous mettaient sur la touche alors qu'on aurait été largement capables de nous débrouiller toutes seules, entre femmes. Tu comprends ?

Lucas étudia son expression pour tenter d'y déceler un signe qu'elle se méfiait des hommes ou qu'elle les détestait. Or, non, son visage n'affichait rien de tel. Y avait-il eu un tyran dans son ancienne équipe ? À moins qu'elle ne fasse référence à des pratiques d'accouchement traditionnelles qui remontaient à bien avant la médecine moderne. Kiara avait dû remarquer qu'elle n'avait pas été suffisamment explicite, car elle enchaîna :

— Ce que j'aime, c'est servir de bras droit aux futures mamans et à leur conjoint. S'il y en a un, ajouta-t-elle vivement en jetant un bref coup d'œil vers la chambre de Marnie. Être à leurs côtés tout au long d'une expérience comme celle-ci, la plus terrifiante et exaltante qui soit, c'est merveilleux. Imagine : faire venir au monde un nouvel être humain...

Son enthousiasme était communicatif. D'ailleurs, tout comme elle, Lucas adorait son boulot. Il aimait les gens, aimait pouvoir les aider à tous les moments de leur vie.

— Sage-femme et heureuse de l'être.

— Tout à fait. Et je sens que je vais me plaire ici.

Ses yeux brillaient d'un éclat vif, si vif que Lucas craignit de s'y perdre. Une fois de plus, il fit semblant de tousser pour se donner une contenance, puis il prit congé d'elle.

Décidément, cette Kiara suscitait en lui des émotions qu'il avait pensé ne plus jamais éprouver pour une femme. Il était curieux d'en savoir plus sur elle, il recherchait sa présence, il avait une conscience aiguë de lui-même quand il se trouvait avec elle. Sans oublier ce rêve érotique qu'il avait fait la nuit précédente.

Mais tout cela l'effrayait. Avec Harry, ils venaient tout juste de prendre leurs marques dans leur nouvelle vie, et il n'était pas sûr d'avoir les ressources émotionnelles pour faire face à un autre bouleversement. Du moins, un bouleversement de ce style.

Alors qu'il s'éloignait, Lucas sentit qu'elle le suivait du regard, et pour la première fois depuis des années il se réjouit d'être l'objet d'une telle attention. Il se contraignit à marcher d'un pas régulier, mais lorsqu'il atteignit l'escalier, dans un élan irréfléchi et enfantin, il se jucha sur la rampe et dégringola jusqu'en bas. Quand il remit pied à terre, il arborait un large sourire.

Tout comme Nya, qui n'avait pas perdu une miette du spectacle.

4

Sur le point de se maquiller un œil, Kiara jeta un regard critique sur la tige de mascara, puis elle la rangea et referma la trousse. Elle n'allait pas se faire belle pour son deuxième jour de travail. En tout cas, sûrement pas pour le Dr Wilde, même si elle gambadait dans les couloirs de l'hôpital à cause de lui. Et même s'il était le sujet de ses rêveries coquines lorsqu'elle se mettait au lit.

Malgré tout, quand elle sortit, en manteau, son sac sur l'épaule et fin prête pour partir au travail, elle se surprit à traînasser… à rectifier un tantinet la position des pingouins dansants… à corriger l'alignement de deux bâtons de sucre d'orge géants que la brise soufflée par la mer avait fait pencher légèrement… Kiara avait déjà allumé toutes les lumières. À cette saison, le soleil se levait tard, et elle s'était dit que les pêcheurs auraient plaisir à repérer sa maison, tout illuminée tel un phare de Noël qui les guiderait à bon port, chargés de leurs prises de la nuit.

Kiara se tourna pour regarder la mer. Au loin, la crête blanche des vagues roulait dans des va-et-vient à peine visibles à cette distance. Lorsqu'elle pivota à nouveau sur elle-même, elle considéra d'un œil neuf les décorations clignotantes. On aurait dit la maison de Hansel et Gretel, prête à héberger des visiteurs venus tout droit du pôle Nord. Elle tapota la truffe noire d'un ours polaire qu'elle avait installé la veille, après sa journée de travail. Il montait la garde sur une pile de « cadeaux » : des boîtes étanches de couleurs vives qui débordaient d'un vaste sac.

Avant de se lancer dans cette aventure, Kiara avait sollicité l'avis de ses voisins et elle leur avait assuré que la maison ne ressemblerait pas à un casino de Las Vegas. Par chance, ils avaient globalement été enchantés de ses efforts. Ils avaient même promis de faire un don à Premiers Pas. Kiara n'agissait pas pour la gloire, loin de là. Simplement, cela lui pesait de savoir que certaines familles n'avaient pas les moyens d'acquérir le matériel nécessaire pour soigner leurs enfants. C'était déjà dur d'accueillir un nouveau-né dans le monde, mais lorsqu'il fallait en plus faire face à des problèmes médicaux...

Kiara chargea son sac à dos sur ses épaules et ferma la porte à clé, puis elle jeta un coup d'œil satisfait sur son œuvre. Pas de doute, le spectacle valait le détour. Enfin, pour qui aimait Noël. Son regard erra sur le chemin, à l'endroit où elle avait vu Lucas et Harry pour la première fois. Aujourd'hui, cependant, le trottoir n'était rempli que de quelques feuilles mortes. Un étrange sentiment de vide s'empara d'elle et entama sa belle humeur. Pourtant, ce matin, elle avait littéralement bondi hors du lit, impatiente de commencer une nouvelle journée à Carey House et, surtout, d'y retrouver une certaine personne. Aujourd'hui, elle serait beaucoup moins sur ses gardes avec Lucas Wilde et plus... plus...

Mmh... Elle devait réfléchir à l'attitude qu'elle allait adopter avec lui. En tout cas, elle ne pouvait décemment pas bondir sur lui et l'embrasser. Non, non, non... Ce genre de comportement convenait à la rigueur pour un pot de fin d'année, mais elle préférait faire appel à d'autres stratégies. Enfin, stratégies... Calculatrice, elle ? Absolument pas. Non, ce qu'il lui fallait, c'était un ami. Abstraction faite de cette stupide attirance, Lucas Wilde était quelqu'un d'éminemment sympathique.

Son attention fut soudain attirée par un bruit au bout du chemin. *Quand on parle du loup...* En l'occurrence, il s'agissait plutôt du louveteau. La silhouette familière d'un petit garçon blond en doudoune rouge coiffé d'un casque venait d'apparaître au coin de la rue. D'un pied, il poussait comme un fou sa trottinette, qui dévalait la pente à toute vitesse. Kiara sentit son cœur se gonfler.

Harry...

Avec ou sans son beau gosse de père, c'était un petit garçon adorable, précoce, débordant d'énergie. Et, pour ne rien gâcher, il adorait Noël autant qu'elle.

— Coucou, Harry ! N'oublie pas de ralentir avant le virage... Oups... Je te tiens ! C'est bien, mon grand. Tu freines de mieux en mieux.

— Les pingouins !

La minuterie s'était déclenchée à point nommé, et les automates s'étaient mis à se trémousser. Avec un sourire complice, Kiara réajusta son casque tandis qu'il posait sa trottinette contre le mur.

— Tu veux les voir de plus près ?

Il se tourna vers elle d'un air à la fois émerveillé et incrédule. Ses grands yeux gris ressemblaient tellement à ceux de son père...

— Oui !

— Entre donc. Ils te réclamaient, tout à l'heure.

Harry écarquilla les yeux de plus belle.

— Ah bon ?

— Je t'assure ! Ils disaient : « Harry vient quand pour danser avec nous ? », ajouta-t-elle en imitant de son mieux une voix de pingouin.

— Bonjour, Kiara, lança alors une voix derrière elle.

Lucas lui souriait, d'un sourire chaleureux, tranquille. Peut-être se trompait-elle, mais elle crut y déceler également un soupçon d'impatience. À moins qu'elle ne projette sur lui ses propres sentiments ? Leurs regards s'accrochèrent un instant, et Kiara se sentit rougir.

— Bonjour !

Elle fit mine d'enfoncer son bonnet à pompon sur ses oreilles, puis désigna le chemin.

— Tu vas au travail ?

À ton avis, idiote ! Il ne va pas au zoo.

Occupé à détailler les décorations de Noël, Lucas hocha la tête.

— Et chez la nounou. Harry a insisté pour qu'on parte assez tôt pour rendre visite à la « dame de Noël ».

Le visage de Lucas prit une expression indéchiffrable. Pour une raison étrange, son sourire n'atteignait pas ses yeux.

— Tu n'aimes pas... Noël ? balbutia-t-elle.

— Ça se voit tant que ça ?

Il fit une grimace et haussa les épaules d'un air vague.

— En fait, c'est plus que...

Il fut interrompu par la sonnerie de son portable qu'il consulta en fronçant les sourcils.

— Désolé, il faut qu'on y aille.

Lucas sembla alors remarquer son bonnet, son sac à dos et son manteau.

— Tu veux te joindre à nous ?

Et comment ! Mais elle ne voulait pas s'immiscer dans les rares moments qu'il partageait avec son fils.

— Tu es sûr ?

Le sourire de Lucas était sincère à présent.

— Tout à fait. Simplement…

À nouveau, il promena un bref regard sur la maison.

— On y va, fiston ?

Puis il se tourna vers elle.

— Tu l'auras deviné, je ne raffole pas de l'agitation des fêtes. Mais cette petite crapule est assez grande pour se souvenir que Noël égale cadeaux, donc j'ai intérêt à bien faire les choses. Alors, j'essaye de convoquer l'esprit de Noël par procuration.

— Je peux m'en charger, si tu veux. Esprit de Noël par procuration, à votre service.

Lucas rit de bon cœur et, à la grande surprise de Kiara, il tira légèrement sur son écharpe décorée de motifs de sucres d'orge.

— Si ton goût pour Noël est aussi sûr que tes compétences professionnelles, je n'ai pas de soucis à me faire.

Elle rougit sous le compliment.

— Comment le sais-tu ? Tu m'as à peine vue à l'œuvre.

— J'en ai vu assez pour savoir que tu travailles bien et, surtout, que tu aimes ton métier. Au fait, tu as des nouvelles de Marnie ?

Elle sortit son téléphone pour lui montrer une photo sur laquelle Marnie et son bébé échangeaient un bisou esquimau. Kiara ne pouvait jamais la regarder sans éprouver un pincement au cœur, et pas seulement parce que le cliché était adorable. Kiara travaillait auprès de bébés tous les jours depuis des années et jamais elle n'avait réagi de la sorte à un moment d'intimité entre une mère et son enfant. Qu'est-ce qui lui arrivait ?

— Tu peux le tenir un peu plus haut ? demanda Lucas.

Joignant le geste à la parole, il posa une main sous la sienne afin de lever le téléphone à la hauteur de ses yeux. Un délicieux frisson dévala le long du bras de Kiara. Bon sang, comme il sentait bon ! Ce matin, elle perçut des arômes de *latte* à la vanille et de corn-flakes. La veille, ça avait été une odeur de bois coupé. Décidément, cet homme était un vrai kaléidoscope olfactif. Mais il s'écarta, et sa proximité lui manqua aussitôt.

— Elles ont l'air de se porter à merveille. Je vais leur rendre une petite visite aujourd'hui.

Par bonheur, Lucas n'avait pas remarqué la façon dont ses traits s'étaient crispés lorsqu'elle avait refermé son portable après un dernier coup d'œil à la photo. Elle n'était pourtant pas jalouse de Marnie. Au contraire, elle était contente pour elle. Marnie était l'image du bonheur... Juste elle et son bébé.

Kiara, elle, avait toujours rêvé d'autre chose. Pour elle, le bonheur ressemblait un peu à ce que vivaient ses parents : une amitié heureuse et solide qui avait servi de base à un mariage rempli d'affection. Comme tout un chacun, ils avaient eu des hauts et des bas au fil des années, bien sûr, mais ils avaient toujours affronté leurs problèmes ensemble, et en cela elle les admirait. Dans l'idéal, son couple devrait reposer sur ces mêmes valeurs d'amour et de respect.

— Tu décores toujours ta maison comme ça pour Noël ? demanda Lucas lorsqu'ils eurent fait quelques pas.

Elle émit un rire sonore.

— Non. C'est la première fois. Je ne pense pas que les anciens voisins à Londres auraient apprécié que je transforme l'immeuble en un gigantesque orgasme de Noël clignotant. Oh !

Elle plaqua les mains sur sa bouche, catastrophée.

— Je suis désolée ! Je ne sais pas ce qui m'a pris d'employer des mots pareils, surtout devant ton fils.

Par bonheur, Lucas riait. Il se pencha vers elle pour lui chuchoter d'un air conspirateur :

— À l'avenir, si jamais Harry risque de t'entendre, essaye plutôt « féerie festive ».

Kiara se sentit devenir cramoisie.

— Je suis navrée. Et moi qui voulais te servir de guide pour Noël... C'est mal parti, pas vrai ?

Il secoua la tête sans avoir l'air énervé ni même embarrassé par cette enfilade de gaffes.

— La nounou habite là.

Kiara recula tandis qu'une dame sortait d'une jolie demeure biscornue en serrant autour d'elle les pans d'un cardigan confortable.

Harry poussa un cri de joie en apprenant qu'ils allaient confectionner des biscuits pendant l'après-midi.

— J'en ferai un pour toi ! Un Père Noël ! dit-il à Kiara en agitant le bras en guise d'au revoir.

Elle eut un grand sourire et posa les mains contre son cœur en signe de remerciement. Quand elle se tourna vers Lucas, elle remarqua que son visage était redevenu inexpressif. Indéchiffrable. On aurait dit qu'il évitait de croiser son regard. Avait-elle fait quelque chose de mal ? Il s'accroupit devant Harry pour lui rappeler de bien porter son manteau chaque fois qu'il jouait dehors et de toujours écouter la nounou, surtout lorsqu'elle annonçait qu'il était l'heure de la sieste. Il l'embrassa sur le front et tira doucement sur une boucle blonde qui dépassait du bonnet. Puis, comme s'il lui était soudain trop douloureux de quitter le petit garçon, il se redressa vivement et descendit le trottoir d'un pas rapide. Perplexe, Kiara courut pour le rattraper. Était-ce leur manière habituelle de se dire au revoir pour la journée ? Ou alors, Lucas avait été gêné qu'elle y assiste ? Ou que Harry ait proposé de lui faire un gâteau ?

— Lucas, attends !

Il se tourna vers elle avec un regard saturé de tristesse. Son chagrin était si pur, si intense qu'elle en eut le cœur déchiré. Elle ignorait ce qui lui était arrivé au juste, mais sans aucun doute il avait dû faire face à quelque chose de bien pire que tout ce qu'elle avait pu vivre. Et Dieu sait qu'elle n'avait pas été à la noce dernièrement. Pour Lucas, toutefois, le traumatisme avait été de ceux qui changent le cours d'une vie, et pas pour le bien. Même s'il l'avait conduit ici...

— Je veux offrir un beau Noël à Harry, dit-il enfin, les sourcils ténébreux.

Ce n'était pas vraiment l'expression d'un homme qui désirait répandre la joie et la bonne humeur autour de lui.

— Comme je te l'ai dit, je suis à ta disposition pour te servir de lutin de Noël.

Lucas lui décocha un regard acéré, puis il ralentit le pas comme s'il réfléchissait à son offre et il pointa le doigt vers le village en contrebas.

— Les illuminations de Noël commencent ce soir, au port. Harry n'a jamais rien vécu de tel, et comme tu es nouvelle à Carey Cove... Tu ne voudrais pas...

— Si ! Je serais ravie de venir.

Contre toute attente, il eut l'air horrifié. Oh ! non... Elle avait pensé lui faire plaisir, mais au lieu de cela elle venait de le précipiter dans un abîme de désespoir. Elle aurait dû refuser ! Maladroitement, elle tenta de faire machine arrière.

— Enfin, je veux dire, en tant qu'amie. Parce que je suis sympa. Mais pas trop non plus... Et même, si tu préfères, je peux me tenir à l'écart. Il ne faudrait pas laisser croire qu'on sort ensemble...

De mieux en mieux... À présent, Lucas avait l'air horrifié *et* perplexe. Ne pouvait-elle donc pas se taire ?

— Ou alors, je viens en tant qu'amie de Harry ? Auquel cas, je suis tout à fait d'accord. Bon, j'arrête de parler. C'est toujours pareil avec moi : je jacasse et bonjour les ennuis, dit-elle avec un rire nerveux. Toi et moi, sortir ensemble... Non mais, n'importe quoi ! Inutile de déclencher des rumeurs dans Carey House, hein ?

De nouveau, elle posa une main gantée sur sa bouche en marmonnant :

— Tais-toi, bon sang, tais-toi...

Lucas la considéra d'un regard sérieux, avec l'air de réfléchir à sa question, puis il hocha la tête.

— Bien. Harry sera ravi. Parfait.

Il tapa ses mains l'une contre l'autre, comme pour dissiper ce moment de gêne. Par bonheur, ils étaient arrivés à Carey House. Kiara s'empressa de prendre congé d'un bref signe de la main et elle s'éloigna en faisant comme si elle ne venait pas de se couvrir de ridicule.

Lucas referma la porte de son bureau et il se cogna lentement le front contre le mur. Une fois. Deux fois. Trois fois. Les yeux clos, il gémit en sourdine. Non, ce n'était pas vrai... Elle n'avait pas cru qu'il l'invitait à sortir avec lui ? Mais avait-il voulu l'inviter, justement ?

Non. Il n'était pas du genre à collectionner les aventures. Plus maintenant, du moins. Même quand cette alchimie mutuelle était...

Minute... Avait-il *vraiment* envie de sortir avec elle ?

Non ! Absolument pas. Elle n'était qu'une collègue. Il était veuf. Avec un enfant à charge.

Il repensa à la façon dont son corps avait réagi lorsqu'ils s'étaient frôlés : ils avaient tendu la main en même temps pour fermer le petit portail de chez la nounou. Le contact avait été bref mais électrique. Et pourtant ils portaient tous les deux des gants. Enfin, des mitaines pour Kiara. De jolies mitaines rouges, même, avec des motifs de rennes et de sapins.

Il soupira. Lily avait dit vrai. Il ne savait absolument pas s'y prendre avec les femmes. Il n'avait jamais su comment leur parler, comment les mettre à l'aise. D'ailleurs, si sa mémoire était bonne, c'était Lily qui avait fait le premier pas avec lui. Mais, dans le cas de Kiara, la situation n'était pas du tout la même. Il agissait pour Harry… Pour Noël. Pour Harry et pour Noël.

Il se passa les mains sur le visage et secoua la tête. Qu'il ait réussi à convaincre Lily de l'épouser tenait du miracle, et un miracle dans une vie ce n'était déjà pas si mal. Il en avait même eu deux en comptant Harry. Certes, jamais deux sans trois, mais retrouver l'amour, c'était déraisonnable… N'est-ce pas ?

« Ne ferme pas ton cœur. Ne crains pas de laisser entrer quelqu'un dans ta vie et dans celle de Harry. Et n'oublie pas de lui offrir des fleurs. »

Ces paroles de Lily avaient surgi dans son esprit sans crier gare. À l'époque, il y avait à peine fait attention. Lily avait été si malade. Il lui avait semblé impossible de se consacrer à autre chose qu'à elle et à leur fils. Il avait été tellement démuni… Tellement perdu. Toutes ces années de formation médicale ne lui avaient servi à rien contre une telle épreuve. Alors ces conseils de séduction, surtout de la part de Lily, lui avaient paru complètement absurdes. Donc, il avait agi comme sûrement tout homme dans sa situation : il avait fait une croix sur la possibilité de retomber amoureux.

Et pourtant, trois ans plus tard, il se rappelait ce souhait énoncé par Lily : que Harry et lui trouvent de la place dans leur cœur pour quelqu'un. Quelqu'un comme Kiara, par exemple ?

Huit heures plus tard, alors qu'il enfilait son manteau pour se rendre dans l'unité des accouchées, Lucas tournait encore ces questions dans sa tête. D'habitude, le travail suffisait à lui faire oublier ses tracas. Pas aujourd'hui, apparemment. Mais, certes, il terminait rarement ses journées par des rendez-vous galants. Enfin, par des rendez-vous tout court.

Arrivé devant la chambre de Marnie, il passa la tête dans l'embrasure de la porte au moment où la jeune femme prenait sa fille pour lui donner le sein. Soucieux de ne pas la déranger dans un moment aussi intime, Lucas referma tout doucement et se rendit au bureau du personnel. C'était l'heure de la relève, et Kiara discutait avec Nya et une autre sage-femme du nom de Sophie French. Toutes trois portaient des cornes de renne multicolores, clignotantes dans le cas de Kiara. Celle-ci se pencha vers ses collègues pour leur dire quelque chose à voix basse, et elles se mirent à rire d'un air entendu. Elles en étaient déjà à partager des plaisanteries ? En seulement deux jours, Kiara s'était parfaitement intégrée dans le service. Ses compétences professionnelles y étaient pour beaucoup, bien sûr, mais il n'y avait pas que cela. Elle semblait reconnaissante d'être ici. On aurait dit qu'elle avait besoin de cet environnement : pas juste Carey House, mais Carey Cove en général.

Comme lui, en somme. Lorsqu'il était arrivé ici avec Harry, il était perdu, dépassé, accablé par le deuil. Et puis, en longeant la côte en voiture, il était tombé sur ce beau village à flanc de colline surplombé par un manoir en pierres dorées. Tout de suite, il avait eu le sentiment que c'était ici qu'il parviendrait à trouver du réconfort. La paix. Il n'avait jamais été question pour lui d'oublier le passé, mais de panser ses plaies pour être, un jour peut-être, capable d'avancer.

Kiara s'aperçut alors de sa présence. Dès l'instant où elle posa les yeux sur lui, son expression se fit déterminée. Mine de rien, ce changement d'attitude le mit à l'aise. On aurait dit qu'elle avait réfléchi à sa gaffe du matin au sujet de ce vrai faux rendez-vous galant et qu'il n'y avait plus d'ambiguïté dans son esprit : s'ils se voyaient en dehors du travail, c'était uniquement pour Harry.

Après avoir échangé un bref coup d'œil avec ses collègues, Kiara disparut dans les vestiaires pour y récupérer ses affaires. Lucas ne manqua pas de remarquer le regard malicieux que Nya lui adressa. Sans doute pensait-elle encore à cette petite glissade sur la rambarde de l'escalier…

— Vous devez avoir faim, Harry et toi, dit Kiara, la voix assourdie par son écharpe enroulée trois fois autour de son cou, tandis qu'ils quittaient Carey House. Si tu veux, je vous retrouve au port à 6 heures. À ce qu'on m'a dit, les illuminations commencent à cette heure-là.

Son doux sourire n'exprimait aucune attente, et il lui en fut reconnaissant.

— Normalement, il aura goûté chez la nounou. C'est quand il va à la crèche que je dois le nourrir dès la sortie. Je t'assure, Harry n'a rien d'un petit ange quand il est affamé.

— Comment ça ? Un garçon de trois ans qui n'est pas sage à chaque instant ? Je suis choquée.

Ils éclatèrent de rire et marchèrent côte à côte en silence. La question du lieu et de l'heure du rendez-vous était restée en suspens, et Lucas se rendit compte qu'elle lui laissait le choix. Mais elle ne s'effaçait pas par faiblesse de caractère. On aurait dit qu'elle ne voulait pas insister pour quelque chose qui n'existait pas. Avait-elle eu le cœur brisé, elle aussi ? Sûrement pas de la même manière que lui mais, derrière cette gaieté de façade, il devinait en elle une vulnérabilité ainsi qu'une ferme détermination à ne laisser personne agir inconsidérément avec ses sentiments.

— Peut-être…

Au même instant, Kiara ouvrit la bouche pour dire quelque chose, et il s'interrompit.

— Vas-y.

— Non, toi.

— Mais si !

— Je t'en prie…

— Non, vas-y, toi. J'insiste.

Ils se turent tous les deux, mais derrière sa grosse écharpe Kiara semblait secouée de petits rires.

Ressaisis-toi, espèce d'idiot. Tu es en train de tout gâcher.

Lucas se blinda pour poser la question qui lui brûlait le bout de la langue.

— Ça te dirait de dîner avec nous ? Quelque chose de simple, sans chichis. Mais pas fait maison, désolé. Je pensais plutôt à des *fish and chips* du côté du port, avant les illuminations.

Kiara lui jeta un regard comme pour s'assurer que son offre était sans arrière-pensée, et il leva les paumes en souriant pour signifier sa sincérité. Son geste dut la convaincre, car elle sourit avec chaleur.

— Va pour un cornet de *fish and chips* bien chauds.

— Dommage qu'on ne les serve plus dans du papier journal. Parfois, les traditions ont du bon.

Le sourire de Kiara trembla, mais elle se ressaisit si vite qu'il ne s'en serait même pas aperçu s'il ne l'avait pas regardée.

— Très bien. Au programme de ce soir, *fish and chips* près du port et illuminations.

Kiara émit un sifflement.

— L'esprit de Noël commence à faire effet sur toi, on dirait.

— Je suis à bonne école, répondit-il en pointant l'index vers les cornes en mousse qu'elle avait gardées sur la tête.

Lorsqu'ils récupérèrent Harry chez la nounou, celui-ci fut aussitôt conquis par le couvre-chef clignotant de Kiara. Elle le lui tendit, non sans quêter du regard l'approbation de Lucas. Bien sûr qu'il était d'accord. C'était justement ce genre de fantaisies qui manquaient à Harry. Après avoir fait un crochet pour admirer les décorations lumineuses chez Kiara, ils s'arrêtèrent chez lui pour déposer le cartable de Harry et les biscuits qu'il avait confectionnés pendant l'après-midi. Tout à coup, Lucas eut un peu honte de la nudité de sa maison. C'était pourtant un beau cottage en pierre qui n'avait pas grand-chose à envier aux autres demeures de Carey Cove. Seulement, il était dépourvu de toute ornementation de Noël. Pour ne rien arranger, Harry enfonça le clou en lui demandant pourquoi leur maison ne ressemblait pas davantage à celle de Kiara. Pour se tirer d'affaire, Lucas marmonna que les décorations avaient été retenues par la Poste. La vérité, c'était qu'il ne savait plus comment célébrer Noël. Par bonheur, Kiara ne fit aucun commentaire. Comment s'étonner que Harry l'adore ? Elle incarnait l'esprit de Noël par excellence, gentille, généreuse et gaie comme elle l'était. Et belle…

Lucas se figea à cette pensée. Kiara ne ressemblait absolument pas à Lily, et tant mieux. De la sorte, cette attirance ressemblait moins à une trahison et davantage à une simple réalité biologique. *Simple réalité biologique, non mais n'importe quoi !* Il se prit le visage dans les mains. Par bonheur, Harry et Kiara marchaient devant lui et ne le voyaient pas. Quel Casanova ! Si, par extraordinaire, ce qui se passait entre Kiara et lui évoluait vers quelque chose de sérieux, il devrait exprimer ses sentiments avec des termes plus adéquats. D'autant plus qu'il éprouvait pour elle bien plus qu'une simple réaction biologique. C'était… Comment le nommer, au juste ? Le Destin ? Les étoiles ? Ce fameux esprit de Noël ? Il savait seulement que ce sentiment était trop puissant pour être ignoré. Dans l'intérêt de Harry, bien entendu. Tel un bon génie, Kiara allait transformer ce Noël en une expérience que son petit garçon n'oublierait pas de sitôt.

Avec soulagement, Lucas lui abandonna la direction de la soirée et, main dans la main avec Harry, elle ouvrit la marche jusqu'au port. Un petit attroupement s'y était déjà formé, et plusieurs personnes patientaient un *fish and chips* à la main.

— Nous ne sommes pas aussi originaux qu'on aimerait le penser, dit Lucas alors qu'ils rejoignaient la queue.

Loin de s'en formaliser, Kiara sembla enchantée de la remarque.

— C'est formidable de participer à un événement qui te dépasse, non ?

Lucas promena le regard sur le port et, tout à coup, il vit la scène à travers les yeux de Kiara. L'ambiance bon enfant qui régnait ce soir était ouverte à tout le monde, y compris à une nouvelle venue comme elle. Autour de lui, sur la place recouverte de pavés, une mer de visages réjouis charriait des rires et des conversations excitées. C'était un endroit chaleureux, que chaque arrivée rendait plus chaleureux encore. Un marin à la retraite, qui faisait office de pilier de comptoir au pub local, grillait des châtaignes sur un brasero au bord du port. Devant le Dolphin Inn (ou tout simplement, le Dolph, pour les gens du coin), les patrons avaient disposé un petit stand de vin chaud. À en juger par la quantité de familles présentes dans la file d'attente, des boissons étaient aussi prévues pour les enfants – du jus de pomme à la cannelle, d'après l'odeur.

Lucas pressa Harry contre lui dans une étreinte affectueuse. Kiara lui jeta alors un regard à la fois joyeux et circonspect.

— Ce matin, j'étais sincère en disant que j'étais heureuse de vous aider.

Elle baissa la voix pour que Harry ne l'entende pas.

— Si tu veux que j'emmène Harry participer à des activités qui ne te disent rien…

Elle se mit à énumérer une liste d'attractions : une balade en train, un marché de Noël et, le week-end suivant, un atelier pour confectionner des décorations.

— Ça se voit que tu es une fan !

Elle eut un sourire rayonnant, mais sa voix était sérieuse, et ses yeux s'assombrirent lorsqu'elle répondit :

— J'apprécie surtout de pouvoir célébrer Noël comme il me plaît.

Sa réponse laissait entrevoir une histoire… Une histoire à laquelle elle voulait bien faire allusion, mais sans donner de détails. Pas de problème. Lui aussi avait un vécu qu'il n'avait pas envie de clamer sur tous les toits. Il avait emménagé ici parce qu'il lui avait été impossible de rester dans la maison où Lily avait vécu ses derniers instants, mais aussi parce qu'il voulait pouvoir faire ses courses à l'épicerie du coin sans avoir à subir ces regards de pitié pour Le Veuf. Ou recevoir les condoléances de ses patients, alors que c'était à lui de prendre soin d'eux. Surtout, il tenait à ce que son fils puisse être Harry Wilde, une petite boule d'énergie au sourire à faire fondre un cœur de glace. Pas Harry Wilde, ce pauvre orphelin qui n'avait pas connu sa mère. Harry et lui ne pourraient jamais échapper à leur réalité, soit. Mais ils ne pouvaient pas vivre éternellement dans l'ombre de ce deuil.

Alors que Lucas remuait ces pensées, ils arrivèrent en tête de queue, et on leur servit trois cornets de *fish and chips* au sel et au vinaigre. Kiara croqua dans une frite croustillante avec appétit.

— Délicieux ! Au fait, Harry…

Elle adressa un clin d'œil complice à Lucas.

— Si tu me donnes la main, je parie que je peux te conduire au meilleur endroit pour admirer les illuminations.

Le regard de Harry alla d'elle à Lucas avant de revenir à Kiara.

— Tu veux, papa ?

— Bien sûr.

À vrai dire, il était curieux de voir comment Kiara pouvait déjà connaître le meilleur emplacement, elle qui ne vivait ici que depuis deux semaines à peine. D'autant plus que le village tout entier semblait s'être donné rendez-vous au port ce soir. Elle les mena vers le petit quai en pierre de taille où étaient amarrés des bateaux de pêche et de plaisance, puis elle échangea quelques mots avec un jeune homme assis à l'arrière d'un chalutier dont le gréement était décoré de lumières multicolores. Cela fait, elle désigna de la main la timonerie du navire.

— Et voici, messieurs. Pas mal comme point de vue, non ?

Harry ouvrit des yeux ronds, et Lucas se douta qu'il devait afficher à peu près la même expression.

— Alors, ça... Comment as-tu fait ?

Tandis qu'ils embarquaient, Kiara donna l'explication.

— La femme du capitaine a accouché hier.

— Et c'est toi qui as mis le bébé au monde ?

Elle hocha la tête en souriant.

— La sage-femme qui l'avait suivie était retenue par une naissance problématique et elle a été d'accord pour que j'intervienne.

— Et, entre deux conseils de respiration, tu as trouvé le moyen de découvrir que son mari pouvait garantir le meilleur point de vue pour les illuminations.

Elle lui sourit, et une fois de plus Lucas éprouva une chaleur étrange dans la poitrine. Il ignorait ce qu'il ressentait exactement pour Kiara, mais une chose était sûre : ce sentiment dépassait la simple amitié.

— Tout à fait, dit-elle. C'est une technique qui s'appelle « faire distraction ». Elle racontait que son mari avait décoré le bateau juste pour elle. Malheureusement, la seule odeur qu'elle était incapable de supporter était...

Laissant la phrase en suspens, elle baissa les yeux en souriant vers ce qui restait de son repas.

— Celle du poisson ? demanda Lucas en engouffrant sa dernière bouchée de *fish and chips*. Tant mieux pour nous, dans ce cas.

— N'est-ce pas ?

Le sourire de Kiara s'adoucit et, les pommettes envahies d'une légère rougeur, elle se tourna vers le village. Soudain, les musiques se turent, et la foule fit silence. Lucas hissa Harry sur le siège du capitaine afin qu'il puisse profiter au mieux du spectacle. L'envie le démangeait de prendre la main gantée de Kiara. Comme si elle s'en était rendu compte, Kiara jeta un regard vers lui. Mais elle devait partager ses réticences, car elle reporta son attention vers les lumières qui scintillaient au loin, chargées de promesses. Des promesses, et rien d'autre.

5

— Et voilà, Bethany...

Kiara souleva un tout petit paquet emmailloté qu'elle déposa entre les bras de la nouvelle maman.

— Vous êtes prête pour le petit frère ?

Bethany eut un sourire anxieux et ne put retenir ses larmes.

— On va dire que oui.

Elle se mit à rire, d'un rire tremblant.

— Désolé, c'est Graham. Il me manque.

— Vous êtes bouleversée, mais c'est bien normal dans un moment pareil. C'est vraiment triste qu'il soit si occupé à cette saison, mais votre portable ne cesse de tinter : c'est la preuve qu'il préférerait être ici, avec vous, conclut-elle en lui tendant un mouchoir en papier.

Bethany s'essuya les yeux en riant et prit le second bébé.

— Je vais devoir m'habituer à les porter en même temps. Graham est très accaparé par son travail.

— Chaque chose en son temps. Sachez aussi vous ménager, surtout après une journée aussi longue que celle-ci. Quand on devient mère, on a tout à apprendre d'un seul coup.

Bethany lança un bref regard vers l'annulaire nu de Kiara, et une question plana : « Vous-même, avez-vous des enfants ? » Jusqu'alors, le sujet n'avait jamais vraiment perturbé Kiara. Pour elle, depuis toujours, avoir un jour des enfants allait de soi. Mais, depuis l'année passée, cette certitude n'en était plus une justement et, même si elle n'avait jamais été envieuse des femmes qu'elle aidait à accoucher, elle supportait de moins en moins d'être célibataire et sans enfants.

Kiara ne s'éloigna pas du lit avant d'être sûre que chaque bébé était bien calé sur un bras de sa mère. Elle sortit alors de sa poche deux petits bonnets de lutin.

— Prête ?

Bethany se mit à pouffer de rire.

— C'est idiot. Ils ne vont garder aucun souvenir de leur premier Noël.

— Mais vous, si ! Et votre mari aussi. Ce sont des souvenirs que vous chérirez avec vos fils lorsqu'ils seront plus grands.

Une pensée se figea soudain dans son esprit. Kiara ignorait complètement ce qui était arrivé dans le passé de Lucas, mais c'était curieux qu'il tienne autant à offrir un beau Noël à Harry et pas à lui-même. Était-ce lié au fait qu'il n'avait jamais fêté Noël avec la mère du petit ?

En tout cas, Kiara savait très bien pourquoi elle allait célébrer les fêtes en grande pompe cette année. Son ex n'avait pas seulement été menteur et marié. Il avait été du genre à tout régenter. Et quel snob ! Il n'avait jamais compris qu'elle puisse trouver plaisir à boire des cocktails de jus de fruits dans des verres givrés de sel ou à danser autour des sapins de Covent Garden.

— Comme ça, ça me va ?

Bethany avait incliné son bonnet de lutin de guingois pour se donner un air espiègle.

— Parfait !

Kiara prit quelques photos sous des angles différents, puis elle alla reposer le téléphone sur la table de chevet. Au même instant, de légers coups frappés sur le cadre de la porte lui firent tourner la tête.

Lucas !

Kiara eut l'impression que, dans son ventre, quelque chose de chaud pétillait.

— C'est un joli début pour l'album de famille, dit-il en souriant.

Rayonnante, Bethany tendit les bébés à Kiara, qui les déposa tout doucement dans leur berceau.

— Vous croyez ?

— Absolument. Vos graines de lutins sont adorables.

Contre toute attente, Bethany sourit de plus belle. Kiara rassembla en vitesse sa tablette et quelques objets, puis elle souhaita bonne nuit à la jeune maman avant de sortir, non sans lui avoir rappelé que son mari allait lui rendre visite au cours de l'heure qui suivait.

— Tu as passé une bonne journée ? demanda Lucas en lui emboîtant le pas.

— Oui ! Excellente, même. On a encore eu une douzaine de bébés alors qu'on est début novembre ! C'est l'effet secondaire de la Saint-Valentin.

Elle lui adressa un clin d'œil d'un air charmeur dont elle ne se serait jamais crue capable. Lucas sourit et ralentit le pas.

— En parlant de Saint-Valentin...

Le regard de Kiara bondit vers lui. Il l'invitait déjà ? Quatre mois à l'avance ? Voilà qui s'appelait être prévoyant. Mais ne disait-on pas que tout vient à point à qui sait attendre ? Quoi qu'il en soit, Lucas avait dû s'apercevoir de sa confusion, car il passa une main sur son menton, rasé de près aujourd'hui, avant d'enchaîner :

— Désolé. En fait, je ne voulais pas du tout parler de la Saint-Valentin.

Kiara eut l'impression que son cœur se lestait de plomb. Bien sûr qu'il ne voulait pas en parler. Elle avait été bien sotte de se figurer une chose pareille ne serait-ce qu'une seconde. Tout ça, c'était à cause de ce stupide clin d'œil. Mais il n'y en aurait pas d'autres, promis ! Un silence embarrassé tomba, et Lucas se passa cette fois une main dans les cheveux. À deux reprises, il ouvrit la bouche pour parler et il la referma. Kiara lui jeta un regard en coin.

— Je t'intimide tellement que tu hésites à me poser une question ?

— Non, pas du tout. Je...

Kiara se mordilla la lèvre inférieure, le cœur battant. Il allait l'inviter à un autre vrai faux rendez-vous, elle en était sûre !

— En fait, je voulais savoir...

— Oui ! Enfin, si tu penses à d'autres activités de Noël avec Harry, je suis partante. Comme je te l'ai dit l'autre jour, je serai ton fantôme des Noëls présents.

Elle regretta ces paroles dès qu'elle les eut prononcées. Il y avait vraiment un fantôme des Noëls passés dans la vie de Lucas, tout comme dans la sienne. Mais, dans son cas à lui, ce spectre semblait autrement plus tenace.

— Désolée... Je voulais dire... Enfin...

Elle s'interrompit et grimaça.

— On pourrait la refaire ? Ma mère appelle ces moments « des coups pour rien ».

— Ta mère a l'air d'être quelqu'un de très avisé.

Amusée, elle le vit se prendre le menton et se tapoter la joue, les sourcils froncés, comme s'il se demandait comment recommencer la conversation à zéro. Soudain, il pivota brusquement sur ses talons et s'éloigna.

— Eh ! Où vas-tu comme ça ?

Il virevolta vers elle, un grand sourire aux lèvres.

— Oh ! tiens, bonjour, Kiara. Je suis content de tomber sur toi. Avec Harry, on pensait faire un tour ce soir au marché de Noël. Tu serais des nôtres ?

— Excellent ! dit-elle, impressionnée.

Il s'inclina en ôtant un chapeau imaginaire.

— Tu trouves ? Ravi de t'avoir fait plaisir.

Leurs regards s'attachèrent l'un à l'autre et, l'espace d'un moment précieux, Kiara eut l'impression d'être liée à lui comme elle ne pensait plus jamais l'être à un homme. L'énergie qui les unissait était devenue une force tangible, une connexion magnétique qui donnerait sûrement à cette sortie les apparences d'un vrai rendez-vous galant.

Nya apparut sur ces entrefaites et les gratifia d'un sourire amusé.

— Votre duel de regards va durer encore longtemps ?

Kiara se tourna vers elle et cligna les paupières.

— On a fini.

— On va au marché de Noël du côté de Mousehole. Pour faire plaisir à Harry.

— Exactement, renchérit Kiara. Harry adore tout ce qui brille et concerne Noël.

Nya eut un hochement de tête approbateur.

— Deux sorties en une semaine ? Vous allez faire un heureux. Mais ne rentrez pas trop tard : il y a école demain.

Lorsqu'ils furent de nouveau seuls, Kiara et Lucas pouffèrent de rire.

— Voilà qui est dit, déclara-t-elle. Allez, tu viens ?

Ils poursuivirent leur conversation en marchant et tombèrent d'accord sur l'admiration que leur inspirait Nya. Kiara avait d'autant moins de scrupules à se répandre en éloges à son sujet qu'elle était sincère. Nya était vraiment une excellente chef, la meilleure qu'elle ait jamais eue. Elle était exigeante mais chaleureuse. Généreuse et humaine. Avec elle, Kiara se sentait faire partie d'une équipe au lieu de n'être qu'un maillon anonyme d'une longue chaîne, comme c'était parfois le cas à Londres.

Sans cesser de parler du travail, ils récupérèrent Harry à la crèche, puis Kiara les invita chez elle à un repas de toasts au fromage grillé. Harry reçut, en outre, le privilège de choisir la prochaine boîte de décorations. Leur dîner expédié, ils prirent la voiture de Lucas pour descendre à Mousehole.

Avant même de franchir le virage de la crique suivante, ils aperçurent au loin les lumières du marché. Sur le siège arrière, Harry ne tenait pas en place et tapait dans ses mains. Lorsqu'ils arrivèrent sur la place du village, ils eurent le souffle coupé. Trois énormes sculptures de glace représentaient un bonhomme de neige, un renne et, la plus grande, un Père Noël jovial chargé d'un énorme sac de jouets. Dieu sait comment l'artiste s'y était pris, mais c'étaient de vrais jouets : un casse-noisettes, un ours en peluche, une poupée et une douzaine d'autres joujoux traditionnels. Sous les lumières, les figures étincelaient comme des diamants. Harry ouvrait les yeux si grands que les sculptures s'y reflétaient. Kiara s'accroupit à sa hauteur.

— Tu préfères lequel ?

— Le renne, répondit-il après une courte hésitation. Non, le bonhomme de neige.

Il leva vers elle un regard paniqué.

— Je peux les aimer tous, dis ?

Elle le serra contre elle avec un rire chaleureux.

— Bien sûr que tu peux ! Tu as un grand cœur, n'est-ce pas, Harry ? Un cœur gros comme ça !

Elle savoura l'instant, les petits bras autour de son cou, l'énergie de Harry, sa bonne odeur de terre et de savon… Elle s'aperçut alors que Lucas les regardait tous les deux avec une intensité que ce moment ne justifiait sans doute pas. Ou alors si, peut-être. Elle se rappela soudain sa réaction lorsqu'elle avait vu Lucas pour la première fois. *Viscérale* était le meilleur mot pour la décrire. Au plus profond d'elle-même, Kiara avait eu l'impression d'avoir attendu toute sa vie de le rencontrer. Quelque chose en elle s'était alors brisé. Quelque chose qu'elle n'avait pas réussi à faire bouger depuis que sa relation avec Peter avait volé en éclats. C'était comme si de la lumière s'infiltrait au travers des fissures de son âme, des fissures qu'elle pensait avoir comblées pour ne plus jamais s'exposer à souffrir. Mais avec Lucas c'était différent. Elle éprouvait de la vulnérabilité, oui, mais également un sentiment d'espoir, de possibilités.

Lucas l'aida à se relever, mais ils ne restèrent pas main dans la main tandis qu'ils déambulaient dans le marché derrière Harry, qui courait d'un étal à l'autre. Toutefois, l'intensité de ce bref contact perdurait. Et une voix en Kiara lui souffla qu'il lui manquerait à jamais.

— Prêt, mon grand ?

Harry chancela sur ses patins, puis il lâcha les mains de son père pour saisir celle de la monitrice et il rejoignit le reste de ses camarades, sur la patinoire. Lucas ne put s'empêcher de sourire. Les premiers pas de Harry sur des patins !

— C'est fou comme ils apprennent vite à cet âge-là.

Kiara venait de le rejoindre, chargée de deux tasses fumantes.

— Tu veux un chocolat chaud pour te réchauffer ?

Lucas accepta la boisson avec gratitude.

— Ils ont vraiment pensé à tout, non ?

En guise de réponse, Kiara entama son chocolat avec un soupir de contentement. Lorsqu'elle baissa son gobelet, une lichette de chantilly lui tachait le bout du nez.

— Attends, tu as de la...

Sans terminer sa phrase, Lucas plongea une main dans sa poche et en sortit un mouchoir propre. Leurs regards s'accrochèrent tandis qu'il levait la main, prêt à agir.

— À moins que tu ne préfères la garder pour plus tard, en cas de petite faim ?

— Mmh... C'est vrai que j'aime bien une petite douceur avant de me mettre au lit, mais...

Kiara se tut en rougissant, comme si elle venait d'admettre quelque chose d'un peu trop intime pour une telle occasion. Lucas recula d'un pas et lui tendit le mouchoir sans faire de commentaire. Son premier élan avait été de lui essuyer le nez mais, à présent qu'il y pensait, nombre de leurs échanges pouvaient donner l'impression d'un flirt, même si ni l'un ni l'autre n'étaient jamais allés au-delà.

Il éprouva soudain le désir impérieux de lui expliquer où il en était dans sa vie et pourquoi leur rencontre avait libéré en lui mille émotions, et... oui, autant l'admettre : une attirance qu'il pensait ne plus jamais éprouver. Avant d'avoir eu le temps de refréner cette impulsion, il se tourna vers elle.

— La mère de Harry aurait aimé être ici pour le voir.

De la tête, il désigna la patinoire, où Harry tenait à présent la main d'une fillette aux boucles aussi blondes que les siennes. Ils auraient mérité de figurer sur une carte de Noël, tous les deux. Lucas tenta d'en dire plus, mais les mots restèrent bloqués dans sa gorge. Si Lily avait vécu, c'est elle qui aurait été à ses côtés pour regarder Harry. L'un ou l'autre aurait porté un bébé sur le ventre : une petite fille, sans doute, ou alors un deuxième garçon. Cela n'aurait eu aucune importance. Ils avaient toujours dit qu'ils désiraient avoir des enfants et fonder une famille, point. Peu importait que leur progéniture porte des tutus ou des jeans tachés de boue. L'essentiel était d'avoir des bébés et de les voir apprendre à marcher, aller à l'école, devenir adolescents, bref, grandir jusqu'à ce qu'ils soient capables de voler de leurs propres ailes.

À l'époque, sa vie lui avait semblé sur des rails. Maintenant, l'avenir ressemblait surtout à une ardoise vide. Mais plus pour longtemps, peut-être ? Tout dépendait d'une certaine sage-femme débordante de fantaisie qui venait d'emménager dans le même village que lui. Dans le regard de Kiara, il ne vit que de la compassion. Cela, et mille questions auxquelles il allait devoir répondre.

— Elle est morte, dit-il simplement. C'était un cancer. Une tumeur trophoblastique gestationnelle.

Kiara émit une exclamation étouffée. À l'expression de son visage, il conclut qu'elle savait de quoi il retournait. Après tout, au cours de sa carrière de sage-femme, elle avait dû rencontrer des cas similaires. Il se dispensa donc de lui expliquer les tenants et les aboutissants de cette forme rare et particulièrement invasive de cancer. Il se contenta d'apporter quelques détails. La maladie s'était déclarée au début de la grossesse, avec une férocité qui les avait pris de court. À cause des risques pour le fœtus, Lily avait refusé la chimiothérapie. Lucas n'avait pas été d'accord, mais ils étaient arrivés à un compromis : elle commencerait le traitement dès que Harry serait né. Malheureusement, il avait été trop tard.

Lucas était conscient qu'il s'exprimait d'une voix étrange, automatique, celle-là même qu'il avait eue au cours des jours et des semaines qui avaient suivi l'enterrement, lorsqu'il redoutait de ne plus arriver à se maîtriser s'il laissait affleurer ses émotions.

« Soit tu plies, soit tu casses, Lucas. Je crois savoir dans quel sens tu iras. »

Sa femme avait été convaincue qu'il aurait la force de rebondir. En larmes, il lui avait dit qu'elle lui accordait plus de confiance qu'il n'en avait en lui-même. Qu'il ne voyait pas comment il pourrait se relever d'une telle perte. Le jour où Lily était morte, il avait été anéanti, et il aurait sombré dans cette noirceur si son fils n'avait pas été là : une petite créature de seulement quelques mois, fragile et désarmée.

Tout au long de son explication, Kiara était restée silencieuse, les yeux rivés sur lui, son chocolat oublié. Lucas savait qu'il pouvait compter sur elle à cent pour cent. Alors, comme si sa force de caractère lui offrait un soutien physique, pour la première fois depuis la mort de Lily, il se sentit capable de parler librement de ce qu'il avait vécu. Non, il n'avait pas rebondi. En fait, il avait l'impression d'avoir été fendu en deux moitiés dont l'une était restée avec sa femme, dans la vie qu'ils auraient dû partager. L'autre moitié, en revanche, tentait désespérément de s'arrimer dans sa nouvelle réalité afin de garantir à Harry le bien-être auquel il avait droit.

— À vrai dire, j'ai toujours cru qu'en pareille situation je m'effondrerais en mille morceaux.

Elle fronça les sourcils avec perplexité.

— Que veux-tu dire ?

— Je... Enfin, me trouver avec une femme.

Comme elle clignait les paupières d'un air indéchiffrable, il se sentit contraint d'ajouter :

— Tu comprends... Pas pour un rendez-vous, mais dans des circonstances qui donnent à penser qu'on sort ensemble, toi et moi.

Kiara fit un long « oh ! », comme si la pensée ne l'avait jamais effleurée. Son regard se perdit vers la patinoire, où Harry se relevait d'une nouvelle chute. Sa réaction prit Lucas de court. Elle était bien mutuelle, non ? Cette attirance entre eux... D'ailleurs, en toute franchise, cette sortie avait tout d'un rendez-vous pour lui.

Une pointe glaciale de panique le transperça. S'était-il trompé sur elle, sur ses intentions ? Avait-elle été sincère en affirmant qu'elle voulait offrir à Harry le plus beau des Noëls, mais qu'ils en resteraient là ? Il avait tellement besoin de se lier à quelqu'un qu'il avait pris ses désirs pour des réalités. Ou alors... Il regarda Kiara. Il la regarda très attentivement et vit ce à quoi il n'avait jusqu'alors pas vraiment prêté attention. Derrière son désir manifeste d'écouter et d'aider, il y avait aussi une méfiance, une peur qui l'empêchait de dépasser certaines limites. D'ailleurs, en toute franchise, il lui en demandait beaucoup. Après lui avoir raconté son histoire, qu'attendait-il d'elle, au juste ? Elle n'allait tout de même pas lui dire : *Oh ! comme c'est triste ! Veux-tu m'embrasser ?*

Kiara ne s'abaisserait jamais à une telle grossièreté, bien sûr, et lui-même n'était absolument pas prêt à batifoler avec elle dans le foin. Peut-être en songe. D'ailleurs, la nuit précédente, elle avait encore été l'héroïne d'un rêve très érotique. Et il ne comptait plus les fois où il s'était senti lié à elle par une sorte d'énergie magnétique : tout à l'heure, par exemple, lorsqu'il l'avait aidée à se relever et qu'il avait été tenté de garder sa main dans la sienne.

D'ailleurs, cette soirée avait bien commencé avant qu'il plombe l'ambiance avec ses histoires. Pourquoi avait-il fait cela ? Pour se tirer une balle dans le pied ? Pour tester ses limites ? D'accord, il n'avait pas rebondi. Mais il ne s'était pas effondré en mille morceaux non plus, il ne s'était pas noyé dans un océan de douleur non plus. Il n'avait pas fui, n'avait pas été brisé, n'avait pas hurlé contre l'injustice du Destin. Au contraire, il passait la soirée avec une femme qui lui plaisait, et à qui il plaisait. Il avait les pieds solidement plantés sur le sol et, incroyable, il offrait à Kiara ce qu'il espérait être un sourire. C'était bien la moindre des choses dans un moment comme celui-ci. De toute façon, il aurait été incapable d'en faire plus. Avec un peu de chance, Kiara s'en apercevrait.

Par bonheur, elle lui rendit son sourire, et il sentit son cœur gonfler et battre comme un fou. Après tout, peut-être qu'il ne s'en sortait pas si mal que cela. Après un drame comme le sien, la meilleure tactique consistait sans doute à avancer pas à pas, une gorgée de chocolat chaud après l'autre... Une soirée sous les étoiles, sa main gantée au creux de la sienne...

Un premier baiser ?

À cette pensée, il faillit trébucher en arrière. Il se contraignit à se ressaisir. La vie était fragile et précieuse, il avait payé cher pour le savoir. Il aurait tort de se défiler devant le premier et, sans doute, le plus grand obstacle à son amitié avec Kiara. Pour le coup, cela reviendrait vraiment à se tirer une balle dans le pied. S'il voulait bien le reconnaître, Lily aurait sûrement trouvé Kiara tout à fait sympathique. Elles ne se ressemblaient pas du tout, mais Kiara portait haut et fort des valeurs qui comptaient beaucoup pour lui aussi : l'honnêteté, la gentillesse, le sens de la famille... Elle était tout ce qu'il recherchait déjà chez une femme lorsqu'il était jeune célibataire en faculté de médecine. Elle éclairait sa vie de sourires et de couleurs, elle excellait dans son travail et savait célébrer Noël comme personne. Et Harry l'adorait.

— Voilà notre histoire, conclut-il avec une petite courbette maladroite. Ou du moins, voilà ce qui nous a amenés ici, à Carey Cove.

Kiara pressa contre sa bouche un gant rouge vif qui rehaussait le vermeil de ses lèvres. Ses joues, un instant plus tôt roses de plaisir, étaient devenues très pâles.

— Je suis navrée, Lucas. Je ne savais pas.

— Tu es sans doute la seule personne à vingt kilomètres à la ronde qui ne soit pas au courant.

— Tu aurais préféré que cela reste un secret ?

— Non. C'était la suite logique du chemin qu'on a suivi, tu ne crois pas ?

Kiara secoua la tête. Comme il s'y attendait, elle n'était clairement pas capable de comprendre ce qu'il avait voulu trouver en s'installant ici. Mais sa tentative d'explication avait été si maladroite... À vrai dire, c'était la première fois qu'il essayait de la mettre en mots. Il avala une gorgée de chocolat et lui sourit avant de reporter son attention sur Harry.

— Là où nous habitions, tout le monde connaissait Lily. Je voulais que mon petit bonhomme s'épanouisse en pleine lumière plutôt que de toujours vivre dans l'ombre d'une personne qu'il ne connaîtrait jamais. J'ai pensé que venir ici nous aiderait à nous concentrer sur tout ce qu'on a, au lieu de ce qui nous manque.

Lucas s'efforçait de parler d'un ton léger, mais il lui était impossible de contenir son émotion.

— Vous étiez très amoureux l'un de l'autre, n'est-ce pas ?

— Oui.

Des larmes brillèrent dans les yeux de Kiara. Il prit le mouchoir qu'elle avait roulé en boule dans sa main, puis il le plia en triangle en veillant à garder à l'intérieur l'endroit dont elle s'était servie pour s'essuyer. Il le lui rendit et désigna ses yeux du doigt.

— Grâce à elle, j'ai connu le bonheur, le vrai. Si jamais je devais le trouver à nouveau sur mon chemin...

Il laissa sa phrase en suspens mais, alors que l'ambiance menaçait de prendre un tour intime, Kiara demanda :

— Et Harry ? Je veux dire, comment vit-il la situation ?

Lucas se frotta le menton en secouant la tête.

— Il était tout bébé quand Lily est morte, donc il ne connaît d'elle que ce que je lui ai raconté.

Il chercha des yeux Harry. Dans un accès de témérité, celui-ci avait lâché la main de ses camarades et il était tombé sur les fesses. Lucas eut un petit rire.

— C'est plus ou moins ce qui nous arrive depuis tout ce temps. On tombe et on se relève, et on retombe encore. Enfin, moi, surtout. Harry s'accroche à toutes les jolies choses de la vie. J'essaye d'apprendre de lui, à vrai dire.

— Je n'imagine même pas...

Sous l'effet de l'émotion, Kiara n'acheva pas sa phrase. Lucas sourit, touché.

— Merci. Si tu veux tout savoir, il y a quelques petites choses que je pourrais apprendre de toi aussi.

Elle haussa les sourcils, surprise, et leurs regards s'accrochèrent à nouveau. Lucas avait l'impression de voir jusqu'au fond de son cœur, et ce qu'il y décelait était beau et pur.

— Le déménagement t'a aidé ?

Sa question semblait en dissimuler une autre, beaucoup plus personnelle.

— Oui, répondit-il aux deux questions.

Il reporta son attention sur Harry.

— Les gens du village sont adorables. Je n'avais travaillé que dans un seul cabinet avant… avant de perdre Lily. J'ai eu de la chance d'atterrir ici.

— Tant mieux pour toi, vraiment. Je n'imagine même pas… Surtout avec un enfant de l'âge de Harry… Ou à n'importe quel moment de la vie, d'ailleurs, ajouta-t-elle vivement. C'est pour ça que tu as du mal avec certaines fêtes ? Du moins celle de Noël. Pour les autres, je ne sais pas, dit-elle avec un rire maladroit.

Il eut soudain envie de célébrer avec elle toutes les fêtes du calendrier : pas juste Noël, mais aussi le nouvel an, Pâques, la Saint-Valentin… La Saint-Valentin, vraiment ? Dire qu'il venait de lui parler de Lily…

« Ne crains pas de laisser entrer quelqu'un dans ta vie et dans celle de Harry. Et rappelle-toi de lui offrir des fleurs. »

Pendant un instant, Lucas garda les yeux braqués sur Harry. C'était fou comme le petit s'était attaché à Kiara en l'espace de quelques sorties seulement. Il se pencha vers elle, si près que leurs bras s'effleurèrent.

— Merci de m'avoir montré à quel point c'est un moment particulier.

— Je t'en prie, murmura-t-elle en retour. Ça me fait plaisir.

Tout le plaisir est pour moi, songea-t-il.

Dans un élan irréfléchi, il passa un bras autour de ses épaules pour l'attirer à lui et, l'un contre l'autre, ils suivirent Harry des yeux. Ce dernier venait de retomber sur les fesses, mais il se releva aussitôt avec un sourire jusqu'aux oreilles et il leur adressa un signe de la main, comme s'il avait fait cela toute sa vie.

6

— Tu es sûre que ça ira ?

Une moue dubitative aux lèvres, Kiara tendit les dépliants à Hazel pour qu'elle y jette un coup d'œil. Ils étaient pourtant parfaitement lisibles, même de loin. Le message se détachait en grandes lettres sur un fond rouge et vert vif : les couleurs de Noël par excellence.

MINCE PIES POUR TOUS AU COTTAGE DU GUI !

Elle s'y prenait au dernier moment, certes, mais la veille, incapable de fermer l'œil, elle s'était dit qu'elle donnerait plus de visibilité à Premiers Pas en organisant chez elle un mini-gala avec du vin chaud, des pâtisseries locales et, bien entendu, un énorme bouquet de gui. Problème : allait-on penser qu'elle en faisait trop ?

— C'est parfait, ma chérie.

Hazel fouilla dans un tiroir du bureau de la réception pour y chercher de quoi accrocher un dépliant au panneau d'affichage du hall.

— Tu as eu une excellente idée, au contraire. Même si, en toute franchise, je ne sais pas très bien ce qu'est un mini-gala. Je vais devoir y aller principalement pour satisfaire ma curiosité. Ah ! les voilà.

Elle brandit une boîte d'épingles surmontées de petits sapins de Noël, et le visage de Kiara se fendit d'un large sourire.

— Oh… Merci, c'est gentil ! Tu sais que les fonds récoltés vont à une association ? Je ne retire aucun gain personnel de tout ça.

— Je le sais, ma belle ! Et je t'assure que tes décorations font l'unanimité au village. Elles sont tout bonnement incroyables ! C'est du jamais-vu à Carey Cove. Tu es vraiment exceptionnelle, ma petite.

Rougissante, Kiara sentit un afflux d'émotion lui picoter le nez. Elle inspira profondément et s'empressa de se détourner pour accrocher les dépliants avec une minutie que cette tâche ne méritait sans doute pas.

Décidément, elle avait les nerfs à fleur de peau, ce matin. Surtout après cette soirée avec Lucas et Harry. Elle avait passé un très bon moment, bien sûr, mais sa joie s'était dégonflée quand il lui avait parlé de sa femme. Elle était pourtant sûre de ne pas l'avoir imaginé, ce frisson électrique chaque fois que leurs regards se croisaient. Mais elle n'avait aucune chance de se tailler une place dans un cœur rempli du souvenir d'une autre femme. D'ailleurs, elle n'essayerait même pas. Évincer la mère de Harry ? Alors là, jamais !

Elle avait déjà joué à ce jeu-là, bien que de façon totalement involontaire. Le moins que l'on puisse dire, c'est qu'elle n'en était pas sortie gagnante. Elle avait passé l'année précédente à recoller les morceaux de ses espoirs, de ses rêves, de son amour-propre… La liste était longue. Ils avaient tous été brisés, pulvérisés. Depuis, elle avait réussi à se reconstruire, et la nouvelle version d'elle-même lui plaisait. Mais elle avait beau faire bonne figure, elle était encore fragile. Pour rien au monde elle ne voulait revivre quoi que ce soit d'aussi douloureux. Autrement dit, dorénavant, dès qu'elle serait avec Lucas, elle revêtirait la plus solide des armures émotionnelles. Elle tiendrait son cœur à l'abri, telle Raiponce dans sa tour, songea-t-elle en nouant sa queue-de-cheval en chignon. Et voilà. Aucun prince ne grimperait le long de sa chevelure, ni ce soir ni jamais.

— Des *mince pies* pour tous au Cottage du gui ? Voilà une soirée comme je les aime. Les pères avec enfant sont acceptés ?

La voix chaude de Lucas s'enroula autour de son échine comme du caramel fondu. Ses genoux tremblèrent, mais elle se ressaisit et se tourna vers lui avec un sourire mitigé.

— Bien sûr ! Tout le monde est le bienvenu.

Lucas eut un froncement de sourcils passager, signe qu'il avait saisi le sous-entendu : il n'était qu'un invité parmi d'autres. Une collègue sage-femme du nom de Sophie se joignit alors à eux.

— Ooh ! Des *mince pies* au Cottage du gui ? C'est ouvert à tous ?

Kiara se tourna vers elle avec un grand sourire.

— Absolument ! Plus on est de fous…

Elle se rappela alors la froideur dont elle venait de faire preuve avec Lucas.

— Et puis c'est pour la bonne cause, ajouta-t-elle.

— Dis, Lucas, tu vas voir le Père Noël ce soir ? Enfin, toi et Harry ?

Lucas jeta d'abord un coup d'œil à Kiara, comme pour s'assurer qu'ils n'avaient aucun projet pour la soirée, puis il secoua la tête.

— J'ignorais que le Père Noël nous rendait visite aujourd'hui. Je ferais mieux d'être sage !

— Ah ah ! désopilant.

Sophie leva les yeux d'un air blasé, mais Kiara étouffa un rire. C'était une blague idiote, d'accord, mais et alors ? Elle était drôle. Pour elle, du moins. Elle aurait adoré avoir un copain qui racontait ce genre de plaisanteries fofolles. Et que ce copain devienne un jour son mari et le père de ses enfants. Lucas aurait été parfait dans ce rôle, mais à quoi bon prendre ses désirs pour des réalités ?

— Et toi, Kiara ? On est plusieurs à y aller. Tu serais des nôtres ?

— Oh ! euh...

Elle lança un coup d'œil à Lucas. Il la dévisageait d'un air perplexe, comme s'il attendait qu'elle lui explique la situation. Sa confusion était légitime. Pas plus tard que la veille, Kiara aurait bondi sur l'invitation et elle aurait insisté pour qu'il l'accompagne avec Harry. Comment diable pouvait-il comprendre cette soudaine hésitation ?

— Harry est déjà sorti plusieurs soirs cette semaine, dit-il alors, comme s'il avait lu dans ses pensées. Il aurait peut-être besoin de se reposer...

— Mais c'est le Père Noël !

Les mots lui avaient échappé avant qu'elle puisse les contenir. Comme quoi, même si elle n'était pas à l'aise avec Lucas, elle avait encore plus à cœur de faire plaisir à Harry. Le sourire de Lucas s'illumina et fit briller ses yeux gris.

— Tu es sûre ? Il risque d'être grincheux.

Kiara haussa les épaules d'un air dégagé.

— Tous les jours ou presque, je côtoie des femmes en train d'accoucher, donc je devrais pouvoir me débrouiller avec un petit garçon fatigué. Par ailleurs, ajouta-t-elle à l'adresse de Sophie, si la soirée est organisée pour les enfants, elle ne devrait pas se terminer tard, n'est-ce pas ?

Sophie répondit que non avant de leur communiquer l'endroit

et l'heure du rendez-vous : la place d'un village à moins de dix kilomètres en bas de la côte.

— À tout à l'heure, alors ?

— Oui, absolument, répondit Kiara avec une assurance qu'elle était loin d'éprouver.

Sophie se rendit ensuite en unité d'accouchement, où l'attendait une patiente. Et Kiara se retrouva seule avec Lucas.

— Tu es vraiment d'accord ? lui demanda-t-il. Je ne veux pas te forcer la main.

— Mais non, voyons. Pas de problème.

Elle ne pouvait tout de même pas faire de la peine à Harry parce qu'elle craignait de sortir avec son beau gosse de père. Ce n'était pas juste. Par ailleurs, si elle avait appris une chose au cours de l'année passée, c'était que le bonheur avec un grand B était fait de petits bonheurs comme celui-ci.

— Au contraire, j'ai hâte de voir de l'émerveillement sur son petit visage à l'arrivée du Père Noël. D'ailleurs, je me demande comment il viendra. Il n'y aura pas de neige ce soir, donc... En bateau, peut-être ?

— Qui sait ? On verra bien. Je te récupère à la fin de ta journée ?

Une nuée de papillons s'envola dans le ventre de Kiara.

— Pas de problème, à pluche.

Elle faillit se plaquer une main sur les yeux. Qu'est-ce qui lui avait pris de dire une chose pareille ? Pour se prouver qu'il n'était qu'un ami ? Par bonheur, si Lucas trouva bizarre sa façon de parler, il n'en montra rien. Il prit congé d'un léger mouvement de tête et disparut dans son cabinet. Alors, Kiara ne chercha plus à maîtriser les tremblements de ses jambes. La journée promettait d'être longue... Et la nuit, bien plus encore.

— Oh !

La bouche grande ouverte, Harry promenait des yeux ronds autour de lui. De Carey Cove à Land's End, tous les villages de la côte s'en donnaient à cœur joie pour célébrer l'arrivée de Noël. Même Lucas, tout récalcitrant qu'il était à l'esprit des fêtes, se laissait gagner par l'enthousiasme général tandis que les bavardages surexcités des enfants bruissaient autour de lui dans la nuit.

— Papa, je vois rien !

— Je peux le porter sur mes épaules, si tu veux, proposa Kiara avec timidité.

Lucas se pencha pour soulever son fils, espérant ainsi dissimuler sa réaction face au comportement de Kiara. Elle n'était plus la même depuis qu'il lui avait parlé de Lily. Il la sentait gênée en sa présence et il détestait cela. Devait-il s'attendre à ce genre de situation si jamais il renouait avec sa vie sentimentale ? Bah, la question ne se posait pas puisqu'il ne cherchait pas l'âme sœur. En revanche, il avait vraiment envie de continuer à voir Kiara, et pas comme collègue, ni même comme amie, non : plus comme… une possibilité, disons.

— On peut le porter à tour de rôle, répondit-il. Moi d'abord.

Elle le gratifia de l'un de ses doux sourires, la bouche à peine entrouverte, comme si elle ne s'autorisait pas à aller plus loin. Enfin, c'était mieux que rien, songea-t-il en juchant Harry sur ses épaules afin qu'il puisse admirer le vaste trône où le Père Noël devait siéger tout à l'heure. Kiara lui lança un autre sourire timide avant de reporter le regard en bordure de la place, sur un arbre énorme chargé de lumières et coiffé d'une étoile étincelante.

— Au fait, vous avez installé votre sapin ?

— Pas vraiment, non, avoua-t-il d'un air contrit.

— Mais vous allez le faire ?

— Ça ne figure pas sur ma liste de priorités, dit-il à voix basse pour ne pas être entendu de Harry.

Kiara le gratifia d'un regard appuyé qui n'avait plus rien de timide.

— Désolée, mais il va falloir que j'intervienne. Un enfant qui aime autant Noël ne peut pas se passer d'un arbre décoré comme il se doit.

— Oh ! non ! Tu as déjà fait tant pour…

Il s'interrompit avant de reprendre :

— Tu as raison, ce serait super. Ça lui ferait plaisir. Et à moi aussi.

Rayonnante, Kiara tapota le pied de Harry.

— Ça va, là-haut ? Pas trop froid ?

Harry se mit à taper dans ses mains et à agiter les jambes en chantant :

— Non ! Content, content !

Kiara éclata de rire, un rire cristallin et pur. Chaque fois qu'il l'entendait, Lucas se sentait ému au plus profond de lui-même. Qu'il soit fan de Noël ou pas, au fond, là n'était pas la question. Il était touché par la gentillesse de Kiara avec Harry. Elle lui avait totalement ouvert son cœur. Quand quelque chose amusait le petit, elle aussi riait avec une sincérité complète. Quand il avait mal, comme lorsqu'il était tombé devant chez elle, son instinct immédiat était de lui sécher ses larmes et de le faire sourire. De prendre soin de lui.

Sa poitrine se serra.

Il n'avait jamais imaginé qu'une autre femme puisse jouer le rôle de parent dans la vie de Harry, mais Kiara lui apportait la preuve du contraire, avec facilité et tact. Et un jour, peut-être, avec amour ?

Sans doute avait-elle senti qu'il la regardait, car elle se tourna vers lui avec un air d'excuse.

— Tu es vraiment gentil de me permettre de vous accompagner dans vos aventures de Noël.

— Quoi ? Mais pas du tout ! Au contraire, c'est nous qui devrions te remercier.

Elle plissa le nez avec une moue dubitative. Sur le point de lui demander pourquoi elle faisait cette tête, il se ravisa. Il connaissait la réponse : c'était à cause de lui. Et cette pensée fit affleurer en lui mille émotions. Il avait l'impression que son corps était tiraillé dans deux directions opposées. C'était sans doute cela, la croisée des chemins dont d'autres veufs lui avaient parlé. Il devait choisir entre rester fidèle à un passé familier mais douloureux, et aller de l'avant, vers un avenir tout neuf mais incertain.

— C'est toi qui rends cette saison spéciale pour Harry. Enfin, pour nous deux, ajouta-t-il une seconde trop tard.

Kiara battit des paupières, puis elle regarda alternativement le père et le fils avant de promener à nouveau les yeux sur la foule : une foule composée de familles pour l'essentiel. Il y avait là des mères qui donnaient à manger à leurs enfants ou qui les débarbouillaient, des pères qui portaient leur progéniture sur les épaules ou sur le dos, des grands frères ou des grandes sœurs qui aidaient les petits à enfiler leurs gants ou leur bonnet… Une tristesse poignante se répandit sur ses traits. On aurait dit qu'une chape de solitude s'abattait sur elle. Lucas ignorait ce qui lui était arrivé au juste à Londres mais, à cet instant précis, il devina qu'elle avait été privée de tout cela : faire partie d'une famille, d'un foyer à elle. Pire, on avait fait naître en elle la honte d'avoir de tels rêves. Lucas eut de la peine pour elle. Il avait perdu sa femme, mais il avait son fils, et c'était énorme. Pouvait-il offrir à Kiara une famille de bric et de broc ?

Cette pensée le fit chanceler. Il aimait beaucoup Kiara. Vraiment. Elle était d'ores et déjà devenue plus qu'une simple collègue ou amie. Mais il commençait tout juste à trouver ses marques en tant que veuf et père célibataire. En plus, ses talents de don Juan avaient besoin d'un bon dépoussiérage. Et puis que pouvait-il promettre à Kiara ?

Écoute donc ton cœur, imbécile ! C'est cela, vivre : prendre des risques.

Oui, c'était vrai… Et il avait pris l'un de ces risques en tombant amoureux de Lily.

Mais tu es heureux de l'avoir aimée, non ? Autrement, tu n'aurais jamais eu Harry.

Encore une fois, la petite voix dans sa tête avait raison. Mais justement, Harry était sa responsabilité numéro un. Que se passerait-il s'il s'attachait trop à Kiara, ou si leur histoire tournait mal ? De toute évidence, Kiara cherchait un nouveau départ, mais qui savait ? Pour l'heure, elle se plaisait à Carey Cove, mais à long terme ?

Certaines choses ne sont pas faites pour durer. Ce n'est pas une raison pour fuir devant la vie. Va au-devant d'elle, au contraire. C'est seulement ainsi que tu pourras t'accomplir.

Lucas aurait pu ignorer la petite voix, mais il choisit de faire ce qu'il aurait déjà dû faire l'autre soir. Il attrapa la main de Kiara et la pressa légèrement dans la sienne.

— Merci pour tout. Ce n'est pas facile de convertir un vieux ronchon comme moi à la magie de Noël.

Elle le dévisagea, prise de court, puis un sourire taquina le coin de ses lèvres.

— De rien, voyons. N'importe qui aurait été heureux de le faire à ma place.

— Pas du tout. Harry mérite le meilleur, et tu nous l'as offert sur un plateau d'argent. On se serait beaucoup moins amusés sans toi pour nous servir de guide. Pas vrai, mon grand ?

Il leva les yeux vers Harry, dont l'attention venait d'être attirée par un vrombissement au-dessus de leurs têtes. Le bruit s'intensifiait de seconde en seconde. Lucas se tourna alors vers Kiara. Elle aussi regardait en l'air, mais il sentait toujours ses doigts au creux de sa paume. Une paix indicible se répandit alors sur lui. Un sentiment de calme qu'il n'aurait jamais cru éprouver en tenant la main d'une femme.

Soudain, l'évidence se fit jour à ses yeux : Kiara ressentait la même chose pour lui. Cette attirance était réciproque, mais ils avaient été blessés tous les deux, chacun à leur manière. Par conséquent, ils devraient procéder avec précaution. Et respect. Ces pensées à l'esprit, Lucas lui pressa doucement la main. Il aurait voulu passer un bras autour d'elle et la serrer contre lui.

Un énorme faisceau de lumière jaillit soudain du sol et illumina la carlingue rouge et blanc d'un hélicoptère de secours qui plana au-dessus de la foule. La porte de l'appareil s'ouvrit à la volée, et le Père Noël apparut au milieu des clameurs. Un pied sur la rampe de l'hélicoptère, il s'accrocha à un filin et jeta un sac rouge volumineux sur son épaule. Une petite voix apeurée fusa à travers la bulle de calme qui enveloppait Lucas et Kiara.

— Oooh... Je ne veux pas voir ça !

Ils se lâchèrent et jetèrent un regard derrière eux. Lucas ignorait qui des deux avait laissé tomber sa main le premier, mais il était clair que ni l'un ni l'autre ne souhaitaient alimenter les rumeurs.

— Tout va bien, Sophie ? demanda Kiara en passant un bras autour d'elle.

— Non ! Non, ça ne va pas.

Indifférente aux cris de joie, Sophie baissait la tête, les mains sur les yeux.

— Comment font-ils tous pour regarder ?

Lucas leva la tête pour observer ce qui lui causait une telle détresse. Le Père Noël était suspendu dans les airs à l'aide d'un treuil. Rien de bien extraordinaire, en somme... Pourtant, Sophie gémit de plus belle et se mit à battre le sol des pieds, comme si elle avait voulu se trouver ailleurs. Kiara pencha la tête à sa hauteur pour croiser son regard.

— Tu as peur du vide ?

— C'est ma phobie ! Ce Père Noël est complètement dingue. Ou il veut vraiment en mettre plein les yeux, plus que tous ceux que j'ai vus dans ma vie.

Elle jeta alors un coup d'œil paniqué à Harry.

— Enfin, il n'y a qu'un seul Père Noël, bien sûr, hein ? Tu es sûr que ça va, là-haut, Harry ?

Celui-ci tapa dans ses mains, ravi, et pointa l'index vers le ciel.

— Moi, je veux être là-haut !

Sophie gémit en sourdine, et Lucas lui tapota le dos.

— Tu es toute pâlotte. On peut t'apporter quelque chose ?

— Tu veux t'asseoir quelque part ? renchérit Kiara. Je vais te chercher un verre d'eau.

Du regard, elle quêta l'assentiment de Lucas. Bien sûr qu'il était d'accord. Pauvre Sophie ! Et pendant ce temps, sur ses épaules, un petit garçon surexcité se trémoussait et le suppliait de le laisser monter à l'échelle de corde pour rencontrer le Père Noël. Kiara posa une main sur son bras.

— Je l'éloigne de la foule un moment. Si je ne te retrouve pas à la fin de la soirée, je me débrouillerai pour rentrer toute seule.

— Ne dis pas de bêtises, voyons. On ne va pas te laisser ici.

Elle cligna les paupières comme s'il venait de lui dire quelque chose de beaucoup plus personnel, de beaucoup plus intime. Une fois de plus, Lucas se demanda ce qui avait bien pu lui arriver pour qu'elle lui soit aussi reconnaissante d'une parole qui relevait de la gentillesse la plus élémentaire.

Mais peut-être n'avait-elle rien d'élémentaire, justement. C'étaient tous ces petits riens qu'il fallait chérir le plus : des mains qui s'effleuraient, des regards qui s'accrochaient, un cœur qui battait comme pour lui rappeler qu'il était en vie. Après tout, l'instant précieux pendant lequel leurs doigts s'étaient enlacés continuait de faire vibrer son sang d'une énergie neuve.

Un peu plus tard, quand le Père Noël eut terminé de recueillir les souhaits des enfants et eut distribué des jouets à chacun, il s'accrocha à nouveau au filin et remonta dans l'hélicoptère sous les acclamations. Kiara se fraya un chemin dans la foule jusqu'à Lucas. Elle avait raccompagné Sophie jusqu'à sa voiture et était restée avec celle-ci le temps de s'assurer qu'elle se sentait suffisamment bien pour reprendre la route. Harry s'endormit à peine installé dans son siège auto, un nouvel ours en peluche calé entre ses bras. Le trajet de retour se déroula en silence et, quand ils s'arrêtèrent devant chez elle, Lucas résolut de se jeter à l'eau. Il tenait à lui dire à quel point tout ce qu'elle leur avait apporté comptait pour lui. Mais, le temps qu'il cherche ses paroles, Kiara déboucla sa ceinture de sécurité et sortit silencieusement du véhicule. Un index sur les lèvres, elle désigna Harry.

— À demain matin, murmura-t-elle.

Il la suivit des yeux tandis qu'elle regagnait la porte, puis ils échangèrent un petit geste d'au revoir, et elle disparut chez elle. Lucas éprouva alors un sentiment de vide qui le prit au dépourvu.

Une fois qu'ils furent rentrés à la maison, il coucha Harry et expédia la petite histoire du soir. Il se faisait tard, et son fils avait besoin de repos. Il terminait de le border lorsque Harry se tourna vers lui.

— Dis, elle peut dormir ici, Kiara ? Elle me raconterait des histoires.

Lucas eut l'impression que ses poumons se vidaient de leur air. Il n'y avait aucune malice dans la question. Harry disait tout simplement qu'il appréciait ces instants où ils étaient réunis tous les trois. Il ne songeait pas à remplacer Lily. D'ailleurs, il était trop petit pour se souvenir d'elle. En revanche, il savait instinctivement que quelque chose manquait à sa vie.

Ne sachant quoi répondre, Lucas lui embrassa le front.

— Fais de beaux rêves, mon chéri. Il faut se lever tôt demain pour récupérer Kiara chez elle.

Harry bâilla et s'endormit en tenant contre lui l'ours offert par le Père Noël. Lucas sortit tout doucement de la chambre, mais au lieu d'aller se coucher à son tour il erra dans la maison, en proie à une agitation désagréable. Il déplaçait les objets machinalement avant de les remettre à leur place d'origine, il allumait les lumières, puis les éteignait, tirait les rideaux dans un sens, puis dans l'autre. Il ne voyait plus le chemin qu'il avait parcouru depuis trois ans. Seul comptait celui qu'il lui restait à faire. A priori, cette maison avait tout pour plaire. Il y manquait pourtant l'essentiel, un je-ne-sais-quoi qui lui aurait permis de se sentir totalement chez lui. Car, en réalité, il ne se sentait pas du tout chez lui. Depuis la mort de Lily, il avait réussi à recoller les morceaux. Il s'était trouvé un nouveau boulot, une nouvelle maison, une nouvelle vie pour lui et pour Harry. Mais il avait négligé une partie essentielle de son existence.

Incapable de fermer l'œil, Lucas finit par trouver le sommeil sur le matin et il eut une panne d'oreiller. Harry aussi avait passé une mauvaise nuit. Il avait d'ailleurs demandé à dormir avec lui, ce qui ne lui était pas arrivé depuis des mois.

Le reste de la matinée fut un véritable désastre. Harry était si fatigué et grognon que Lucas se demanda s'il ne couvait pas quelque chose. Heureusement, le petit n'allait pas à la crèche aujourd'hui. Une journée chez la nounou, au calme, lui ferait du bien.

Lorsqu'ils arrivèrent devant la maison de Kiara, Harry abandonna sa trottinette sur le trottoir et courut jusqu'à la porte, puis il exigea que Lucas le soulève pour lui permettre d'atteindre la sonnette. Il appuya plusieurs fois mais, comme personne ne répondit, ils durent se rendre à l'évidence : Kiara était déjà partie. Alors, Harry eut une crise de nerfs. Il trépigna, cria, pleura, battit de ses petits poings la couverture de neige artificielle étalée sous les pingouins. S'il n'avait pas été si épuisé, Lucas aurait fait davantage d'efforts pour le consoler. Au lieu de cela, il s'agenouilla à côté de lui et lui tapota le dos en répétant en boucle :

— Je sais, fiston. Je sais...

Lui aussi aurait bien voulu qu'elle soit là.

Lorsque Harry recouvrit un semblant de calme, il le déposa chez la nounou. Il repartit avec l'assurance que le petit serait particulièrement chouchouté aujourd'hui et qu'il aurait droit à une sieste supplémentaire.

— Il aurait sans doute besoin d'une soirée tranquille à la maison pour rattraper un retard de sommeil, ajouta la nounou.

Lucas ne le prit pas mal, mais les sous-entendus étaient évidents : *êtes-vous sûr que votre fils est votre priorité ?*

Une fois arrivé à l'hôpital, après avoir salué Hazel, ôté sa veste et mis de l'eau à bouillir pour une bonne tasse de thé, Lucas estima qu'il faisait suffisamment bonne figure pour accueillir ses patients. La nounou avait raison. Il était allé beaucoup trop vite, beaucoup trop loin dans cette aventure de Noël avec Kiara. Son fils n'avait que trois ans, il n'avait pas besoin de toute cette agitation. Le mieux était de rétropédaler. Pourquoi ne pas lui offrir une boule à neige pour le faire patienter jusqu'au grand jour ? Quand Harry serait un peu plus grand, il serait temps de réfléchir à leur manière de fêter Noël à tous les deux. Quelle qu'elle soit.

Mais, lorsqu'il ouvrit la porte de son cabinet, ses nouvelles résolutions s'évanouirent comme neige au soleil. Son regard venait de tomber sur un tout petit sapin de Noël, entièrement décoré, au beau milieu de son bureau. Il était accompagné d'une note manuscrite :

Un petit sapin pour un grand Noël. Bises, K.

7

Kiara montra à sa patiente le résultat du tensiomètre.

— On peut répéter la mesure, si vous voulez, mais ça risque de vous stresser encore plus. Avec une tension de 16/11, on s'approche de valeurs gravement élevées, ajouta-t-elle en ôtant le brassard.

Audrey Keene se frotta le bras à l'endroit où le tensiomètre avait été enroulé, puis elle exhala une longue expiration qui ne la calma nullement. La pauvre femme était dans tous ses états.

— Vous désirez appeler votre mari ?

— Non. Il ne revient pas avant Noël.

— Et jusque-là il est injoignable ?

— Il vit sur une plate-forme pétrolière, au beau milieu de nulle part. Parfois, il arrive à m'envoyer des textos, mais je n'ai pas envie de lui annoncer la nouvelle par SMS.

Elle fit semblant de taper un message sur son téléphone.

— *Coucou, chéri. Ta femme et le petit risquent de mourir avant ton retour. Joyeux Noël !*

— Mais non ! La situation est sous contrôle.

Kiara prit le portable d'Audrey et le posa sur le bureau, puis elle couvrit ses mains des siennes en la regardant droit dans les yeux. Audrey était enceinte pour la première fois et elle était très jeune : vingt-trois ans. L'absence de son mari n'était pas faite pour l'aider.

— Toute grossesse comporte des risques, mais la bataille est à moitié gagnée dès lors qu'on sait ce qui vous arrive, à vous et au bébé. Vous êtes dans le meilleur centre obstétrique de la région, et il y a un hôpital tout près si jamais...

— Un hôpital !

Audrey blêmit de plus belle, et Kiara vit une veine pulser au creux de sa gorge. Ah, zut ! Il ne manquerait plus qu'elle fasse une crise de panique.

— Nous n'en sommes pas là. Audrey, regardez-moi. Regardez mes yeux. Inspirez... Expirez. Doucement... Comme ça. Parfait. Peut-on joindre quelqu'un d'autre ?

Audrey pinça les lèvres, les traits crispés comme si elle allait pleurer.

— Je me sentirais vraiment mieux si mon généraliste était au courant.

— Pas de problème. Donnez-moi son numéro, et je le contacte dès la fin de la consultation.

— Non, maintenant ! On devrait l'appeler maintenant.

Elles regardèrent toutes les deux le tensiomètre. Les chiffres n'avaient pas bougé depuis tout à l'heure : la tension d'Audrey était beaucoup trop élevée et laissait craindre une prééclampsie. De plus, des années d'expérience avaient appris à Kiara qu'avec des patientes isolées et vulnérables toute discussion était inutile.

— Bon, très bien, répéta-t-elle. Mais d'abord il faudrait procéder à un test d'urine et de sang. De la sorte, elle aurait une meilleure idée de ce qui se passe et elle...

— « Il », l'interrompit Audrey. C'est un homme.

— Désolée. Je n'aurais pas dû partir de cet a priori.

Instinctivement, Kiara pensa à Lucas. Si elle l'avait eu comme généraliste, lui aurait-elle parlé de tous ses problèmes ? Parce que, franchement, comment aurait-elle pu lui dire qu'elle avait... euh... des verrues, par exemple ? Ce qui n'était pas le cas, au demeurant, mais... Mais non, songea-t-elle avec un sourire. Au contraire, elle pouvait tout lui confier, même ses secrets les plus gênants. Il avait le chic avec les patients... Une manière d'être calme, posée, qui lui disait qu'elle pouvait lui parler sans crainte d'être jugée ou tournée en ridicule. Contrairement à d'autres, il ne la confinerait jamais dans un petit coin de sa vie pour mener la sienne avec les coudées franches.

C'était même tout l'inverse. En la conviant à lui servir de coach pour Noël, il l'avait fait entrer au cœur de sa vie. De la part d'un homme aussi secret, c'était une preuve de confiance énorme. Savait-il seulement à quel point elle était heureuse de partager tous ces instants avec lui et Harry ? En revanche, elle était peut-être allée un peu loin avec ce petit sapin ? Une chose était de passer de bons moments tous ensemble, mais c'en était une autre de s'immiscer dans la vie de quelqu'un.

C'était d'ailleurs ainsi que la femme de Peter avait entendu parler d'elle. Kiara avait eu l'idée de compiler une liste de titres musicaux, qu'elle avait envoyée à Peter. Sa femme était tombée dessus en espionnant sa messagerie. Même à présent, Kiara ne pouvait songer à toute cette histoire sans être consumée par la honte. Car, si la femme de Peter avait eu assez de soupçons pour fouiner dans son portable, cela voulait sûrement dire qu'il l'avait trompée plus d'une fois. C'était tellement humiliant pour elle d'y penser...

Raison de plus pour se concentrer sur sa patiente. Une suspicion de prééclampsie n'était pas à prendre à la légère.

— Pas de problème. Vous êtes d'accord pour une prise de sang aujourd'hui ? Ça nous permettrait de mieux cibler ce qui se passe.

Audrey croisa et décroisa les doigts, puis elle les secoua comme pour se débarrasser de fourmis imaginaires et elle se tapota le menton avec ses deux index.

— N'allez surtout pas croire que je n'ai pas confiance en vous. Je n'ai confiance en personne. Vous ne pouvez même pas imaginer l'enfer que j'ai fait vivre à mon mari. Il venait à peine de rentrer, et je suis sûre qu'il est reparti à cause de moi. Le pauvre, il ne savait plus s'il devait m'acheter des cornichons, du beurre de cacahuète ou de la glace. Tu m'étonnes qu'il se soit sauvé !

Des larmes jaillirent de ses yeux, et sa voix bondit d'une octave.

— Je suis *impossible* à vivre ! Comment voudra-t-il d'une fille comme moi quand le bébé sera né ?

— Eh, dit doucement Kiara. Ne donnez pas trop d'importance à des détails. C'est la vue d'ensemble qui compte. Audrey... Audrey, vous m'entendez ?

Mais la jeune femme semblait ailleurs. Ses mains tremblaient.

— Audrey, je suis ici pour vous. Je suis votre sage-femme, et on va s'en sortir, croyez-moi. On va faire ces tests et régler tout ça. Ça va ?

— Non ! Justement, ça ne va pas. Rien ne va !

Le visage d'Audrey prit une expression presque effrayante.

— Je ne peux pas y arriver toute seule. Je ne sais même pas faire les courses ! Comment voulez-vous que je m'occupe correctement d'un bébé ? En admettant que j'arrive à l'avoir, ce bébé... Et si je meurs ? Hein ?

Plus de doute, Audrey était bel et bien en train de faire une crise de panique. Ce qui expliquerait l'hypertension... Kiara s'agenouilla devant elle et couvrit ses mains des siennes.

— Audrey ? Pouvez-vous me regarder, s'il vous plaît ?

Pour toute réponse, celle-ci se mit à agiter la tête d'avant en arrière en marmonnant des paroles inintelligibles. Elle respirait à présent par halètements saccadés et précipités.

— Audrey ? Audrey... Regardez-moi. Respirez moins vite, autrement vous allez finir par tourner de l'œil.

Mais Audrey continuait de murmurer les mêmes mots en boucle. Des mots qui résonnaient avec une certaine familiarité aux oreilles de Kiara. Soudain, elle les entendit avec clarté.

— *Dr Wilde...*

— Le Dr Wilde est votre généraliste ? Lucas Wilde ?

Audrey hocha la tête.

— Vous désirez le voir ?

— Oui ! implora Audrey.

Kiara se sentit submergée d'une énergie qu'elle ne savait pas trop dans quelle direction canaliser. Sa patiente avait besoin d'aide. Celle de Lucas : le seul homme au monde dont Kiara recherchait la présence autant qu'elle la fuyait. Car, dès qu'il s'agissait de Lucas, ses émotions semblaient échapper à sa volonté et jouer aux montagnes russes. Pas plus tard que tout à l'heure, elle avait cédé à l'impulsion de lui offrir un sapin de Noël. Tout de suite après, elle avait regretté son geste parce qu'il risquait d'être mal interprété. Lucas allait-il le trouver sympathique ou bien trop familier ? Allait-il y voir une invitation à faire fi de toute prudence et à voir où les mèneraient ces frissons affolants ? Ou alors l'inverse ?

Mais dans tous les cas, lorsqu'elle croisait le regard de Lucas, les sentiments qu'elle éprouvait dépassaient de loin tous ceux qu'elle avait jamais eus pour Peter. Et c'était terrifiant. Car, si cette histoire venait à échouer comme la précédente, Kiara ne voyait pas comment elle pourrait survivre à un autre chagrin d'amour. D'autant plus qu'il y avait aussi Harry ! Ce petit garçon fabuleux l'avait fait craquer dès le premier jour.

— Kiara ?

Le souffle court, Audrey la dévisageait avec une expression inquiète et perplexe.

— Vous n'aimez pas le Dr Wilde ?

— Non ! Enfin, si. Bien sûr. Pourquoi me demandez-vous ça ?

— Vous aviez l'air bizarre.

Les joues brûlantes, Kiara se ressaisit. Elle n'aurait jamais dû laisser son attention dévier de sa patiente. Voilà qui lui apprendrait à rêvasser sur des hommes inaccessibles. Elle se redressa brusquement et reprit la main d'Audrey.

— Appelons-le tout de suite, OK ? Il est juste à l'étage du dessous.

Elle composa le numéro tout en donnant à Audrey des consignes de respiration. Comme le téléphone sonnait dans le vide, elle appela la réception.

— Hazel ? C'est Kiara. Saurais-tu où je pourrais joindre le Dr Wilde ?

— Je viens de le voir descendre à la cafétéria. Veux-tu que j'aille le chercher, ma petite ?

— Oui, s'il te plaît. Peux-tu lui dire que c'est assez urgent ? C'est au sujet de l'une de ses patientes.

Lucas avala les marches quatre à quatre. Pour avoir déjà vu Kiara à l'œuvre, il savait qu'elle n'aurait pas demandé son aide à moins d'en avoir vraiment besoin. Alors qu'il s'apprêtait à frapper, la porte s'ouvrit, et Kiara apparut dans l'encadrement. Elle s'écarta pour le laisser passer.

— J'ai avec moi l'une de tes patientes : Audrey Keene. Elle est partie en vrille quand je lui ai parlé de son hypertension. J'ai essayé de la faire respirer calmement, mais comme elle insistait pour te voir j'ai estimé préférable de te contacter.

Lucas la remercia d'un hochement de tête tandis qu'elle refermait derrière lui. Lorsqu'il la voyait ainsi, concentrée et résolue, il se rappelait à quel point le lien qui l'unissait à elle était viscéral. Ce qui les avait rapprochés, c'était bien plus qu'une simple histoire d'arbre de Noël et de pingouins dansants. Ils étaient parfaitement en phase, l'un et l'autre. Dans les bons moments comme dans les mauvais.

Avant que Kiara puisse ajouter quoi que ce soit, Audrey se mit à hyperventiler. En deux longues enjambées, il la rejoignit et s'agenouilla devant elle pour être à la hauteur de ses yeux.

— Audrey ? C'est moi, le Dr Wilde. Peux-tu me trouver un petit sac en papier ? demanda-t-il à Kiara.

Celle-ci hocha la tête et fouilla un court instant dans un placard de fournitures. Lorsqu'elle lui tendit le sac, elle griffonna quelques mots sur un post-it qu'elle lui montra en veillant à le tenir hors de la vue d'Audrey.

Crise de panique ?

Il opina du chef. Audrey avait été sujette à ce genre d'épisodes même avant de tomber enceinte. Il en avait d'ailleurs fait mention dans son dossier médical, donc Kiara aurait dû le remarquer. Mais peut-être n'avait-elle pas eu le temps d'en prendre connaissance. Elle était nouvelle dans le service, après tout. Audrey était peut-être arrivée en consultation dans cet état. Ou alors, plus vraisemblablement, l'attaque s'était déclenchée alors que Kiara prenait connaissance du dossier.

— Audrey ? dit-il en lui posant une main sur l'épaule. C'est moi, le Dr Wilde. Kiara. Kiara et moi sommes ici pour vous aider. Vous étiez déjà dans cet état d'anxiété quand vous êtes arrivée ?

Incapable de répondre, Audrey lui agrippa la main comme si c'était une bouée de sauvetage.

— Elle voulait voir Marnie, expliqua Kiara d'une voix basse et régulière. J'avais commencé à lire son dossier médical. Sa tension est assez élevée.

— C'est-à-dire ? Combien ?

— 16/11. Son mari travaille loin et, apparemment, il n'y a personne d'autre à contacter. D'après toi, il pourrait y avoir un problème sous-jacent ? Tu es d'accord pour réaliser un ECG ?

— Non, pas tout de suite. Mais tu as raison. Elle doit passer des tests avant de partir.

Il s'adressa alors à Audrey d'une voix légère.

— Parfois, dans des moments intenses comme celui-ci, ça fait du bien de marcher un peu. N'est-ce pas, Audrey ?

Celle-ci le dévisageait d'un regard fixe agrandi par la peur, une main sur le ventre, l'autre autour du sac en papier qu'elle plaquait contre sa bouche.

— Voilà, c'est bien. Doucement… Un… deux… trois… quatre… Et un… deux… Excellent.

Accroupi sur les talons, Lucas écoutait la respiration d'Audrey : elle s'emballait à nouveau.

— Audrey ? On va respirer avec vous, OK ? Tous les trois ensemble. Un, deux, trois…

Après quelques tentatives infructueuses, Kiara échangea un regard avec lui. Cela ne servait à rien. Audrey subissait même une alcalose respiratoire : l'hyperventilation faisait chuter le taux de dioxyde de carbone dans le sang, ce qui risquait de perturber le métabolisme du calcium avec, à la clé, des crampes ou une tétanie, voire une syncope.

— On vous aide à vous lever et à faire quelques pas ?

Lucas saisit l'une des mains d'Audrey et il enroula un bras autour de ses épaules tandis qu'elle se levait en prenant appui sur l'accoudoir de son siège. D'un regard, il convia Kiara à prendre l'autre main de leur patiente, ce qu'elle fit, en plus de lui saisir la taille. Les jambes d'Audrey flageolèrent, et elle serait tombée s'ils ne l'avaient pas soutenue. Lucas croisa les yeux de Kiara avec le sentiment d'avoir travaillé avec elle pendant des années.

— Merci pour l'arbre de Noël, lui murmura-t-il.

Kiara eut l'air surprise, puis ses traits s'adoucirent, et elle hocha la tête en souriant. Au même instant, Audrey tira sur son col avec l'air d'étouffer. De la sueur perlait à son front.

— Audrey ? Ça vous dirait de sortir un peu au soleil ? demanda Lucas.

Elle parvint à hocher la tête, ce qui était bon signe : sa respiration s'était calmée suffisamment pour lui permettre de faire attention à ce qu'on lui disait. Malgré tout, il suffisait d'un rien pour que la situation dégénère à nouveau, donc mieux valait éviter l'ascenseur. Ils avancèrent lentement et descendirent l'escalier avec précaution. Devant les coups d'œil dubitatifs lancés par quelques collègues au passage, Lucas se demanda s'ils avaient pris la bonne décision. Par bonheur, dès qu'ils furent à l'air libre, dans les beaux jardins baignés de lumière dorée, Audrey inspira une profonde bouffée. Elle avait l'air de renaître, comme si le fait de se trouver dans un espace clos avait déclenché la crise, et rien d'autre.

Le soulagement se peignit sur les traits de Kiara, et Lucas imagina qu'il devait faire la même tête. Ils marchèrent un moment aux côtés d'Audrey en désignant les parterres soignés, les massifs de jasmin d'hiver aux fleurs jaunes, les pelouses envahies de cyclamens, une haie de cornouillers rouges et orange, les houx chargés de baies, sans oublier un énorme résineux décoré de guirlandes lumineuses.

— Vous avez hâte qu'on soit à Noël, Audrey ?

L'impatience de Kiara s'entendait dans sa voix, et Lucas ne put s'empêcher de sourire.

— J'adore la simplicité de cet arbre, ajouta-t-elle en pointant le doigt vers un imposant conifère. Mais le Dr Wilde pourra vous confirmer qu'en matière de Noëls mes goûts sont... disons...

— Pas très discrets ? suggéra-t-il avec un sourire en coin.

Audrey se figea sur place et joignit les mains avec une exclamation, comme si Kiara avait été une pop star.

— Non ? C'est vous qui habitez dans ce cottage adorable ? On dirait la maison du Père Noël !

— J'avoue... Je plaide coupable.

— Coupable de quoi ? Il est magnifique, au contraire.

Audrey se tourna vers Lucas comme pour quêter son approbation.

— C'est un endroit magique. Pas vrai ? Magique, insista-t-elle en détachant les syllabes.

L'air sévère, elle semblait mettre Lucas au défi de la contredire. Il aurait été bien incapable de le faire, au demeurant. Cette passion de Kiara pour Noël était justement ce qui avait amené leurs chemins à se croiser. Il n'avait pas passé une si bonne fin d'année depuis longtemps, et même peut-être depuis toujours.

Il échangea un sourire avec Kiara tandis qu'Audrey se lançait dans un monologue détaillé à propos du Cottage du gui.

— Un amour de maison ! Je m'arrange pour passer devant tous les jours : c'est pour vous dire à quel point je l'adore. Elle me rappelle comme j'aimais Noël étant petite. Vous allez la décorer chaque année, j'espère, hein ? Comme ça, je me promènerai devant avec le bébé.

Audrey se rendit soudain compte qu'elle jacassait et elle plaqua les paumes sur sa bouche pour étouffer un rire.

— Désolée, je ne... Eh !

Les mains grandes ouvertes, elle leur sourit d'un air émerveillé.

— Ma crise est passée ! C'est votre cottage de Noël qui m'a sauvée !

Tous trois regagnèrent Carey House en riant. Alors qu'ils retournaient dans le bureau de Kiara, Lucas remarqua qu'une branche de gui ornait l'entrée de la salle de repos du personnel.

— Si vous le désirez, je peux rester avec vous pendant que Kiara vous fait la prise de sang et les autres prélèvements.

Mais Audrey fit non de la tête.

— Pas la peine, docteur. Ça ira, merci.

— Comme vous voudrez. Mais, si jamais vous vous sentez mal, n'hésitez pas à faire appel à Kiara ou à moi, d'accord ?

— Je ferai même mieux que cela : j'irai me balader du côté du Cottage du gui.

Kiara prit sa tension avec un grand sourire : par bonheur, les chiffres avaient baissé de manière significative depuis tout à l'heure. Alors qu'il s'en allait, Lucas se tourna vers Kiara.

— Ça te dit, un chocolat chaud ce soir ?

Elle fit la moue en plissant le nez.

— Je ne peux pas. J'organise une soirée portes ouvertes chez moi demain soir, dit-elle en jetant un coup d'œil à Audrey.

— Ah, oui, c'est vrai. Harry a insisté pour que je note la date sur le calendrier.

Lucas aurait voulu lui offrir son aide, mais la présence d'Audrey l'en dissuada. Il prit donc congé d'un signe de la main tandis que Kiara expliquait à Audrey les tenants et les aboutissants de la levée de fonds. Lorsqu'il passa devant la réception, Nya lui lança l'un des petits sourires malicieux dont elle avait le secret. Alors seulement, Lucas se rendit compte qu'il arborait un sourire jusqu'aux oreilles. Plutôt que de feindre un air perplexe, comme il l'avait déjà fait en pareille occasion, il lui adressa cette fois-ci un salut désinvolte avant d'esquisser un pas de danse insouciant.

8

Kiara promena un regard critique autour d'elle.

Bien ! Récapitulons...

Les *mince pies*... Tout ce qu'il y avait d'assiettes et de plats dans le cottage débordait de tartelettes sorties tout droit du four : de petites merveilles décorées de motifs en forme d'étoile et saupoudrées de sucre glace.

Le vin chaud : Kiara en avait préparé pour un régiment. Une bonne odeur de cannelle et de clou de girofle flottait dans l'air. Pour les enfants, elle avait fait chauffer du jus de pomme aux épices et confectionné des biscuits en forme de bonshommes. Pour les invités qui souhaiteraient s'attarder, elle avait également pensé à des amuse-gueules.

Sans oublier les décorations de Noël... Partout où les yeux se posaient, c'était un enchantement de guirlandes, de lumignons et de suspensions. Et pourtant...

Kiara sortit dans le jardin afin de regarder le cottage avec des yeux neufs. Rien ne manquait : les pingouins, le bonhomme de neige et ses copains, les étoiles... Sans oublier quelques lutins ainsi qu'un Père Noël, installé quelques jours plus tôt sur le toit par un aimable réparateur qui s'était déplacé pour régler l'antenne de la télévision. Les arbres étaient tout enturbannés de guirlandes lumineuses, de même que les sucres d'orge géants et les rennes en osier. Il y avait aussi des angelots qui chantaient des airs de Noël lorsqu'on appuyait sur un bouton, et des animations lumineuses qui imitaient d'épais flocons de neige. Et d'énormes « cadeaux », et des boules brillantes en forme de cloche...

En divers emplacements, Kiara avait également disposé plusieurs fausses maisons de pain d'épices qui faisaient office de tirelire : l'une à côté du portail, l'autre près de la porte d'entrée, une autre encore sur le plan de travail de la cuisine… Toutes étaient accompagnées de brochures qui présentaient les actions de l'association Premiers Pas.

Bref, tout était fin prêt. Et pourtant, Kiara n'arrivait pas à se départir de l'impression que quelque chose manquait… Mais quoi, au juste ?

À cette époque de l'année, la nuit tombait tôt dans l'après-midi, et Kiara avait pris sa journée pour que la soirée portes ouvertes commence dès la sortie des classes. Elle savait que Harry et Lucas ne devaient pas arriver tout de suite, mais lorsque les invités commencèrent à affluer, d'abord au compte-gouttes, puis en grand nombre, elle ne put s'empêcher de scruter la foule à leur recherche.

— Kiara !

Avant qu'elle ait eu le temps de reconnaître qui l'avait appelée, Kiara se retrouva enveloppée dans une étreinte chaleureuse. C'était Audrey, sa patiente de la veille. On aurait dit une autre femme. Ses cheveux sombres étaient noués sous un bonnet à rayures vertes et blanches, orné d'un gros pompon jaune d'or et d'une frise à motifs de rennes. Ses joues roses resplendissaient de santé, ses yeux étincelaient… Mais c'était son sourire qui faisait surtout plaisir à voir. Toujours dans les bras l'une de l'autre, elles reculèrent d'un pas et se regardèrent avec une mine réjouie.

— Vous êtes superbe ! dirent-elles en même temps.

Elles éclatèrent de rire, puis Kiara retrouva son sérieux.

— Vous allez bien ?

— Oui, beaucoup mieux.

De nouveau, Audrey la serra dans ses bras avec gratitude.

— Je ne vous remercierai jamais assez de ce que vous avez fait pour moi, le Dr Wilde et vous.

— Oh oh… On parle de moi ? Qu'est-ce que j'ai encore fait ?

La voix profonde de Lucas s'enroula autour de Kiara comme une caresse. Leurs regards se croisèrent, et elle éprouva aussitôt ce fourmillement familier qui la faisait penser à un essaim de papillons voltigeant dans son ventre. Réaction totalement ridicule, bien sûr, puisqu'il en aimait une autre. Et, même si cette autre ne pouvait plus être avec lui, cela ne changeait rien : son cœur était pris.

Lucas entrouvrit les lèvres, et son visage afficha une expression douce, comme si lui aussi était aux prises avec des états d'âme : *Je l'aime bien, mais sans plus. Je ne peux pas me permettre de tomber amoureux d'elle.*

Sans lui laisser le temps de dire quoi que ce soit, Audrey l'attira dans une accolade affectueuse.

— Kiara !

De l'autre côté de la clôture, Harry venait de laisser tomber sa trottinette. Il courut vers elle pour sauter dans ses bras avec autant d'aisance que s'il l'avait fait des milliers de fois. Il était tellement adorable avec son petit bonnet en tricot. À croquer. Kiara le serra fort contre elle et inspira une longue bouffée de son odeur enfantine.

— Papa !

Kiara leva les yeux et vit devant elle Lucas, les bras tendus pour prendre son fils.

— Je le porte.

Il souriait d'un air bienveillant, et pourtant son geste la piqua au vif. Sans le vouloir, il lui rappelait qu'elle n'avait pas le droit d'aimer Harry. Du moins, pas comme une mère. C'était exactement ce que lui avait dit la femme de Peter.

« Vous, avoir une famille comme la nôtre ? Et puis quoi encore ? Ce genre d'amour n'est pas pour vous. »

Lucas fit un pas vers elle, le front plissé.

— Il est un peu lourd pour toi, n'est-ce pas ?

Il inclina la tête pour tenter de croiser son regard.

— Kiara ?

Ce mouvement, sa proximité et son odeur, un parfum de pin et de genévrier, tout se combina pour la ramener au présent.

— Oui, dit-elle en lui tendant Harry. Bien sûr. Tu as raison. Justement, un peu de musculation me ferait du bien. Ah ah ! Pourtant, je porte des bébés à longueur de journée, mais rien à faire.

Elle appuya sur son biceps.

— J'ai des muscles en guimauve. Il faudrait que je fasse le plein de protéines.

Seigneur, ce n'était pas possible ! Elle aurait voulu que le sol s'ouvre sous ses pieds et l'engloutisse. Lucas cala Harry sur une hanche et embrassa l'une de ses menottes, puis il la dévisagea avec un sourire perplexe.

— Pas du tout. Reste comme tu es, au contraire. Tu es parfaite.

Kiara se sentit pousser des ailes. Comment ? Il trouvait qu'elle était parfaite ? Elle ? De toute sa vie, personne ne lui avait jamais fait un tel compliment. Devait-elle en conclure que…

Mais Lucas secoua légèrement la main de son fils en prenant une voix enfantine et enjouée.

— Pas vrai, Harry ? On ne voudrait pas que notre nouvelle amie soit différente de ce qu'elle est, hein ?

— Non !

Bien sûr… Kiara était parfaite du moment qu'elle se cantonnait à une place d'amie. Un élan de panique lui comprima la poitrine, exactement comme ça avait été le cas pour Audrey la veille. Décidément, elle choisissait bien son moment. Elle ne pouvait pas se permettre de craquer là, maintenant. Mais elle souffrait, bon sang ! Ses émotions étaient éclatées en un kaléidoscope de sentiments conflictuels à cause d'un homme qui s'était insinué dans son cœur et avait comblé un manque dans sa vie. Et c'était un chagrin comme elle n'en avait jamais éprouvé. Dieu sait qu'elle s'en serait bien passée.

Elle tendit la main par-dessus son épaule pour désigner le buffet.

— Allez-y, servez-vous. Il y a des *mince pies* et du jus de pomme à la cannelle.

Après un bref mot d'excuse, elle les planta sur place en s'efforçant de ne pas prêter attention à l'expression stupéfaite qui se peignait sur les traits de Lucas. Elle avait bien autre chose à faire, de toute façon.

Une heure plus tard, alors que la foule commençait à s'éclaircir, Lucas apparut avec un balai et une pelle. À côté de lui, Harry tombait de sommeil.

— Je me suis dit qu'on pouvait t'aider à ranger.

Au même instant, Harry bâilla à s'en décrocher la mâchoire. Lucas le couva d'un regard affectueux.

— Enfin, que *je* pouvais t'aider. Tu aurais un endroit où ce petit gars pourrait se reposer un peu en attendant ?

— Oh là là, Lucas… Tu n'es pas obligé, vraiment ! C'est trop gentil !

D'une main levée, il coupa court à ses objections.

— C'est la moindre des choses après toute la joie que tu nous as apportée ces derniers temps.

Appuyé contre la jambe de son père, Harry noua les bras autour d'elle. Le pauvre petit dormait debout. Kiara oublia aussitôt les émotions compliquées que son père lui inspirait. Elles n'avaient plus aucune importance dès lors que Harry avait tellement besoin de dormir. Et puis, même si elle avait passé l'essentiel de la soirée à éviter Lucas, elle devait bien admettre qu'une seconde paire de mains serait la bienvenue pour tout remettre en ordre.

Une fois Harry couché, ils entamèrent le rangement avec efficacité. On aurait dit qu'ils travaillaient ensemble depuis des années. Sans même se parler, chacun devinait comment se répartir les tâches ou quand l'autre avait besoin d'un coup de main.

— Ouf !

Kiara promena un regard ravi autour d'elle.

— La maison est comme neuve. Merci beaucoup !

Elle sourit à Lucas, qui se tenait près du panier à bois. Il était si beau ! Si gentil ! Dire qu'il avait fallu qu'elle parte à l'autre bout du pays pour trouver l'homme parfait. Mais à quoi bon, puisque cet homme ne l'aimerait jamais en retour ? Et cela lui déchirait le cœur. Un sentiment glacial de solitude la pénétra jusqu'à la moelle. Elle s'efforça de ne pas s'appesantir sur cette émotion mais, en dépit de tous ses efforts pour l'ignorer, elle fut parcourue d'un long frisson.

— Tu as froid ? Je mets une bûche dans la cheminée ?

Elle lui sourit avec gratitude.

— Oui, s'il te plaît. Ça te dirait de rester pour un verre de vin et une dernière tartelette ? Tu as besoin de reprendre des forces avant de porter ton fils jusqu'à la maison.

Qu'est-ce qui lui prenait ? Était-elle devenue folle ? Juchée sur son épaule, une bonne fée imaginaire la dévisageait avec sévérité. Il y avait de quoi ! Une femme qui venait d'avoir le cœur brisé par un homme marié n'invitait pas un mec indisponible à un tête-à-tête près du feu. Même si le mec en question était veuf et sexy. *Que nenni !* disait au contraire une vilaine fée, qui aurait bien voulu passer quelques moments privilégiés en compagnie de Lucas. Pour celle-là, il n'y avait pas de mal à savourer un peu de vin chaud devant la cheminée, à la lumière des guirlandes. La gentille fée s'apprêtait à contre-attaquer quand Lucas prit la parole.

— Oui, pourquoi pas ? Bonne idée.

Alors qu'il se penchait pour alimenter le feu, Kiara ne put s'empêcher d'admirer son postérieur.

— C'est gentil à toi de permettre à Harry de se reposer, dit-il en s'asseyant.

Ah, oui ! Seigneur, elle avait pensé à tout autre chose… Elle émit une vague interjection, comme pour dire qu'elle n'avait jamais eu d'autre intention. Elle fut tentée de lâcher une plaisanterie selon laquelle elle essayait, sans y parvenir, de soulever un Harry endormi. Par bonheur, elle se ravisa à temps. À quoi bon ressasser ses moments de gêne devant un homme qu'elle ne demandait qu'à aimer ? Elle n'était tout de même pas masochiste.

Elle s'affaira à préparer un petit plateau de tartelettes, de fromage et de biscuits apéritifs, sans oublier le verre de vin qu'elle lui avait promis.

— Et toi, tu ne bois rien ? demanda-t-il.

Il ne valait mieux pas, non, songea-t-elle en secouant la tête. Elle se rappelait la première fois où Peter l'avait invitée au pub : elle avait bu non pas un verre, ni deux, mais trois. Mal lui en avait pris !

— J'ai eu ma dose pour ce soir. Je fais chauffer de l'eau pour une tisane.

— Une tisane de Noël, j'espère.

— Évidemment ! Pomme cannelle. Tu permets ? Je reviens dans une minute avec ma tasse.

Réfugiée dans la cuisine, elle plongea la tête dans le réfrigérateur pour se rafraîchir les idées et prit dix longues respirations. Sans effet. Alors qu'elle garnissait une petite assiette de gâteaux, elle s'imagina en compagnie de Lucas, ici, dans son petit cottage. La maison aurait été décorée pour Noël comme à présent, mais peut-être avec un peu plus de sobriété. Tous les deux, ils auraient invité des amis à dîner, ou alors, comme ce soir, ils auraient organisé une soirée portes ouvertes, pleine de rires et de convivialité. Après quoi ils auraient prolongé les discussions autour d'un verre en parlant tout bas pour ne pas réveiller Harry. Puis, à la veille de Noël, ils auraient accroché à la cheminée trois grosses chaussettes remplies de surprises. Et ils se seraient blottis ensemble sur le canapé…

Kiara serra fort les poings et s'efforça d'insuffler un peu de bon sens dans son esprit. Elle n'était pas avec Lucas. Ni maintenant ni jamais.

D'accord, tu l'as invité, susurra la vilaine fée. *Mais ce n'est pas ta faute s'il a dit oui. Pas ta faute non plus s'il est craquant et sexy.*

Mais la bonne fée ne l'entendait pas de cette oreille.

Écoute, ma petite. Tu vas t'asseoir à l'autre bout du canapé et discuter avec lui des joies des prélèvements d'urine. Après quoi tu lui diras au revoir, et il rentrera chez lui avec son fils. Il n'habite pas ici, rappelle-toi.

Il est complètement stupide, ton plan, décréta la vilaine fée d'un air boudeur.

— Tout va bien ?

Lucas était apparu dans l'entrebâillement. Le front barré par un pli d'inquiétude, il la regardait se tenir la tête dans les mains. Pour compléter le tableau, il avait dû la surprendre à se parler toute seule. Il ne manquait plus qu'il la prenne pour une folle !

— Oui, oui ! Je, euh... Ma famille me manque un peu, voilà tout.

— Je sais ce que c'est. La saison est propice à ce genre de pensée.

Elle hocha la tête, reconnaissante qu'il soit compréhensif... Et doublement soulagée d'avoir trouvé un sujet de conversation neutre. Lucas prit l'assiette qu'elle venait de préparer et, ce faisant, une délicieuse odeur masculine titilla ses sens aiguisés. Il n'en fallait pas plus pour mettre à mal les sages résolutions de la bonne fée.

— Allez, prends ta tasse et viens t'asseoir sur le canapé. On a bien mérité une petite pause, toi et moi.

Lorsqu'il se détourna pour regagner le salon, Kiara eut peur de défaillir. Comment la perfection incarnée pouvait-elle être là, toute proche, mais désespérément hors de portée ?

Tout simplement parce qu'il n'est pas un homme pour toi. Donc tiens-le-toi pour dit et mange une tartelette.

Elle s'installa à côté de lui, un coussin sur les genoux en guise de table. Elle leva la tête et vit alors que Lucas la regardait. Un sentiment de timidité la submergea. C'était la première fois qu'ils étaient assis ensemble, juste pour bavarder. Jusqu'alors, ils s'étaient toujours trouvés au sein d'un bourdonnement d'activité, ou au travail. À présent qu'ils étaient au calme, cette intimité lui parut aussi naturelle que s'ils se connaissaient depuis des années.

— Vous avez l'habitude de fêter Noël dans ta famille ?

— Plus trop depuis quelque temps.

Kiara hocha la tête, plus intéressée par ce qu'il ne disait pas que par ce qu'il disait.

— Comment ça ? C'est récent ?

Il eut une sorte de rire mélancolique.

— Depuis la mort de Lily, tu veux dire ? Non, ça date d'avant. En fait, on n'a jamais été fan de Noël. Et puis mes parents ont pris leur retraite en France il y a quelques années, et mes sœurs passent les fêtes avec eux tous les ans. Les parents de Lily ont commencé à partir en croisière dès lors que leurs enfants ont quitté le nid, et moi j'ai toujours travaillé jusqu'au grand jour. Tout cela pour dire que je n'ai jamais vraiment fait l'effort de descendre en France. Et, quand Harry est né, j'ai eu une excuse supplémentaire pour ne pas bouger. On se débrouille entre nous.

— Tu t'entends bien avec ta famille ? demanda-t-elle en fronçant les sourcils.

Puis elle secoua la tête.

— Désolée, je suis indiscrète.

— Pas du tout ! En réalité, je ne suis pas en mauvais termes avec eux. Simplement, chez nous, les anniversaires ont plus d'importance que Noël, je suppose. Si tu veux tout savoir, c'est la première fois que j'ai l'occasion de ressentir l'esprit de Noël. Grâce à toi.

Kiara se sentit rougir, flattée, et les émotions qu'elle avait tenté de contenir jusqu'ici se déversèrent en elle dans un flot irrésistible. Et quel mal y avait-il à cela, après tout ? Elle bavardait tranquillement avec un homme qu'elle admirait et qui l'attirait, au mépris de toute raison. Un homme dont le fils dormait paisiblement dans la pièce d'à côté. Un bon feu crépitait dans la cheminée, et l'ambiance était chargée d'une énergie chaleureuse. Tout était réuni pour une soirée sympathique, mais...

Tu finiras le cœur brisé, une fois de plus, l'avertit la bonne fée. *Restes-en là, cela vaudra mieux pour toi.*

— Tu te plais à Carey Cove ? demanda Lucas.

Il avait pensé qu'elle était heureuse ici mais, lorsqu'elle sourit d'un air doux, il manqua quelque chose à ce sourire. C'étaient ses yeux… Ils ne brillaient pas. Kiara réfléchit un instant, puis elle répondit d'une voix nette dans laquelle perçait une émotion qui colorait ses joues :

— J'adore ma nouvelle maison.

Elle promena la main autour d'elle comme l'aurait fait une animatrice de stand dans un salon professionnel.

— J'aime aussi beaucoup mon travail et mes nouveaux collègues, ajouta-t-elle avec davantage de conviction.

Comme si elle s'était rappelé qu'il était justement l'un de ces collègues, elle se détourna avec un soupir.

— Quoi ?

Intrigué, Lucas inclina la tête de côté pour la regarder… La regarder vraiment… Kiara était une belle femme. Nimbée par les lueurs de la cheminée et des guirlandes, elle avait l'air d'un ange. Plus généralement, elle avait une aura particulière, un charme fou qui lui valait la sympathie spontanée des gens. D'ailleurs, tout le monde au village adorait le Cottage du gui et sa décoration extravagante. Et tout le monde l'adorait, *elle*. Mais ce moment de vulnérabilité lui prouvait qu'elle n'était pas aussi vaillante qu'elle aurait voulu le laisser croire. Ni aussi heureuse. Et cela lui faisait de la peine. Une femme aussi généreuse, aussi empathique méritait tout le bonheur possible. Et pourtant, un obstacle se dressait entre elle et ce bonheur. L'envie le saisit de tout mettre en œuvre pour l'aider.

— Il y a quelque chose qui cloche, n'est-ce pas ? C'est ta famille ? Londres te manque ?

Elle secoua la tête avec un sourire mélancolique.

— Non. J'adore mes parents, mais j'ai quitté le nid depuis plusieurs années, donc on a l'habitude de vivre chacun de notre côté. Même si on se téléphone tous les jours. Non, c'est plus…

Elle tira sur un fil du coussin, puis elle lui sourit d'un air gêné.

— Enfin, ils pensaient qu'à l'âge que j'ai je serais mariée avec des enfants.

— Et toi ? Tu étais sur la même longueur d'onde ?

— Oui.

À la façon dont elle prononça ce « oui », il devina que ce rêve avait failli devenir une réalité.

— Tu pensais te marier avec quelqu'un en particulier ?

Kiara devint cramoisie, et il se reprocha son manque de tact. D'autant plus qu'il n'était même pas certain de désirer connaître la réponse à cette question. Lorsqu'il imaginait Kiara en robe de mariée, au bras d'un autre que lui, son cœur se serrait douloureusement.

— J'ai eu un petit ami, oui. On est restés ensemble pendant trois ans.

— C'était une histoire sérieuse, on dirait.

Lucas trempa les lèvres dans son verre avant de le reposer. Il tenait à garder les idées nettes pendant qu'il écoutait son histoire. Il voulait être aussi attentif qu'elle l'avait été lorsqu'il lui avait raconté ses propres problèmes.

Kiara hocha la tête, puis elle entama son récit d'une manière qui laissait entendre qu'elle n'en avait pas parlé depuis un bon moment, voire jamais. On aurait dit que les mots la faisaient souffrir et qu'elle désirait s'en débarrasser aussi vite que possible.

— On travaillait tous les deux dans le même hôpital. Il était... Enfin, il est chirurgien.

Elle s'interrompit, le front plissé, et Lucas réprima l'envie de lui prendre la main pour la réconforter. Elle devait raconter son histoire toute seule, depuis son coin de canapé. Pour se passer les nerfs, elle malmenait son coussin de ses doigts crispés.

— Au début, c'était juste un flirt. On s'est retrouvés pour un verre après le travail, puis pour autre chose... Ensuite, tout est allé très vite. On s'est mis en couple, je lui ai présenté mes parents, mes amis... Étant donné nos métiers, nous avions des emplois du temps compliqués, ce qui ne facilitait pas notre relation. Tu sais de quoi je parle, j'en suis sûre.

Elle croisa son regard comme pour quêter son approbation, et il hocha la tête. Oui, il savait très bien. Les chirurgiens avaient des horaires difficiles, et les sages-femmes aussi. Les bébés ne connaissaient rien aux heures de bureau.

— Quoi qu'il en soit, mes parents l'adoraient. Ma mère n'arrêtait pas de répéter que sa fille allait épouser un chirurgien.

Kiara fit la grimace, comme si eux aussi avaient été les dindons d'une triste farce. Lucas sentit une colère sourde monter en lui. Peu importait qui était ce type : il n'avait pas mérité Kiara. Pas plus qu'elle ne méritait d'éprouver une telle douleur, une telle honte.

— Lui et moi, on passait des soirées, des week-ends ensemble... Mais jamais les Noëls. L'année dernière, je lui ai demandé, une énième fois, si on allait enfin fêter Noël tous les deux, et comme d'habitude il a noyé le poisson. Et puis, ce soir-là, mon téléphone a sonné. C'était sa femme.

Elle ferma les yeux, et des larmes perlèrent à ses paupières. Lucas dut s'empêcher de la serrer dans ses bras. S'il avait tenu cet abruti entre ses mains... C'était cruel, ce qu'il avait fait.

Une larme solitaire coula lentement le long de la joue de Kiara.

— Je suis tombée des nues. Je ne m'étais jamais doutée qu'il menait une double vie, que...

La fin de sa phrase se perdit dans des sanglots. N'y tenant plus, Lucas la serra fort contre lui. Il ne prononça aucune de ces formules de réconfort passe-partout et vides de sens. Il la laissa juste pleurer tout son soûl afin qu'elle se libère de toute cette souffrance. Enfin, lorsque ses pleurs se tarirent, elle s'écarta.

— Le pire, c'est que mes parents ne sont même pas au courant.

— Quoi ! Mais pourquoi ?

— J'avais trop honte.

Kiara enfouit la tête dans ses mains, puis le regarda entre ses doigts.

— Je ne pouvais pas leur dire que j'étais tombée folle amoureuse d'un menteur, c'était trop humiliant. Tu te rends compte ? Il avait une famille, des enfants !

— C'était un escroc ! s'emporta Lucas. Il a profité de toi sans jamais songer à rien d'autre qu'à lui. Tu n'as pas à te sentir coupable de quoi que ce soit. C'est lui qui devrait avoir honte.

Kiara laissa retomber ses mains.

— Quand j'y repense, je me sens si bête... Après avoir rompu avec lui, j'ai bien réfléchi, j'ai cherché des signes, des indices qui auraient dû me mettre sur la piste... Par exemple, le fait qu'il refusait de passer les fêtes avec moi.

Elle eut un petit rire, étonnamment dénué d'amertume. Comment lui dire qu'il était de tout cœur avec elle ?

— Un homme comme ça...

Il laissa sa phrase en suspens. À vrai dire, il se fichait pas mal de dire du mal d'un homme qu'il ne connaissait pas. L'important, c'était plutôt de convaincre Kiara qu'elle n'avait rien à se reprocher.

— Tu n'es coupable de rien. Il t'a fait croire qu'il était disponible.

— Tout de même, il savait à quel point j'aimais Noël. Après trois Noëls chacun de notre côté, j'aurais dû me douter de quelque chose.

Lucas repensa à ces trois dernières années. Il avait été incapable de trouver la moindre joie dans les fêtes. Pourtant, ce n'était pas faute d'avoir essayé de se mettre dans l'ambiance. Mais, en un clin d'œil et avec une facilité déconcertante, Kiara avait métamorphosé cette saison en un moment de joie et de générosité. Il aurait fallu la distinguer pour sa capacité à rendre les autres heureux. Et, bien sûr, au travail, elle apportait de la sérénité. Kiara Baxter était une femme exceptionnelle, et cela lui fendait le cœur qu'elle puisse penser le contraire à cause d'un crétin.

— Tu es quelqu'un de bien, Kiara. Tu ne méritais pas ce qui t'est arrivé.

Elle le dévisagea en clignant les paupières.

— C'est gentil de ne pas me juger.

— Bien sûr que non, murmura-t-il. L'idée ne m'a même pas effleuré. Écoute...

Il lui prit les mains et les caressa avec le pouce.

— Tu es l'une des femmes les plus extraordinaires que j'aie jamais rencontrées. Si nous avions vécu il y a deux siècles, je l'aurais provoqué en duel, ce maraud.

Kiara pouffa d'un petit rire qui lui fit fondre encore plus le cœur. Lucas était heureux d'être celui qui lui rendait le sourire. Il posa le regard sur sa bouche et s'y attarda. Elle baissa les yeux et les releva. À cet instant précis, l'ambiance changea. Une force irrésistible les poussait l'un vers l'autre, et il n'eut plus conscience que de la présence de Kiara contre lui, de la douceur de son pull, la rondeur d'un bras... Il la sentait telle qu'elle se présentait à lui : comme une femme de chair et de sang.

Souvent, Lucas avait songé à ce moment où il s'autoriserait enfin à s'écarter de son passé pour envisager un nouvel avenir. Cet avenir, il n'avait jamais été en mesure de l'imaginer, mais avec Kiara la vie ressemblerait sans doute à cela : à une succession de surprises bienvenues.

Son pouls s'affolait et son sang affluait vers des parties de son corps qui n'avaient pas été sollicitées depuis longtemps. Et pourtant, ce moment lui paraissait absolument naturel. C'était comme si la place de Kiara avait toujours été là, entre ses bras, et que leurs chemins les avaient fatalement menés l'un vers l'autre.

Il écarta de son visage quelques mèches de cheveux collées par les larmes, puis il se pencha vers elle. Toute cette énergie qu'ils partageaient aboutit alors à une explosion de chaleur lorsque leurs lèvres s'unirent en un baiser tant attendu.

9

Kiara aurait été incapable de dire si elle se trouvait au paradis ou sur terre, ou dans quelque autre endroit magique entre les deux. Dans tous les cas, elle ne voulait pas en partir. Elle vivait un rêve éveillé. Un rêve avec un sapin scintillant, un tête-à-tête sincère avec un homme pour lequel elle éprouvait de l'attirance et du respect. Un homme qui non seulement refusait de la juger, mais prenait ouvertement son parti… Mieux que cela, il l'embrassait ! Dès l'instant où ses lèvres touchèrent les siennes, Kiara eut l'impression d'avoir enfin trouvé la dernière pièce d'un puzzle qui lui avait demandé un an de travail.

— Ça va ? murmura-t-il contre sa bouche.

— Mmh…

Ce fut tout ce qu'elle parvint à dire.

Embrasser Lucas, c'était comme renaître à elle-même. Il n'était comparable à nul autre. Pas à Peter, en tout cas. D'ailleurs, pourquoi songeait-elle à son ex à un moment pareil ? Souvent, elle s'était dit qu'elle paniquerait si un homme essayait à nouveau de l'embrasser, mais les paroles bienveillantes de Lucas avaient agi comme un baume sur des pensées qui lui avaient occasionné d'innombrables nuits blanches.

Le chagrin et les répercussions de cette mésaventure avaient pesé sur elle, physiquement et mentalement. Lorsqu'elle s'était lancée dans sa nouvelle existence, Kiara ne s'était pas rendu compte à quel point elle avait été fragile, vulnérable. Elle n'avait pas mesuré ce qu'il lui avait fallu de courage pour vendre son appartement, trouver un nouveau travail, déménager à l'autre bout du pays, bref, pour repartir de zéro. Et ce nouveau départ, elle ne l'avait pas pris en catimini, non : en fanfare, s'il vous plaît ! D'une manière qui prouvait au monde qu'elle était bien vivante et heureuse de l'être. Contre toute attente, ce parti pris l'avait menée vers Lucas, un homme dont elle se sentait d'autant plus proche qu'il avait, lui aussi, été malmené par la vie. Et, à en juger par la tendresse avec laquelle il la caressait, il recherchait lui aussi un ancrage dans un nouvel avenir.

Un délicieux frisson courut le long de son cou lorsque Lucas effleura sa joue du bout des doigts. On aurait dit qu'il s'était fixé une mission : explorer tout son corps, centimètre par centimètre.

— Tu es si belle…

La tête enfouie dans son cou, il y sema des baisers de velours. Kiara avait l'impression de s'épanouir sous ses caresses comme sous un soleil bienfaisant. Du bout des doigts, il suivit la ligne de sa mâchoire, et son début de barbe chatouillait agréablement sa peau sensible tandis que ses lèvres la touchaient, l'exploraient, la goûtaient… Mais, dès qu'elle tentait de reprendre les rênes de la situation et de lui rendre les attentions qu'il lui prodiguait, il l'arrêtait.

— Non. Moi d'abord. Je veux tout connaître de toi.

Kiara n'avait pas mesuré à quel point elle avait eu faim d'être aimée, chérie. C'était comme recevoir un nutriment dont elle avait été sévèrement carencée : la vitamine L, comme Lucas. Enfin, non, elle faisait fausse route. Lucas ne la complétait pas, il rendait sa vie plus belle : grosse nuance. Il l'admirait pour tout ce qu'elle était et ne lui tenait pas grief de ce qu'elle n'était pas. Contrairement à d'autres… Cette pensée négative ne dura pas plus d'une milliseconde, mais Lucas dut l'interpréter comme une hésitation car il s'écarta d'un air soucieux.

— Tu es sûre que ça va ?

Elle lui prit les joues entre ses mains et le regarda droit dans les yeux.

— Absolument. Plus que sûre, même.

Il l'attira à lui pour un long baiser voluptueux.

— Et toi ? demanda-t-elle en reprenant haleine.

Il fallait qu'elle en ait le cœur net. Cette soirée était une première pour Lucas autant que pour elle. Et puis Lucas n'était pas seul : il avait un fils, endormi dans la chambre d'amis.

— Oui, ça va, assura-t-il en glissant les doigts dans l'épaisseur de ses cheveux et le long de son dos.

La sensation était à la fois nouvelle et familière, comme s'il l'avait caressée ainsi depuis toujours.

— Ça va même très bien. C'est la meilleure fête de Noël à laquelle on m'ait convié.

Son sourire avait pris un air espiègle, et les lumières dans ses yeux gris brillaient d'un éclat plus brûlant que tout ce qu'elle avait jamais connu. En cet instant, si on lui avait dit qu'elle était faite de lumière d'étoile et de poudre de fée, Kiara l'aurait cru. La façon dont elle réagissait à Lucas allait bien au-delà d'un simple accord physique. Il l'appréciait pour ce qu'elle était et, surtout, il tenait à le lui faire savoir. Tout le contraire de Peter, en somme. Dire qu'elle avait été prête à tout pour mendier ses attentions, éperdue de reconnaissance chaque fois qu'il daignait la gratifier de sa présence. Dieu merci, c'était du passé. Jamais plus elle ne s'exposerait à une telle honte, à une telle humiliation. Avec le recul, elle voyait à quel point son ex n'avait été qu'un abruti arrogant et égocentrique. Peter ne s'était jamais soucié de la rendre heureuse. Son seul plaisir avait été de les tenir sous son emprise, elle et sa femme. Kiara s'arracha à ces pensées. La véritable affection, elle était dans les caresses de Lucas, dans son étreinte. C'était cela, être chérie. C'était cela qu'elle avait toujours désiré.

Kiara se dégagea et, lorsqu'il protesta, elle le fit taire d'un index posé sur ses lèvres.

— À mon tour, maintenant.

Comme elle était plus petite que lui, elle n'eut pas de mal à prendre place sur ses genoux. Les jambes nouées autour de sa taille, elle tortilla les hanches pour ajuster sa position. Un sourire ravi dansa sur ses lèvres lorsque Lucas poussa un faible gémissement de satisfaction. Impatiente de sentir sa peau nue contre la sienne, elle esquissa le geste de déboutonner sa chemise, mais il lui prit la main et déposa un baiser au creux de sa paume.

— Tu n'aurais pas un endroit plus tranquille ? demanda-t-il en jetant un coup d'œil vers la pièce où dormait Harry.

Elle se leva et lui tendit le bras.

— Suis-moi.

Jamais Lucas ne s'était senti aussi vivant. Son corps tout entier vibrait d'une énergie débordante, alimentée par tous les stimuli perçus par ses sens aiguisés. La vue, l'ouïe, le toucher, toutes ses capacités sensorielles tendaient vers une seule et même cible : Kiara. C'était la magie du chiffre « deux ». Deux cœurs. Deux âmes. Deux êtres attirés l'un par l'autre pour plusieurs raisons.

Kiara ne l'avait pas seulement ouvert à la magie de Noël : elle lui avait redonné goût à la vie. Il avait passé ces trois dernières années à assurer le quotidien pour lui et pour son fils, et la possibilité de renouer avec une vie sentimentale ne l'avait pour ainsi dire pas effleuré. D'ailleurs, à vrai dire, il n'avait jamais songé à avoir des relations intimes avec une autre femme que Lily. Ni du vivant de celle-ci ni même depuis son décès. Et pourtant, après avoir rêvé de Kiara dans des situations très érotiques, l'instant qu'il vivait à présent lui semblait plus naturel qu'il ne l'aurait imaginé. Comme si ces rêves l'avaient préparé à la réalité.

Mais à quoi bon comparer ? songea-t-il tandis qu'ils se déshabillaient avec une lenteur délibérée. Ils étaient tous les deux des adultes, avec un vécu, des expériences difficiles. Malgré tout, lorsqu'il la tenait ainsi contre lui, sans la barrière de leurs vêtements, il avait l'impression de vivre quelque chose de frais et de tout neuf. L'ardoise de son passé n'avait pas été effacée, mais il avait le sentiment d'avoir clos un chapitre et d'en commencer un nouveau, riche de promesses.

Il protesta lorsqu'elle se dégagea, mais du doigt Kiara lui fit signe de s'allonger sur le dos. Lentement, elle se dirigea vers l'extrémité du lit et s'y posta. À la façon dont elle regardait son corps tendu vers elle, on aurait pu croire qu'elle le prenait pour un cadeau de Noël qu'elle n'aurait jamais espéré recevoir.

Elle grimpa sur le matelas à quatre pattes et s'attarda au niveau de son bas-ventre pour faire durer le plaisir. Puis elle s'appuya sur les coudes et laissa le bout de ses seins effleurer son torse tandis qu'elle se penchait vers lui pour un long baiser. Leurs corps s'arquèrent l'un vers l'autre, comme sous l'effet d'un magnétisme irrésistible. Kiara s'écarta un peu... Juste assez pour que son ventre vienne frôler son érection. Elle était prête pour lui.

Son regard croisa le sien dans une question silencieuse, pour laquelle il n'y avait qu'une seule réponse : oui. Mille fois oui. Il la désirait autant qu'elle semblait avoir envie de lui. Kiara se redressa et mêla les doigts aux siens alors que son membre se nichait contre son intimité. Lucas eut l'impression que des flammes le parcouraient. La violence de la sensation ne venait pas du fait qu'il n'avait eu aucun contact physique avec une femme depuis trois ans. Non, c'était Kiara qui le faisait réagir ainsi, avec une intensité qui consumait tout ce qu'il avait été. Et de ce brasier sortait un homme neuf, prêt à affronter son avenir. Jamais il ne s'était senti à ce point désiré, apprécié pour l'homme qu'il était devenu. C'était un sentiment extraordinaire, et le vivre avec une femme aussi belle, aussi généreuse, aussi incroyable, voilà qui lui donnait des ailes. Oui, il avait un passé. Un lourd passé, même. Mais ce soir il avait l'impression de pouvoir faire face à tout : passé, présent, avenir.

Autour d'eux, l'air était saturé d'électricité. Il n'y avait pourtant nulle urgence dans leur étreinte, nulle voracité, mais plutôt une douceur, une brûlure suave. C'était comme si précipiter les choses les aurait empêchés de savourer pleinement l'intensité de chaque caresse, de chaque baiser.

— Je n'ai pas de protection.

— Pas grave, je prends la pilule, murmura-t-elle.

Ils échangèrent un regard lourd d'attente et de désir. Alors, Kiara hocha la tête, et le monde s'effaça autour d'eux. Lucas lui prit les hanches et, sans jamais la quitter des yeux, il la guida le long de son sexe. Son corps fut aussitôt bombardé de sensations. Un liquide brûlant se répandit sur lui, et il se sentit onduler dans un va-et-vient hypnotique sur lequel Kiara s'était calée, les doigts mêlés aux siens. Enfin, il se redressa et l'attira à lui.

— Enroule tes jambes autour de moi.

Puis il la souleva, et leurs positions furent inversées. Lentement, il reprit la cadence. Ni l'un ni l'autre ne parlaient. À quoi bon ? Tous les moments qu'il avait passés avec Kiara avaient semblé inévitablement mener à ceci : une connexion intense, chimiquement pure, toujours plus pressante, toujours plus forte. Accrochés l'un à l'autre, ils se laissaient bercer par un rythme qui les dépassait et annihilait toute pensée. Ensemble, ils plongèrent dans une sensation de plaisir dont l'urgence augmentait de seconde en seconde avant d'exploser dans une déflagration qui déferla sur eux en vagues puissantes.

Hors d'haleine, Lucas roula sur le côté et la tint serrée contre lui. Peu à peu, leur souffle reprit un rythme normal. Dans une plénitude bienheureuse, ils échangèrent de longs baisers langoureux, puis ils s'endormirent.

Avant même d'ouvrir les yeux, Kiara devina que quelque chose avait changé. C'était Lucas. Elle se redressa brusquement et regarda à côté d'elle. Il n'était plus là ! Une peur glaciale s'insinua en elle, et son cœur se figea comme dans un étau. Elle se contraignit à ne pas bouger, à écouter. Peut-être qu'elle se trompait. Peut-être…

Ou pas.

À nouveau, la peur la transit alors que des flash-back lui traversaient l'esprit. Elle repensait à tous ces matins où elle s'était réveillée seule quand, prétendument, son ex avait été appelé pour une urgence à l'hôpital. Mais c'était chez lui qu'il était retourné à chaque fois, auprès de sa femme et de ses enfants. Dire que ce manège avait duré trois ans. Trois ans à être prise pour une imbécile.

Stop ! Arrête tout de suite. Lucas n'est pas comme cela, justement. Son fils dort dans la pièce d'à côté.

Kiara se força à respirer calmement afin d'apaiser son cœur qui tambourinait comme un fou dans sa poitrine. Il avait sans doute eu envie d'une bonne tasse de thé pour clore une nuit magique. Ou de café, peut-être ? D'une tartelette ? Elle renifla l'air en quête de l'une de ces odeurs, puis elle tendit l'oreille pour guetter le cliquetis caractéristique de la bouilloire et des cuillères. Mais non, rien. Enfin, si, il y avait bien un bruit, mais il ne provenait pas de la cuisine. C'était la petite voix d'un enfant tiré du sommeil. Une onde de panique se propagea en elle. Qu'est-ce qui se passait, bon sang ?

Elle enfila à la va-vite un épais pyjama de flanelle et une robe de chambre, puis elle fit irruption dans le petit hall d'entrée, où Lucas finissait de boucler l'anorak de son fils. Il leva les yeux vers elle, mais il ne dit rien. Dire quoi, de toute façon ? Son expression se passait de mots. Il regrettait cette nuit avec elle.

Kiara recula d'un pas et faillit tomber, engloutie dans une avalanche de souffrance. L'humiliation la suffoquait. Elle n'apprendrait donc jamais… Elle était vouée à répéter les mêmes erreurs, les mêmes échecs… Elle croyait pourtant avoir digéré sa honte, surmonté ses regrets d'avoir été bernée dans les grandes largeurs. Faux ! La honte et les regrets étaient toujours là, plus vifs que jamais. C'était comme s'ils n'avaient jamais cessé de la guetter, tapis dans l'ombre, prêts à bondir à la moindre occasion.

La voix de Lucas lui parvint à travers les battements frénétiques de son cœur. Il marmonnait quelque chose au sujet d'un bain à prendre, de la crèche qui ouvrait tôt le lendemain… Kiara comprenait tout cela, bien sûr. C'étaient des raisons légitimes pour ramener son fils à la maison. Mais quand même, pourquoi n'avait-il pas attendu que le petit se réveille ? Le pauvre dormait littéralement debout, appuyé contre la jambe de son père tandis que ce dernier lui enfilait ses bottes. Kiara se rendit alors compte à quel point elle avait aimé voir leurs chaussures rangées à côté des siennes. Le temps d'une soirée, son cottage avait ressemblé à une maison de famille, un lieu de vie plutôt qu'une résidence pour magazine de papier glacé.

Ce fut alors que la vérité la frappa. Ce beau cottage qu'elle aimait tant, qu'elle avait surchargé de décorations, de bougies parfumées, de coussins et de guirlandes… Il aurait mieux valu qu'elle donne directement l'argent à Premiers Pas au lieu de le gaspiller dans des gadgets bling-bling censés attirer l'attention sur une bonne cause. Elle avait fait son intéressante, voilà tout. Oui, elle avait proclamé haut et fort son besoin d'être acceptée, de faire partie de… eh bien, de quelque chose, n'importe quoi. Tout plutôt que d'être seule. Elle était pathétique. Et elle se sentait d'autant plus mal qu'elle avait signifié à tout le monde sa solitude.

— On se voit demain à Carey House ?

Kiara avait vu les mots se former sur les lèvres de Lucas davantage qu'elle ne les avait entendus. En tout cas, s'ils se revoyaient, là-bas ou ailleurs, ce ne serait pas en qualité d'amants. Il y avait peu de chances qu'ils s'enferment dans un placard à fournitures pour y batifoler.

— Oui, dit-elle avec difficulté. Bien sûr.

— Et tu es d'accord pour… euh… Pour ne pas ébruiter ce qui s'est passé ?

Il eut au moins la décence de grimacer en prononçant cette phrase. Avait-il une idée de la souffrance qu'il lui infligeait ? Malgré tout, elle ne lui en voulait pas. Il était veuf avec un jeune enfant à charge. Le bien-être de Harry devait passer avant tout, et Lucas n'avait certainement pas l'habitude de le faire dormir chez des copines d'une nuit. En dépit de son chagrin, Kiara en demeurait convaincue : Lucas n'avait peut-être plus envie d'elle, mais il n'était pas cruel. En tout cas, il n'était pas machiavélique comme Peter. Piètre consolation...

Avec un regard d'excuse, il prit son fils sur un bras avant d'ouvrir la porte. Lorsqu'elle se referma derrière eux, la vérité s'abattit sur Kiara tel un couperet implacable. Une fois de plus, elle allait être le sale petit secret de quelqu'un.

Comment Kiara parvint à se rendre au travail le lendemain, c'était un mystère.

— Tout va bien ?

Elle se figea dans le hall et se tourna vers la voix familière. Derrière le bureau de la réception, Hazel la dévisageait avec inquiétude.

— Bien !

Kiara se tapota la tête en se forçant à arborer un air gai.

— C'est juste... euh... J'ai fait quelques excès hier.

— Tu as abusé du vin chaud, c'est ça ?

Avec un air entendu, Hazel lui adressa un sourire qu'elle lui rendit. La veille, Hazel n'avait pas été la dernière à se servir, mais elle avait su s'arrêter au bon moment et elle était rentrée chez elle assez tôt pour « prendre un vrai repas », selon ses termes. Qu'elle affiche une aussi bonne mine ce matin était bien la preuve qu'elle connaissait ses limites. Kiara aurait été bien inspirée d'en prendre de la graine pour ses affaires de cœur. Car, ces derniers jours, elle était tombée amoureuse de Lucas, et de Harry, tout en sachant qu'elle avait tort de le faire. Elle ne pouvait pas les aimer. Ils traçaient leur propre route, sans elle. Ou du moins, en public. Mais justement, elle ne voulait pas être à nouveau le sale petit secret de quelqu'un.

— Attends, dit Hazel en fouillant dans un tiroir de son bureau. J'ai du paracétamol, si tu veux.

— Non, non, ça ira.

Kiara fit deux pas vers l'escalier qui montait à la salle des sages-femmes, puis elle se reprocha son manque de politesse et remercia

Hazel d'un sourire. Contre des douleurs comme celles-ci, les médicaments étaient inopérants.

À cet instant précis, Lucas entra dans le hall. Kiara se figea, en proie à la panique.

— Bonjour, Dr Wilde ! lança Hazel avec sa jovialité coutumière. Comment allons-nous ce matin ? Vous êtes impatient que Noël arrive enfin ?

Kiara ressentit presque physiquement l'effarement qui traversa le visage de Lucas. Sans se rendre compte des sentiments qui les agitaient, Hazel les regardait alternativement en souriant.

— Oh ! moi... C'est à Harry qu'il faudrait poser la question. Noël, ça n'a jamais vraiment été mon truc, vous savez.

Kiara accusa le coup. Alors cela, c'était la goutte d'eau qui faisait déborder le vase. Elle avait été une idiote de tomber amoureuse de lui. Il n'avait été avec elle que pour faire plaisir à son fils. Il s'était moqué d'elle. Ces baisers et cette nuit avaient été des erreurs. *Elle* avait été une erreur.

Les larmes aux yeux, Kiara pivota sur ses talons pour gravir les marches de l'escalier quatre à quatre. Elle ne voulait surtout pas lui montrer à quel point elle était anéantie par la fin de leur presque relation.

10

— Vous n'oublierez pas de les prendre tous les jours, n'est-ce pas, monsieur Thomas ?

Le vieil homme regarda Lucas en plissant les yeux comme si ce dernier venait de s'adresser à lui en langue martienne.

— J'y veillerai, docteur, intervint Mme Thomas. Sans ses aides auditives, il est sourd comme un pot, le pauvre, et il n'a pas voulu les porter à cause de son infection.

Elle gratifia son mari d'une tape sur la jambe.

— Tu vas prendre tes comprimés tous les jours, lança-t-elle d'une voix sonore.

Ce faisant, elle tapota l'ordonnance que Lucas venait de rédiger.

— Jusqu'à la veille de Noël.

Frappée d'une pensée soudaine, elle se tourna vers Lucas.

— Autrement dit, pas de petit verre pour lui pendant les fêtes ?

— J'ai bien peur que non. Pas avec les antibiotiques.

Elle fit à nouveau face à son mari et poussa le volume de sa voix.

— Eh bé... Dans ce cas, on a bien fait de prendre une tartelette avec du vin chaud au Cottage du gui, pas vrai ?

Ces deux-là avaient été présents la veille au cottage ? Lucas ne se souvenait pas de les y avoir vus, mais il n'avait eu d'yeux que pour Kiara. Il frotta son menton égratigné... Il s'était rasé trop vite ce matin et s'était coupé à deux endroits, ce qui ne lui était pas arrivé depuis des années.

— Ça, c'est bien vrai, dit M. Thomas avec un grand sourire. D'autant plus qu'elles étaient fameuses, ces *mince pies* : je n'en avais pas goûté de meilleures depuis longtemps. Et en plus, c'était pour une bonne cause.

Une expression de panique traversa son visage.

— Je veux dire... Je n'en ai pas mangé de meilleures à part les tiennes, bien sûr, ma chérie.

Il déposa une bise sur la joue de sa femme, ridée comme une pomme séchée. Le visage adouci, celle-ci tapota la joue de son mari.

— Vous vous rendez compte, docteur ? Au bout de quarante-sept ans de mariage, j'ai enfin réussi à le dresser.

Quelque chose se tordit dans le cœur de Lucas, et il fut assailli par un flot de sentiments qu'il avait tenté d'ignorer toute la journée. Ils dépassaient largement l'attendrissement que procurait une jolie scène comme celle-ci : c'était un mélange contradictoire de chagrin et d'espoir. Chagrin, parce qu'il ne partagerait jamais ce genre de moments avec Lily. Mais aussi espoir que, peut-être... Mais non. Surtout après sa sortie de ce matin.

« Noël n'est pas vraiment mon truc... »

Qu'est-ce qui lui avait pris de lâcher pareille ineptie ? Il avait eu une occasion en or de tendre un rameau d'olivier à Kiara, mais non ! Il avait fallu qu'il aggrave son cas. À sa décharge, depuis qu'il s'était réveillé ce matin, il avait été incapable d'aligner deux pensées cohérentes et s'était contenté de réagir au cours des choses, exactement comme quand Lily l'avait quitté.

Lorsqu'il avait tenu Kiara dans ses bras, lorsqu'il avait respiré le doux parfum de son shampooing, le menton et le torse chatouillés par ses cheveux, il s'était senti comme dans un cocon doux et tiède. L'espace d'un instant, il avait eu l'impression d'appartenir à quelque chose qui le dépassait. Il avait alors éprouvé une émotion inattendue, qu'il avait pensé ne plus jamais connaître un jour : du bonheur. Un bonheur pur, merveilleux. Et ce bonheur avait un nom : Kiara. Il l'avait tenue dans ses bras, il avait respiré son odeur de clou de girofle et de pomme à la cannelle...

Jusqu'alors, il n'avait pas imaginé qu'il lui serait donné de se sentir en paix, en accord total avec quelqu'un, prêt à affronter l'avenir avec cette personne. C'était pourtant ce qui lui était arrivé la veille. Moins de trois ans après que Lily était morte dans ses bras, il avait embrassé une autre femme, il l'avait tenue dans une étreinte qu'il aurait voulu voir durer éternellement. Chaque fois qu'il y songeait, il était ravagé par la mauvaise conscience.

Kiara n'y était pour rien, bien sûr… Ou plutôt, si. Enfin, plus précisément, c'était la façon dont il réagissait à elle, les émotions qu'elle lui inspirait. Il n'avait rien voulu de plus que lui faire l'amour, sans songer une seconde aux conséquences. Kiara n'avait absolument rien à se reprocher. S'il était dans cet état, c'était uniquement par sa propre faute et parce qu'il n'avait jamais imaginé éprouver à nouveau de tels sentiments. Et ces sentiments s'étaient heurtés à son passé avec une telle force qu'il en avait presque eu le souffle coupé.

Avec Lily, sa vie avait été comblée. Mais elle lui avait été arrachée de la manière la plus cruelle qui soit. Harry était trop jeune à l'époque pour en avoir gardé le moindre souvenir, mais ce n'était plus le cas aujourd'hui. Il adorait Kiara. En sa présence, il rayonnait littéralement de bonheur. Mais justement, il était hors de question que son petit garçon souffre comme lui avait souffert en perdant Lily. Certes, Kiara n'était pas malade… Mais on ne savait jamais. Tout pouvait arriver : une maladie, un accident… Il y avait tant de raisons pour se retrouver près d'une tombe, un misérable bouquet à la main pour témoigner d'un amour qui avait été le moteur d'une vie.

En amour, Lucas s'était toujours donné à cent pour cent, corps et âme. Il ne savait pas faire autrement. Avec Lily, il avait enterré une partie de lui-même. À la simple idée d'éprouver à nouveau une souffrance aussi intense, il étouffait sous l'effet de la peur, du chagrin, du désarroi. À tel point qu'il avait complètement paniqué, convaincu que son destin était d'ores et déjà tracé.

Il avait été tellement certain que son avenir était lié à celui de Lily… Mais la vie lui avait prouvé le contraire. À présent, il ne savait plus rien, n'attendait plus rien. Il s'était résigné à vivre seul. Avec Kiara, il avait expérimenté la perfection. Seulement, il ne pouvait pas y prétendre. Pas après ce qu'elle avait déjà vécu avec son ex. Pas après ce qu'il avait vécu avec Lily. Comment aurait-il pu lui faire la moindre promesse alors qu'il savait pertinemment qu'il n'était pas maître de son destin ? Alors, il était parti, convaincu d'agir pour le bien de Harry.

Et voilà qu'il avait devant lui un couple soudé après quarante-sept ans de vie commune…

— Quel est votre secret ?

— Pour de bonnes tartelettes ? répondit Mme Thomas.

M. Thomas se pencha vers elle en plissant les yeux.

— Qu'est-ce qu'il dit ?

— Rien… Il veut connaître mon secret pour réussir des *mince pies*, Harold.

Ils échangèrent un regard avant de pouffer de rire, tout doucement d'abord, puis de plus en plus fort.

— Elle les achète, mon petit gars ! Et elle prétend ensuite qu'elle les a cuisinés elle-même.

Hors d'haleine, ils s'essuyèrent les yeux.

— Non, en réalité, je parlais de votre mariage. Comment faites-vous pour rester heureux après tant d'années passées ensemble ?

Lucas était ouvert à tous les conseils, d'où qu'ils viennent. Il ne pouvait pas continuer à vivre ainsi, un pied dans le passé et l'autre dans le présent. Il fallait qu'il avance.

— Facile ! Je suis toujours d'accord avec elle. Oui, ma chérie… Tu as tout à fait raison, ma chérie… Tout ce que tu voudras, ma chérie…

Mme Thomas intima le silence à son mari d'une tape sur la jambe.

— Si seulement c'était aussi simple que cela…

Elle se pencha alors vers Lucas d'un air conspirateur.

— Vous n'imagineriez même pas tous les stratagèmes auxquels j'ai dû penser pour lui faire prendre ses antibiotiques. Il est têtu comme une mule ! Il a fallu que je lui promette une tourte à la viande ce soir pour qu'il accepte de venir vous voir.

— Tu sais bien que j'adore la tourte à la viande, poulette !

M. Thomas lui chatouilla le bras affectueusement, puis il redevint sérieux.

— Plaisanterie mise à part, je suis venu parce que je tiens à rester vivant aussi longtemps qu'elle. Elle me rend dingue avec son énergie, c'est vrai, mais sans elle je ne serais rien. Elle vaut son pesant d'or, cette femme, vous savez.

Il se pencha pour murmurer, suffisamment fort pour que sa femme l'entende :

— Le vrai secret, au fond, c'est de proclamer haut et fort que vous avez remporté la timbale le jour où vous l'avez épousée.

Le regard de Mme Thomas débordait d'une telle tendresse que Lucas faillit en avoir les larmes aux yeux. Lorsqu'il avait demandé sa main à Lily, il avait pensé avoir « décroché la timbale », comme le disait si bien M. Thomas. Le destin en avait décidé autrement pour Lily, pour Harry et pour lui. Et maintenant, pour Kiara. Par lâcheté, par grossièreté, il avait tué dans l'œuf une relation sans même lui donner sa chance.

En réalité, Lucas ne voyait pas comment faire bouger les lignes de sa vie pour qu'elles rejoignent celles de Kiara. Le problème venait sans doute de là. Leur brève histoire avait au moins eu le mérite de lui rappeler qu'il devait se montrer plus prudent, plus attentionné. Et que jamais plus il ne devait faire de la peine à une femme qui s'était livrée à lui avec autant de sincérité. Juste après qu'elle lui eut avoué la pire humiliation de sa vie, il n'avait rien trouvé de mieux que de la blesser comme l'avait fait son ex.

Il lui devait des excuses. Oui, mais pour cela les mots ne suffiraient pas. Ne disait-on pas que les actes avaient plus de portée que les paroles ? En tout cas, Lucas était bien décidé à ce que ses excuses soient à la hauteur de ses intentions envers Kiara. Seulement, en attendant de mieux les cerner, il était revenu à la case départ, coincé entre le passé et le présent, et incapable de se décider entre les deux.

Quand Kiara ouvrit la porte pour accueillir sa nouvelle patiente, elle eut la surprise de trouver Lucas en pleine conversation avec cette dernière. Ce qui l'étonnait, ce n'était pas tant qu'il discute avec une patiente, mais tout simplement qu'il soit devant son bureau, alors qu'il savait pertinemment qu'elle en sortirait à un moment ou à un autre. Pas plus tard que la veille, il lui avait pourtant signifié sans ambages qu'il ne voulait plus rien avoir à faire avec elle. Avait-il changé d'avis ? Kiara fit courir son pouce sur ses ongles aux bords cassés à force d'avoir été mordillés.

Oui, bon, elle exagérait. Lucas n'avait pas été aussi horrible que cela. Même si elle avait encore les nerfs à fleur de peau et envie de pleurer pour un rien, elle devait admettre qu'il ne l'avait jamais snobée ni évitée. Il ne voulait plus coucher avec elle, voilà tout. Ou, s'il en avait encore envie, il ne fallait pas que cela se sache. Or, si Kiara s'était juré une chose en quittant Londres, c'était de ne permettre à personne de la traiter comme l'avait fait son ex : comme un secret.

Les yeux gris de Lucas croisèrent les siens.

— Comment ça va, Kiara ?

— Très bien, répliqua-t-elle sèchement avant de se tourner vers sa patiente. Quel plaisir de vous revoir, Catrina ! Oh là là... en vous regardant, on ne se douterait jamais que vous en êtes à votre vingt-huitième semaine.

— Je sais ! Mais de profil...

Catrina se tourna et se cambra pour faire ressortir son ventre. Lucas n'avait pas bougé d'un centimètre, mais Kiara sentait qu'il l'observait. Essayait-il de vérifier comment elle allait ? Eh bien, cela n'allait pas fort. Pas fort du tout, même.

— Excellent !

Kiara jeta un bref regard à Lucas avant de revenir à sa patiente.

— Si vous voulez bien me suivre dans mon bureau... Nous y serons plus à l'aise pour discuter que dans un couloir.

C'était fou, quand même... Malgré tout ce qui s'était passé, elle ne pouvait s'empêcher de réagir de manière viscérale à cet homme. Plus que jamais, elle avait envie de le toucher, de respirer son odeur. Mais cette envie lui mettait un goût de bile dans la bouche lorsqu'elle se rappelait la façon dont il l'avait regardée après avoir couché avec elle. Tout s'était peut-être joué dans son subconscient, mais elle avait bien vu la manière dont il serrait Harry un peu plus contre lui, la manière dont ses épaules s'affaissaient légèrement, comme sous le poids d'une faute. Cet instant l'avait ramenée tout droit à ce jour où elle avait répondu d'un ton joyeux au téléphone pour qu'une voix féminine inconnue lui annonce l'invraisemblable : son petit ami avait une femme et des enfants.

Alors, d'accord, Lucas n'avait rien à voir avec Peter, mais cela n'allégeait en rien sa peine, bien au contraire. Son ex avait été marié, égocentrique, fourbe et affligé d'un complexe de supériorité. Lucas, lui, était la gentillesse faite homme. Et il était veuf, et un père protecteur qui venait de faire ses premiers pas dans une relation amoureuse. Au fond de son cœur, Kiara savait qu'il n'était pas un don Juan capable d'embrasser la première venue pour passer à une autre le lendemain. Ils avaient été unis tous les deux par des sentiments très forts auxquels il avait cédé avant de se rendre compte qu'il avait commis une bêtise.

Au fond, la manière la plus simple d'expliquer qu'ils se soient retrouvés dans le même lit cette nuit, c'était qu'ils avaient trop forcé sur l'esprit de Noël. Mais d'une certaine façon c'était encore pire. En plus d'être un secret, elle était la bêtise de quelqu'un.

Toute à ces réflexions, Kiara n'avait pas bougé du seuil du bureau, dont elle interdisait l'entrée à Catrina. Celle-ci la scruta d'un air inquisiteur.

— Ça va ?

Kiara se força à arborer un sourire enjoué qui n'atteignit pas ses yeux.

— Mais oui. Ça va même très bien. Désolée, ce serait plutôt à moi de vous poser cette question. Bon, on y va ?

Elle recula pour céder le passage à Catrina puis, malgré sa volonté, elle jeta un dernier regard à Lucas avant de refermer derrière elle. Dans ses yeux gris, elle vit une émotion indéfinissable. Devait-elle y lire du remords, une excuse ? Elle n'en savait rien mais, quoi qu'il en soit, elle refusait d'y prêter le flanc. Pour rien au monde elle ne se serait à nouveau engagée dans cette voie, même si une partie de son cœur appartenait déjà à Lucas. Elle allait devoir tenir le coup, le temps que ses blessures cicatrisent. Le claquement de la porte qui se refermait lui parut faire écho à ses pensées, et elle se promit d'en rester là.

Si seulement c'était aussi simple...

Quelques heures plus tard, de retour chez elle, Kiara était en larmes au téléphone. Et, pour que ses parents la voient pleurer en haute définition, elle les avait contactés par appel vidéo. Elle déballa tout. Elle leur parla de Lucas, de Harry, de la place qu'ils avaient prise dans son cœur... Elle leur parla de la joie qu'elle avait eue à traverser la saison de Noël avec eux... De son idylle avec Lucas et de la manière dont elle s'était achevée... Lucas avait-il refusé d'aller plus loin parce qu'il était veuf ou parce qu'ils n'étaient pas compatibles ? Kiara n'en savait rien. En revanche, cette histoire avait remué en elle des souvenirs et des émotions dont elle devait se libérer.

Ses parents l'écoutèrent avec bienveillance, sans rien dire. Ils ne l'interrompirent pas lorsqu'elle leur raconta la vérité sur Peter... Sur la façon dont il s'était joué de ses sentiments, dont il lui avait menti pendant trois longues années. À son grand soulagement, ils ne lui adressèrent aucune remontrance. Au contraire, ils la consolèrent, et Peter eut droit à quelques insultes bien senties, parmi lesquelles deux ou trois qualificatifs qu'ils n'avaient jusqu'alors jamais prononcés devant elle. Au bout d'un moment, les larmes de Kiara se tarirent.

— Veux-tu passer les fêtes avec nous, ma chérie ? demanda sa mère.

L'offre était tentante. Elle aurait eu plaisir à revenir dans la maison de son enfance… À dormir dans un lit réchauffé par des bouillottes… À retrouver ce savoureux mélange entre la cuisine indienne de sa mère et les petits plats typiquement anglais de son père… À passer des heures à discuter, à rire autour d'un jeu de société, d'un film sentimental… Mais à la simple idée de quitter son petit cottage Kiara se sentait encore plus mal, un peu comme si son « incident » avec Lucas la contraignait à quitter cette vie qu'elle s'était construite ici, à Carey Cove. En réalité, partir serait la pire des décisions.

— Non, je crois que je vais rester ici.

— On peut faire le déplacement, tu sais.

Il n'en fallut pas plus pour lui remonter le moral mais, sans lui laisser le temps de répondre, ses parents entreprirent d'organiser le voyage. Sa mère se mit à énumérer une liste à la Prévert d'objets dont ils risquaient d'avoir besoin, et son père s'empara d'un carnet pour les noter au fur et à mesure.

— Mais, maman, il y a des boutiques aussi dans les Cornouailles, s'esclaffa-t-elle.

Sa mère feignit la stupéfaction et se mit à rire elle aussi.

— Sérieusement, ma chérie, nous serions ravis de te voir, ton père et moi. Mais, si jamais tu devais discuter avec ton jeune homme et si… enfin… si vous décidiez de célébrer Noël autrement, on comprendrait, tu sais. On s'adaptera à ta décision, quelle qu'elle soit.

Les yeux de Kiara la picotèrent, et elle plissa le nez.

— Merci, maman, mais je crois que nous allons fêter Noël entre nous cette année.

Lorsqu'elle raccrocha, quelques instants plus tard, Kiara se sentait toute ragaillardie et elle termina la soirée emmitouflée dans un plaid douillet devant une comédie sentimentale. Un peu de douceur n'avait jamais fait de mal à personne, surtout à cette période de l'année.

— Ça tient pas, papa !

Dépité, Harry jeta le bâtonnet de sucre d'orge sur la table et croisa les bras sur sa petite poitrine avec une moue boudeuse.

— Allons, Harry... C'est toi qui voulais décorer une maison en pain d'épices.

Lucas badigeonna un bonbon avec du glaçage liquide, comme l'avait indiqué l'animatrice de l'atelier, mais il l'engouffra dans sa bouche sans même essayer de le coller sur la maisonnette. La lèvre inférieure de Harry se mit à trembloter.

— Je peux en avoir un, moi aussi ?

— Bien sûr.

Lucas déchira un sachet et lui tendit un bonbon.

— Non, avec du sucre dessus. Comme toi.

Il fit comme son fils le désirait, et ils croquèrent en silence leur bâtonnet, indifférents aux autres familles qui participaient gaiement à l'activité. Lucas s'en voulait d'être aussi morose. Il aurait dû prendre à cœur un peu mieux son rôle de parent, et même son rôle d'adulte plus généralement. Harry leva vers lui ses grands yeux, gris comme les siens, sous des boucles blondes qui lui rappelleraient toujours celles de Lily.

— Et Kiara ? Elle va venir, dis ?

— Voyons, Harry... Elle ne peut pas nous accompagner partout, tu le sais bien.

— Pourquoi ?

Pourquoi ? Eh bien, pour une multitude de raisons. En premier lieu parce que Lucas s'était comporté comme un imbécile avec elle. Sous le coup de la panique, il s'était mis dans une situation dont il ne voyait pas comment se dépêtrer, faute d'avoir une réponse. Il n'était tombé amoureux de personne à part Lily...

Lucas ferma les yeux, et aussitôt apparut l'image de Kiara en robe de chambre, figée par le choc tandis qu'il terminait d'enfiler sa veste à son fils, à moitié endormi, et qu'il bredouillait des bêtises selon lesquelles Harry devait être prêt pour la crèche. Bien sûr, il aurait de toute façon fallu qu'il ramène Harry à la maison, mais pourquoi ne l'avait-il pas laissé terminer sa nuit tranquillement ? De retour chez eux, il aurait toujours eu le temps de lui trouver son uniforme et les chaussettes qui allaient avec... Normalement, un père qui aurait laissé son fils dormir chez sa petite amie ne...

Il demeura bloqué sur ce mot. Kiara, sa copine ? Ces derniers jours, il avait beaucoup pensé à elle pour se dire à quel point elle était gentille, et généreuse, et attentionnée, belle, forte... Mais jamais il ne l'avait considérée comme sa petite amie.

— C'est pas drôle sans Kiara, décréta Harry d'un air lugubre.

— Non, tu as raison.

Mais par sa faute Kiara ne serait plus jamais des leurs. Après la façon dont il s'était comporté avec elle, il méritait les regards glacials qu'elle lui avait lancés. Si seulement il avait su comment se racheter, lui faire comprendre qu'il n'avait rien à voir avec son ex...

— Elle ne pouvait pas se libérer aujourd'hui, mais ce n'est pas une raison pour ne pas nous amuser, si ? Tu m'aides à coller les pastilles de chocolat sur le toit ?

Harry regarda les bonbons étalés sur la table, puis il leva vers lui des yeux gonflés de larmes.

— Pourquoi on n'est pas passés devant le Cottage du gui tout à l'heure ?

Encore une question qui appelait son lot de réponses compliquées.

— Écoute, je...

Lucas se tut. Comment expliquer à son fils qu'il ne savait pas comment construire un nouvel avenir sans trahir son passé ? Il se sentait complètement déchiré. L'esprit ailleurs, il se mit à manger les pastilles qui auraient dû servir de tuiles à leur maison.

— Papa ? dit Harry en lui secouant le bras. J'ai envie de voir le cottage.

Le cœur de Lucas se serra douloureusement. Il comprenait parfaitement le sous-entendu : Harry voulait voir Kiara. Et lui aussi, d'ailleurs. Elle leur manquait à tous les deux. S'ils passaient dans sa rue, ils avaient toutes les chances de tomber sur elle, mais le problème c'était qu'il ne savait toujours pas quels mots mettre sur ses sentiments.

Lucas posa un baiser sur le sommet du crâne de son fils et le serra contre lui. Une chose était sûre : il ne leur servait à rien de rester assis ici à se morfondre.

— Qu'est-ce que tu dirais de faire une balade du côté du port ? De là-bas, je suis certain qu'on apercevra sa maison.

Ce n'était pas une solution idéale, mais s'ils se promenaient sur les quais ils verraient sûrement le cottage et ses décorations spectaculaires, tel un repère sur la côte. Lucas s'excusa auprès de l'animatrice de l'atelier, puis ils descendirent vers la rade. Tandis qu'ils marchaient, Harry tira sur la main de son père.

— Papa ?

— Oui, fiston ?

— Pourquoi tu as dit à la dame que je n'étais pas dans mon assiette ?

Lucas hésita. S'il devait en plus se justifier de tous ses petits mensonges... Décidément, comme parent, il avait un zéro pointé ce soir.

— C'est parce qu'on n'a pas envie de sourire quand Kiara n'est pas là ?

La question le frappa en plein cœur. Lucas s'accroupit devant son fils pour le regarder droit dans les yeux.

— Eh, oh... Tu es tellement triste sans elle ?

Harry hocha la tête.

— Et toi aussi, papa.

Lucas fronça les sourcils, stupéfait par la perspicacité de son fils. En effet, sans Kiara, cela n'allait pas fort pour lui. En fait, il était malheureux comme la pierre. Une pensée soudaine transperça la morosité qui le taraudait depuis deux jours. On aurait dit qu'il se punissait d'un décès dont il n'était absolument pas responsable. Lily avait pourtant été claire avec lui. Il ne devait pas s'empêcher de vivre. Pas à cause d'elle ni à cause de Harry. Plus précisément, il devait profiter de sa vie au maximum dans l'intérêt de Harry. Lily n'aurait jamais voulu que le petit vive prisonnier du passé. D'ailleurs, elle ne l'aurait pas voulu non plus pour lui, Lucas.

Harry posa un index sur chaque commissure de la bouche de son père et, tout en parlant, il les poussa d'abord vers le haut, puis vers le bas.

— Quand on est avec elle, on sourit, et quand elle n'est pas là on veut être avec elle.

Lucas le regarda fixement. Il n'aurait su mieux résumer la situation.

— Est-ce que tu...

Il s'interrompit, la gorge nouée par l'émotion. Une question importante lui brûlait les lèvres, et la formuler à voix haute revenait peu ou prou à mettre son cœur à nu.

— Enfin, tu serais d'accord si...

De nouveau, les mots s'étranglèrent. Comment pouvait-il demander à son propre fils s'il avait le droit de sortir avec quelqu'un ? Mais Harry n'avait jamais connu sa mère. Et pourtant, il avait été aimé. Par deux femmes, même. Et l'une d'elles habitait non loin, dans un cottage de conte de fées qui constituait à lui seul un hymne à la joie.

Justement, c'était la voie que Lily aurait voulu qu'il prenne : celle de la joie. Tomber amoureux d'une autre femme, cela ne revenait pas à renier son passé. Au contraire, il était reconnaissant de toutes ses années avec Lily. De même qu'il était heureux d'ouvrir son cœur à un nouvel amour. Alors, il ne chercha plus à résister à l'émotion qui lui gonflait la poitrine.

— Ta maman t'a beaucoup aimé, tu sais ?

Harry hocha la tête et pointa un index vers son cœur.

— C'est pour ça qu'elle vit ici.

— Oui. Tout à fait. Et supposons que je demande à Kiara de passer un peu plus de temps avec nous...

Harry tapa dans ses mains d'un air ravi, et Lucas essuya ses yeux humides.

— Mais pour cela, encore faut-il que je n'aie pas tout gâché.

L'enfant fronça les sourcils, interloqué.

— Pourquoi ? Kiara est fâchée ?

— On peut dire ça comme ça. Bref, à présent, il me faut réparer les pots cassés. En d'autres termes, arriver à lui faire comprendre que ça va mieux pour toi et pour moi et qu'on aurait envie de la revoir.

Une bouffée d'énergie le revigora telle une décharge bénéfique. Il se leva et prit la main de son fils.

— Allez, Harry, suis-moi. Papa vient d'avoir une idée.

L'acclamation de Harry était à elle seule le meilleur des encouragements.

•

11

— Ce n'est pas vrai… Tu as *encore* d'autres décorations ?

Kiara ne put s'empêcher de sourire de l'enthousiasme qu'elle lisait sur le visage de Liane, sa toute dernière patiente et amie.

— Franchement, tu nous offres le plus beau des Noëls. Tout le monde est d'accord avec moi à Carey Cove. Tu continueras tous les ans, j'espère ?

Kiara eut un geste vague qui, espérait-elle, pouvait être interprété comme voulant dire : « Oui, bien sûr ! » Mais il aurait aussi bien pu signifier : « Tu sais, il n'y a pas de garanties dans la vie… » En fait, elle aurait voulu répondre : « Absolument, mais je n'ai plus autant le cœur à cela depuis que Lucas et Harry sont… »

Rien du tout. Lucas et Harry n'étaient plus rien du tout pour elle, justement, mis à part un vide béant dans sa vie. Vivement le week-end ! Non parce qu'elle souhaitait éviter Lucas, bien sûr… Enfin, si. Car elle n'arrivait pas à se débarrasser de l'idée qu'il planait comme un parfum d'inachevé sur ce qui s'était passé entre eux. De même qu'un mystérieux je-ne-sais-quoi manquait aux décorations extravagantes de sa maison : cette touche magique qui, telle la dernière pièce d'un puzzle, rendrait l'ensemble indéniablement parfait.

Liane la tira de ses réflexions en frottant vigoureusement ses mains l'une contre l'autre.

— Allez ! Je vais geler sur place si tu ne te décides pas vite.

— Je n'arrive pas à choisir !

Elle regarda Liane d'un air désemparé. Seulement trois jours plus tôt, quelqu'un aurait choisi pour elle : Harry. Kiara se contraignit à avaler la boule qui s'était logée dans sa gorge et plaqua un sourire sur ses lèvres.

— Choisis, toi. Tu préfères lequel ?

Kiara lui présenta une étoile, puis un ange.

— L'ange, bien sûr, déclara Liane avec un grand sourire. Tu lui ressembles comme deux gouttes d'eau.

Avec une moue dubitative, Kiara leva la figurine blonde aux yeux bleus à la hauteur de son visage et secoua ses cheveux sombres.

— Tu crois ? Ou alors comme ça, peut-être…

Elle porta l'angelot au-dessus de sa tête et affecta une mine béate. Liane sourit en tremblotant, et Kiara se rendit compte qu'elle était frigorifiée.

— Attends-moi une minute, je reviens tout de suite.

Elle disparut dans la maison en courant et revint quelques instants plus tard, chargée d'une couverture douillette qu'elle enroula sur les épaules de Liane.

— Voilà qui devrait vous tenir chaud, à toi et à ton petit bout de chou.

— Merci !

Liane resserra la couverture autour d'elle, puis elle regarda Kiara avec insistance.

— Franchement, Kiara, je suis sincère. Tu es ma sage-femme, je sais, et on se connaît depuis peu, mais je veux que tu saches que je te considère comme une amie. Tu es formidable ! Tu réalises de grandes choses en un rien de temps.

Oui, comme tomber amoureuse d'un homme qui n'était pas pour elle, songea Kiara avec un sourire amer.

— Mais non, pas du tout.

— Si ! Regarde tout ce que tu as accompli en l'espace de deux semaines. Moi, je n'en ai jamais fait autant en dix ans que j'habite ici. J'espère vraiment que tu vas rester à Carey Cove. J'espère que tu resteras pour toujours et que dans cinquante ans, lorsqu'on sera de vieilles dames en fauteuil roulant, on sera encore là pour admirer les illuminations de Noël au Cottage du gui.

Sincèrement émue, Kiara posa les mains sur son cœur avant de sourire d'un air espiègle.

— Quand on aura cet âge, il faudra confier la décoration à de jeunes hommes costauds.

Les yeux de Liane s'allumèrent.

— Oh ! mais pourquoi attendre d'être vieilles ? On pourrait en recruter dès maintenant.

Elle plissa alors le nez, gênée.

— Tu crois que mon mari m'en voudrait ?

Saisie d'un fou rire, elle affecta un air paniqué comme s'il l'avait entendue.

— Ce pauvre chou, je l'adore. Pour moi, c'est le plus bel homme du village, et c'est bien l'essentiel, pas vrai ?

Kiara hocha la tête en souriant. Songeuse, Liane regardait dans le vide. Sans doute devait-elle imaginer son mari sur le toit du Cottage du gui, vêtu en tout et pour tout d'une ceinture à outils... À cette pensée, Kiara laissa son esprit dériver vers l'homme qu'elle aurait aimé avoir en photo sur toutes les pages de son calendrier, de janvier à décembre. *Dans tes rêves*, se dit-elle avec amertume.

— Bah, tant pis, ajouta Liane. Pour ça, il faudra patienter jusqu'à nos vieux jours... Bon, il est temps que je rentre préparer le dîner. Merci pour la couverture. Au fait, si tu as envie de décorer des endroits difficiles d'accès, je serai ravie d'en parler à Gavin. Ce n'est pas le roi des bricoleurs, mais il est toujours content de filer un coup de main.

Kiara ne voulait pas en rester là pour les décorations, en effet. Le problème, c'est qu'elle avait du mal à identifier celles qui manquaient. Elle leva les yeux vers le Père Noël suspendu à la cheminée, comme s'il était prêt à descendre avec son gros sac de jouets. Le crépuscule orange et or disparaissait, et les guirlandes de glaçons se mirent à étinceler le long du toit. Il lui sembla alors entendre des grelots, et elle sourit. Décidément, Noël lui montait à la tête ! Pourtant, Liane semblait tendre l'oreille, elle aussi.

— Tu as entendu ? On aurait dit des grelots.

Kiara ouvrit de grands yeux. Donc, elle n'avait pas rêvé. Elle ferma alors les paupières pour mieux écouter. Oui... Le bruit était étouffé par le vrombissement d'un moteur, mais elle distinguait bien le joyeux tintement de grelots. Il provenait de la grand-rue du côté du port. Kiara attendit que le véhicule apparaisse, à la sortie du premier virage.

— Quelqu'un a sans doute eu l'idée d'attacher des grelots à sa voiture.

— Non, répondit Liane, impressionnée. C'est bien mieux que ça.

Une émotion puissante surgit en Kiara et lui bloqua la gorge. Liane avait raison. C'était même mille fois mieux que cela. C'était Lucas ! Lucas et Harry... Sur la remorque d'un camion à plate-forme qui transportait le plus beau traîneau qu'elle ait jamais vu, harnaché de deux rennes pour couronner le tout. Kiara avait l'impression de vivre un rêve aux allures de miracle. Un miracle de Noël, bien sûr.

Elle n'était pas seule à s'émerveiller du spectacle. Sur le passage du camion, les portes s'ouvraient, et les enfants comme les adultes accouraient pour le saluer avec de grands gestes, des acclamations ou des chansons de Noël. Le cœur battant la chamade, Kiara fixait des yeux le véhicule qui grimpa lentement la pente pour s'arrêter pile devant chez elle. Lucas et Harry étaient assis sur le traîneau, à la place du conducteur. Ravi d'être au centre de l'attention, Harry ne tenait pas en place et faisait semblant de guider les rennes. Mais Kiara regardait surtout Lucas... Lucas dont les yeux et l'énergie étaient entièrement concentrés sur elle, tel un élixir pétillant.

Le doute n'était plus permis : elle comptait vraiment pour lui. Pour un homme aussi discret, se livrer à une telle démonstration d'affection, au vu et au su du village tout entier, cela ne voulait dire qu'une chose : il était tombé amoureux, aussi profondément, aussi follement qu'elle. En tout cas, ce qu'ils partageaient à présent était tout l'inverse d'un secret.

— Kiara ! Kiara !

Harry avait bondi à bas du traîneau et, penché au bord de la remorque, il lui adressait de grands signes. Un voisin obligeant lui tendit les bras pour l'aider à descendre. Kiara eut l'impression que son cœur éclatait lorsqu'il courut vers elle et lui sauta au cou comme s'ils avaient été séparés depuis une éternité. Les yeux fermés, Kiara respira à fond son odeur, une bonne odeur de clou de girofle et de cannelle. Une odeur d'amour.

— Tu aimes ? demanda-t-il.

— Si j'aime ? Mieux que ça. J'adore !

Kiara leva les yeux vers Lucas, qui n'avait pas bougé du traîneau. Leurs regards se croisèrent, et elle reçut un coup au cœur. Il la couvait d'une expression chargée d'espoir et d'appréhension, de tendresse et de détermination. Clairement, il avait mille choses à lui dire, et elle aussi. Mais ce n'était pas tous les jours qu'un traîneau se garait devant chez elle, et l'événement réclamait qu'elle réagisse. Pour une conversation tranquille devant un feu de cheminée avec un chocolat chaud, il leur faudrait attendre un peu. Et pourtant, Dieu sait combien elle en avait envie !

Lucas brûlait d'agir.

Mais, devant la scène qui se déroulait sous ses yeux, il se sentait envahi d'une plénitude comme il n'en avait pas connu depuis des années. À cet instant, tout était aux antipodes de sa personnalité habituelle. Par le passé, jamais il n'aurait songé à un geste aussi énorme pour reconnaître une erreur et pour dévoiler ses sentiments à la femme qu'il aimait. Car il aimait Kiara, si elle voulait bien lui pardonner.

La vie l'avait changé. Il savait désormais à quel point elle était précieuse, à quel point il avait été stupide de laisser la peur et l'orgueil lui dicter ses décisions alors qu'il aurait dû écouter son cœur. Et son cœur lui disait à présent d'aller vers Kiara, de la prendre dans ses bras et de lui murmurer des excuses. Il voulait lui expliquer à quel point elle avait bouleversé sa façon d'envisager l'amour, la vie.

Mais, puisqu'il avait choisi de débarquer chez la femme qu'il aimait en traîneau avec des rennes, il devait accepter que le spectacle passe avant tout. Enfants, parents, maîtres d'école, pompiers, le village tout entier semblait s'être donné rendez-vous devant le Cottage du gui, et du chaos émergea un semblant d'ordre joyeux. Comme par magie (Kiara aurait parlé de magie, il en était sûr), une succession d'événements se déroula alors dans un enchaînement parfait. La petite voiture rouge de Kiara fut déplacée chez un voisin tandis qu'on poussait les bonshommes de neige afin de dégager de la place dans le jardin. Au même instant, Davy Trewelyn, le tenancier du pub de Carey Cove, fit son apparition déguisé en Père Noël bedonnant avec son fameux « ho ho ho ! ». Il était suivi de sa femme, Darleen, parfaite en Mère Noël aux joues roses. Les enfants se précipitèrent vers eux, alléchés par le plateau de petits bonshommes de pain d'épices que portait Darleen. Puis on descendit de la remorque le traîneau et les rennes et on les installa dans l'allée devant chez Kiara, entre deux rangées de petits sapins dans des pots rouges et décorés de guirlandes lumineuses, d'étoiles et d'angelots.

Mais aux yeux de Lucas il n'y avait qu'un seul ange, et il s'appelait Kiara Baxter : la femme qui avait insufflé un vent de liberté sur sa vie. Il tenta de s'approcher d'elle, mais une barrière de sucres d'orge le séparait d'elle. Ils échangèrent un regard signifiant clairement que leur discussion devrait attendre.

Enfin, lorsque les rennes furent rassasiés de carottes, que le Père Noël et sa femme se furent excusés pour reprendre leur travail au pub et que les enfants rentrèrent pour le dîner, la foule commença à se disperser. La maman d'un camarade de Harry s'approcha alors de Lucas et, d'un air entendu, proposa d'inviter Harry pour le repas.

— Il y a des spaghettis et de la glace à la vanille. Rien de bien original, mais...

— C'est parfait, répondit Lucas.

Il ne la regardait même pas. De toute la soirée, il n'avait eu d'yeux que pour Kiara, et elle pour lui, sauf à présent : Harry s'était précipité vers elle pour un autre câlin. Ils étaient tellement adorables, dans les bras l'un de l'autre. Tandis qu'ils se faisaient la bise et qu'ils se promettaient de se revoir très vite, on les aurait dits enveloppés d'une aura multicolore dans laquelle la joie se mêlait à la sérénité, à la plénitude. Lucas pensa alors à un chant de Noël qui parlait de paix sur Terre et il se surprit à en fredonner les paroles.

Oui, il aimait Kiara. Il l'aimait du fond de son cœur et il n'envisageait pas vivre sans elle, pour peu qu'elle veuille bien de lui. En quelques enjambées, il fut auprès d'elle et la serra dans ses bras. Elle ne le repoussa pas, ne lui demanda ni excuses ni justification. Elle se contenta de se blottir contre lui, la tête contre son cœur. Enfin, les bras noués autour de la taille l'un de l'autre, ils s'écartèrent pour se regarder, et Lucas sut qu'elle éprouvait des sentiments identiques aux siens. Indifférent aux sifflets qui fusèrent autour d'eux, il l'embrassa. Lorsque enfin ils s'écartèrent, ils étaient seuls.

— Et les rennes ? demanda-t-elle au bout d'un moment. On peut les laisser comme ça ?

Avec un grand sourire, il posa le menton sur la tête de Kiara et, tendrement enlacés, ils les observèrent en train de brouter, le museau plongé dans des sacs de foin.

— Leur propriétaire viendra les chercher ce soir. Ne t'inquiète pas, ils vont passer la nuit à l'étable.

Kiara lui jeta l'un de ces regards malicieux dont elle avait le secret.

— À l'étable ? Et moi qui te croyais imperméable à la magie de Noël…

— Plus depuis que tu es entrée dans ma vie.

— Je suis dans ta vie ? C'est vraiment ce que tu veux ?

Lucas hocha la tête, puis il désigna le cottage d'un signe du menton.

— Ça t'embête d'en discuter à l'intérieur ? Je veux bien battre ma coulpe mais, autant que possible, j'aimerais éviter d'attraper un rhume.

Un petit nuage de vapeur s'échappa de la bouche de Kiara tandis qu'elle riait, puis elle hésita.

— Je ne te demande pas de battre ta coulpe, mais…

Elle chercha ses mots en mordillant sa lèvre inférieure.

— J'ai besoin de franchise, voilà. Sur ce point, je suis intransigeante, OK ?

Lucas lui fit un salut de boy-scout, avec trois doigts sur la tempe.

— Croix de bois, croix de fer. Je te dois bien ça, ajouta-t-il, la main sur le cœur.

— Non, Lucas. Justement, tu ne me dois rien.

Dans sa voix, il n'y avait nulle trace de colère ni de rancœur. Au contraire, elle semblait résolue. Elle lui exposait sa manière de penser, et libre à lui de voir s'il était en accord avec elle ou pas. Tandis qu'ils rentraient se mettre au chaud, Lucas réfléchit à ces paroles. Kiara avait raison. Une relation ne pouvait pas reposer sur des obligations mais sur des choix. Et il avait fait un choix : celui d'aimer Kiara.

Il alimenta la cheminée tandis qu'elle leur préparait des boissons chaudes, puis ils se blottirent sur le canapé devant un feu qui crépitait, une tasse de chocolat fumant à la main. Lucas but une gorgée avant de poser son mug sur une table basse pour se tourner vers elle.

— Avant toute chose, je tenais à te présenter mes excuses pour mon comportement de l'autre jour.

Kiara hocha la tête d'un air neutre, sans accepter ni décliner ses excuses. Manifestement, ce qu'elle attendait de lui en premier lieu, c'était une explication.

— Je n'ai ressenti ce genre de sentiments pour aucune femme depuis...

— Depuis Lily, acheva-t-elle comme il laissait la phrase en suspens. Elle n'est pas un secret, Lucas. Elle fait partie de toi, de Harry.

Une telle générosité ne l'étonnait pas de la part de Kiara. Elle l'acceptait tel qu'il était, de même qu'elle prenait acte de son passé et de la femme qu'il avait aimée avant elle : la mère de son fils.

— Je croyais avoir terminé mon deuil...

Il passa une main nerveuse dans ses cheveux, sur sa nuque.

— Mais en te rencontrant j'ai compris qu'il me restait une dernière étape à franchir.

Kiara hocha la tête avec attention.

— C'est un conseil que Lily m'a donné, dit-il en lui montrant sa main sans alliance. Elle voulait que je tombe amoureux.

La respiration de Kiara se suspendit.

— Et c'est ce qui est en train d'arriver ?

— Mais c'est déjà arrivé, Kiara ! Je t'aime.

— Mais encore ?

Nulle trace d'ironie dans ces paroles. Kiara désirait simplement cette explication qu'il ne lui avait toujours pas donnée. Et elle avait raison : il lui devait la vérité.

— J'avais l'impression que refaire ma vie avec une autre reviendrait à trahir Lily. Et puis je t'ai rencontrée.

Il s'interrompit et se massa la nuque de plus belle.

— La vérité, c'est que j'avais peur. Peur de m'engager avec quelqu'un, d'accorder ma confiance à nouveau... D'aimer. Pour toutes ces choses, je ne fais pas dans la demi-mesure. Quand je me donne, c'est en entier. Et je ne voulais pas me rendre vulnérable comme avant, avec Lily. Mais justement c'est ça, l'amour : s'ouvrir aux autres, ouvrir son cœur... En amour, il n'y a pas de barrières, pas de limites.

Il passa tendrement le dos de ses doigts sur la joue de Kiara.

— Aimer, c'est avoir le courage de lier sa vie à celle de quelqu'un. C'est être convaincu que, quoi qu'il arrive, il vaut mieux affronter l'avenir à deux. Ce courage, je veux l'avoir avec toi. Grâce à toi, j'ai compris que mon cœur avait des réserves d'amour et de résilience dont je n'avais même pas idée. Harry t'adore. Je t'adore. Que dire... Tu as réussi à me faire aimer Noël. Si ce n'est pas un miracle...

Kiara riait et pleurait en même temps, et elle s'installa sur ses genoux pour offrir ses lèvres aux baisers qu'il avait tellement envie de lui donner. Après quelques instants, elle s'écarta et, en silence, elle se mit à explorer son visage du bout des doigts : son front, ses pommettes, son nez, son menton, comme pour les graver dans sa mémoire. Comme pour se convaincre, enfin, qu'elle était vraiment libre de l'aimer. Ce fut alors qu'il comprit. Elle aussi avait eu peur. Tout autant que lui.

— Ça demande du courage, n'est-ce pas ? Retomber amoureux après avoir souffert.

Kiara hocha la tête sans rien dire, mais les larmes qui affluaient à ses yeux étaient suffisamment éloquentes. Elle plissa le nez et respira un bon coup.

— C'est vrai. Quand tu m'as quittée, j'ai eu l'impression que le passé se répétait. Que je serais toujours condamnée à être le secret de quelqu'un.

— Oh ! Kiara... Je suis désolé de t'avoir donné cette impression.

— Mais non. Sur le coup, tu m'as fait de la peine, mais à présent je vois bien que je me suis mise dans cet état toute seule. J'aurais dû chercher à comprendre la vérité. Au fond de mon cœur, je savais que tu n'étais pas du genre à collectionner les conquêtes. J'aurais dû me douter que tu avais une bonne raison pour réagir ainsi. Au lieu de cela, je me suis laissé aveugler par mon expérience du passé.

— Eh...

Il glissa les doigts dans ses longs cheveux noirs et lui caressa la joue tendrement.

— Tout est ma faute, au contraire. J'ai fait exactement ce qu'il ne fallait pas. J'avais peur et je me suis comporté comme un imbécile. C'était la meilleure manière de donner corps à tes hantises et à tes soupçons.

Les yeux humides, elle eut un petit rire.

— Le mieux est d'en rester là. Tu veux bien m'embrasser ?

Lucas esquissa un sourire qui s'épanouit lorsqu'il la serra contre lui.

— Plutôt mille fois qu'une.

— À ton avis, Harry mettra combien de temps pour terminer ses spaghettis et sa glace ?

— Le temps qu'il me faudra pour faire ceci...

Joignant le geste à la parole, Lucas la souleva pour l'allonger sur le canapé et, les membres emmêlés, ils se livrèrent à une séance de baisers entrecoupés de caresses et de rires étouffés. On aurait dit deux adolescents qui se bécotaient. Et d'ailleurs, c'était exactement ainsi qu'il se sentait : jeune, libéré du poids du passé. Grâce à Kiara. C'était elle qui lui avait donné le courage d'avancer dans la vie. Avec elle à ses côtés, il était plus fort, plus solide. Et ils combineraient leurs forces pour aimer Harry.

C'était cela, le sens véritable de Noël, songea-t-il en contemplant une étoile de verre qui couronnait le sapin du salon. Et Lucas était impatient de le célébrer de tout son cœur, pour le restant de ses jours.

Épilogue

— Qui veut accrocher l'étoile au sapin ?

— Lequel ? demandèrent à l'unisson Harry et Kiara, aussitôt saisis d'une crise de fou rire.

Lucas fit semblant d'avoir l'air perplexe et, pivotant lentement sur lui-même, promena le regard non pas sur un, ni deux, mais sur sept arbres de Noël de bonne taille qui encerclaient le jardin. Normalement, cinq autres devaient bientôt se joindre à eux.

Cette année, ils avaient décidé tous les trois de donner une nouvelle tournure à leurs célèbres décorations. Enfin, cette célébrité ne dépassait pas les limites de leur petit coin de Cornouailles, mais quelle importance ? La fête de Noël au Cottage du gui était désormais un événement incontournable de Carey Cove, et plusieurs villageois avaient déjà fait don de figurines confectionnées par leurs soins. Le premier arbre était ainsi orné de perdrix fabriquées dans tous les matériaux possibles et imaginables : feutre, papier mâché, verre, plastique, bois... Enfants, adultes, tous avaient joué le jeu. Un artisan leur avait même offert un oiseau de verre, qui avait trouvé sa place à la cime de l'arbre et luisait au soleil du soir.

Aujourd'hui, c'étaient des cygnes qu'on leur avait apportés, et le deuxième arbre brillait sous les décorations déposées par des gens d'ici ou d'ailleurs. Même si l'initiative rencontrait un bel écho dans la région, ils étaient restés fidèles à l'esprit de leur petit projet d'origine, et chaque année ils récoltaient des sommes rondelettes au profit de Premiers Pas.

Mais surtout, à présent que Harry et Lucas avaient emménagé chez elle, le petit cottage de Kiara était devenu un foyer à part entière. Dans la foulée du mariage, elle avait adopté Harry et, depuis, leur famille s'était complétée d'un chaton du nom de Holly, qui adorait grimper aux rideaux et courir derrière les boules de Noël.

— Ouille !

Kiara posa brusquement les mains sur son gros ventre. Lucas s'empressa de confier l'étoile à Harry et se précipita auprès d'elle.

— Tout va bien, ma chérie ? C'est le moment, tu crois ?

Kiara fit non de la tête, mais à vrai dire elle n'en était pas absolument sûre. À trente-sept semaines de grossesse, l'accouchement était désormais imminent. La question était de savoir si le bébé aurait la bonne idée de naître le 25 décembre, ainsi que l'avait réclamé Harry. Quoi qu'il en soit, elle avait déjà compilé une liste de prénoms inspirés des fêtes de fin d'année.

— Je n'en sais rien. Dire que je suis sage-femme…

Lucas l'embrassa en riant.

— Tu te souviens de Marnie ? Elle disait à peu près la même chose quand son bébé était sur le point de naître.

Kiara hocha la tête et respira profondément pour soulager la douleur de la contraction. Surexcité, Harry sautillait sur place.

— Bébé ! Bébé ! On va avoir un bébé à Noël.

Lucas lui frotta affectueusement la tête.

— C'est fort possible, fiston. Mais avant cela on devrait peut-être aider Kiara à s'asseoir sur le canapé, non ? Elle aurait besoin de se reposer le temps de savoir s'il faut l'emmener à Carey House.

— On peut s'estimer heureux d'avoir une sage-femme qui débarque à toute heure sous prétexte d'admirer les décorations, remarqua-t-elle avec malice.

— Tu fais bien d'en parler. Veux-tu que j'appelle Nya ?

Ils échangèrent un sourire. Nya avait été la première à se douter qu'il y avait quelque chose entre eux. Quand Kiara était tombée enceinte, leur choix de sage-femme s'était naturellement porté sur elle.

— Je vais lui passer un coup de fil quand la prochaine… Ouille !

Harry ouvrit de grands yeux.

— Vite, papa ! Le traîneau et les rennes ! Comme ça, on pourra emmener Kiara à l'hôpital en volant.

— Quelle excellente idée !

Lucas fit mine de réfléchir sérieusement à sa suggestion.

— Mais je pense qu'on devrait utiliser un mode de transport traditionnel. Tu pourrais apporter son sac, s'il te plaît ?

Cette fois-ci, Harry sembla perplexe.

— On y va à pied ? Kiara peut marcher, tu crois ?

— C'est recommandé par toutes les sages-femmes dignes de ce nom. Je le sais de bonne source.

Lucas se tapota le nez d'un air entendu avant d'embrasser Kiara sur la joue.

— Mais si tu y tiens, ma chérie, on peut aussi faire le trajet en voiture.

Kiara sourit, partagée entre l'impatience et la panique et tout aussi désemparée que l'étaient ses deux hommes.

— Pas la peine. Une promenade à pied me fera du bien. C'est une belle journée.

Elle rendit son baiser à Lucas et, comme Harry affichait un air boudeur, elle posa une bise sur son front. Kiara était plus qu'heureuse d'être la mère de ce petit ange et d'avoir épousé son père. Sa plus grande hâte, à présent, c'était d'avoir son bébé afin qu'ils puissent célébrer Noël tous ensemble. Celui-ci et tous ceux des années suivantes.

KARIN BAINE

Retrouvailles à Carey Cove

Traduction française de
EVELINE CHARLÈS

BLANCHE

HARLEQUIN

Titre original :
FESTIVE FLING TO FOREVER

1

Depuis la jetée, Sophie French adressa un signe de la main à Clem, le propriétaire du bateau, ainsi qu'à Jack Matthews, dont la femme enceinte l'attendait dans leur maison.

Enys Island avait beau n'être qu'à quelques centaines de mètres de la côte, ce n'était pas Carey Cove, et elle détestait s'éloigner de chez elle.

— À plus tard ! lança-t-elle dans le vent.

Si Molly Matthews n'avait pas été sa patiente, elle ne se serait jamais aventurée dans un lieu aussi isolé par ce temps. En tant que sage-femme, elle était amenée à exercer parfois son métier dans des zones plus ou moins éloignées de Cornouailles. Mais, si cela n'avait tenu qu'à elle, Sophie serait restée à Carey Cove jusqu'à la fin de sa vie. Toutes ses patientes auraient été réunies, bien en sécurité, dans la maternité du petit hôpital de campagne. Mais tout le monde ne partageait pas ce point de vue, et nombre de futures mères préféraient accoucher chez elles. Sophie les comprenait, mais pour sa part elle aurait préféré être à même d'affronter n'importe quelle urgence.

Elle avait toujours été une enfant prudente, au grand désespoir de ses parents, de véritables aventuriers. Pendant qu'ils parcouraient le monde avec un budget limité, Sophie était parfaitement heureuse chez sa grand-mère. Aujourd'hui, à vingt-neuf ans, elle n'avait pas changé.

D'autant plus que ses craintes s'étaient révélées tragiquement fondées...

Une seule fois, elle avait accepté de les accompagner, mais elle s'était désistée au dernier moment, décevant tout le monde. Sa culpabilité n'avait fait que croître lorsque ses parents étaient morts dans un accident de montagne au cours de cette même expédition.

Depuis, elle était devenue ce que d'aucuns auraient qualifié d'exagérément prudente. En hommage à sa mère défunte, elle avait suivi ses traces en devenant sage-femme. Elle passait donc son temps à visiter ses patientes, ce qui incluait de se rendre sur une île isolée par un temps épouvantable.

Remontant sur son épaule la bandoulière de son sac, elle noua son écharpe autour de son visage. Le sentier était assez escarpé, mais la vue d'une lampe allumée derrière une fenêtre incita Sophie à hâter le pas. Jamais elle n'aurait pu vivre la vie de bohémiens qu'affectionnaient ses parents, sans savoir où elle allait dormir ou se restaurer. Parfois elle se demandait si elle n'avait pas été échangée à la naissance. Il y avait peut-être quelque part une famille tranquille, luttant pour comprendre la fille indépendante et audacieuse qui semblait ne pas correspondre non plus à leur monde.

Sophie poussa la porte, qui n'était pas verrouillée.

— Eh, Molly, c'est Sophie, la sage-femme de Carey House !

— Bonjour, Sophie ! Je suis dans ma chambre, à l'étage.

D'habitude, Molly vaquait à ses tâches ménagères quand Sophie arrivait, bien que l'accouchement soit attendu dans quelques semaines. Cela ne lui ressemblait pas, de rester au lit.

Sophie gravit les marches quatre à quatre et gagna la pièce où elle avait déjà examiné sa patiente. La chambre était plongée dans l'obscurité, et Molly était étendue. Apparemment, elle était incapable de se redresser pour accueillir sa visiteuse.

— Cela ne vous ennuie pas, si j'ouvre les rideaux ? demanda Sophie.

— Je vous en prie, répliqua Molly en bâillant.

— Comment vous sentez-vous, aujourd'hui ?

Molly était pâle et paraissait fatiguée.

— Je suis épuisée. Ce temps horrible pèse toujours sur mon moral.

— Je comprends. Je vais vous examiner pour m'assurer que votre fatigue n'a pas d'autres causes, mais d'abord il faut que je me lave les mains, d'accord ?

— Bien sûr, répondit Molly.

Comme la jeune femme tentait de s'asseoir, Sophie passa une

main sous son aisselle pour la soutenir, puis elle ajusta les oreillers avant de se rendre dans la salle de bains.

— Il n'y en a plus pour longtemps, maintenant, dit-elle en revenant.

La perspective de mettre une nouvelle vie au monde la faisait sourire.

— Dieu merci ! lança Molly. À ce rythme, je pourrais me déguiser en Père Noël, si on me mettait une robe rouge et une grande barbe blanche.

Sophie se mit à rire. Quand les patientes parvenaient au dernier trimestre, c'était toujours la même chose. Il leur tardait d'accueillir ce bébé tant attendu, mais elles se réjouissaient aussi de retrouver le contrôle de leur corps.

Sophie n'avait jamais elle-même expérimenté la grossesse – peut-être un jour, avec un peu de chance –, mais elle avait traité suffisamment de femmes enceintes pour deviner ce qu'elles ressentaient à l'approche de l'accouchement.

— Au moins, le petit chou sera là pour les fêtes de Noël, remarqua-t-elle.

Comme chaque fois, elle sentit sa gorge se serrer à l'évocation d'une famille heureuse réunie autour d'un sapin. C'était quelque chose qu'elle n'avait jamais connu avec ses parents, qui passaient les mois d'hiver dans des lieux exotiques.

— Oui. J'ai déjà acheté tous les cadeaux, si bien que je n'aurai pas à quitter la maison une fois que Jack aura fait les dernières courses. Nous serons tous les trois bien au chaud dans la maison, pour Noël.

De nouveau, une grosse boule de tristesse se logea dans la gorge de Sophie.

Ce sera génial. Vous avez un mari adorable.

— Oui. J'ai beaucoup de chance. C'est lui qui fait la cuisine, et même s'il n'est pas très doué pour le ménage il m'est d'une grande aide.

— Voilà qui est agréable à entendre… un époux qui n'a pas peur de mettre la main à la pâte quand on en a besoin. Maintenant, je vais prendre votre tension pour m'assurer que votre fatigue n'a pas d'autres causes que celle que vous avancez.

Tout en parlant, Sophie sortit son tensiomètre de son sac et mit le brassard autour du bras de Molly.

Une tension un peu basse n'était pas inhabituelle, pendant une grossesse. En revanche, une chute brutale pouvait signaler quelque chose de plus sérieux.

— Est-ce que vous avez eu des vertiges, la vision brouillée ou une soif inextinguible ?

— Non. Comme je vous l'ai dit, je suis seulement somnolente, ces temps-ci.

— Votre tension est bonne, dit Sophie en retirant le brassard. Vous avez pensé à mon échantillon d'urine ?

— Le flacon est sur la commode.

Utilisant les bandes d'analyse qu'elle avait apportées, Sophie nota les résultats.

— C'est parfait. Pendant que j'y suis, je vais voir où en est le bébé. Il faudrait vous allonger de nouveau.

Aidée de Sophie, Molly s'étendit. Ensuite, Sophie se frotta les mains pour les réchauffer, pendant que Molly retroussait sa chemise de nuit, révélant son ventre arrondi.

Sophie le palpa pour évaluer la présentation fœtale. À cinq semaines de l'accouchement, elle aurait pensé qu'il bougerait librement, mais elle comprit très vite que la tête du bébé était déjà engagée dans le bassin.

Cela n'impliquait pas pour autant qu'il y aurait un problème ou même que Molly allait accoucher d'une minute à l'autre. En revanche, le bébé était resté en position occipito-postérieure, à savoir que sa tête était tournée vers l'abdomen de la maman, et non vers son dos. C'était relativement fréquent, et le plus souvent la rotation s'effectuait naturellement. Dans le cas contraire, l'accouchement risquait d'être plus long, plus douloureux et plus fatigant, ce qui nécessitait une épidurale et un séjour à l'hôpital.

— Quelque chose ne va pas ? demanda Molly.

— Il n'y a pas de quoi s'inquiéter, mais votre bout de chou ne se présente pas comme il le faudrait, pour l'instant. Parfois, cela peut changer à la dernière minute. Je sais que vous voulez accoucher chez vous, mais nous devons envisager une hospitalisation.

Les yeux de Molly se voilèrent de larmes.

— Je voudrais que Jack soit là.

— Bien sûr. Nous n'avons pas besoin de prendre une décision pour le moment. Il faudra juste surveiller la position du bébé.

À cet instant, le téléphone de Molly se mit à vibrer.

— Quand on parle du loup..., remarqua-t-elle en souriant avant d'attraper l'appareil pour décrocher.

Au bout d'une minute, Molly cessa de sourire et tendit le téléphone à Sophie.

— Jack veut vous parler.

— Allô ? Sophie, à l'appareil.

— Sophie, je comptais sur vous pour transmettre la nouvelle à Molly... je ne voudrais pas qu'elle panique.

— Oui ? fit-elle, la gorge serrée.

— Il y a une tempête qui se profile. Le temps a changé si vite que Clem ne pense pas que nous pourrons revenir ce soir.

Sophie fut momentanément réduite au silence, tandis qu'elle intégrait les implications de ce que Jack venait de lui annoncer. Non seulement elle ne pourrait pas faire transférer Molly à l'hôpital si besoin était, mais elle ne rentrerait pas non plus chez elle. Elles étaient coincées sur l'île pour la nuit.

— D'accord. Tenez-moi au courant s'il y a un changement.

Elle renonça à partager avec Jack son inquiétude au sujet de la position du bébé.

Pour l'instant, la meilleure solution consistait à garder sa patiente au calme en attendant la fin de la tempête.

Sophie regardait le ciel gris depuis la fenêtre de la cuisine tout en lavant les assiettes sales empilées dans l'évier. Au moins, elle avait quelque chose à faire pour s'occuper l'esprit au lieu d'envisager les pires scénarios possibles, comme une coupure d'électricité ou un accouchement compliqué.

Un coup de tonnerre la fit sursauter, tandis que la foudre éclairait l'horizon derrière les nuages noirs. Le cœur de Sophie battit la chamade. Certaines personnes adoraient voir Dame Nature se déchaîner, mais pas elle.

Par bonheur, Molly s'était endormie. Elle avait plutôt bien pris la nouvelle que son mari ne rentrerait pas dans l'immédiat. Le couple était certainement habitué à ce genre d'événements, puisqu'ils avaient choisi de vivre sur une île.

Un autre coup de tonnerre retentit, suivi immédiatement par

un éclair qui illumina la pièce pendant quelques secondes. Sophie frissonna. Si elle avait été chez elle, elle aurait tiré les rideaux avant de se réfugier sous sa couette pour ne pas entendre ce qui se passait dehors.

Il y eut un cri venant de l'étage.

Molly.

Quand Sophie arriva dans la chambre, Molly se tenait devant la fenêtre, pliée en deux par la douleur. Immédiatement, Sophie retrouva tout son professionnalisme. Les accouchements et les bébés, c'était son domaine, même lorsque certains obstacles se dressaient sur son chemin.

— Tenez ma main et respirez pendant toute la durée de la contraction.

— Plus facile à dire qu'à faire, lâcha Molly entre ses dents serrées.

— C'est votre première contraction ?

La jeune femme hocha la tête.

— D'accord. Dès qu'elle se terminera, on tâchera de vous coucher avant la suivante.

— C'est trop tôt ! J'ai besoin de Jack.

Pour la première fois depuis l'arrivée de Sophie, les yeux de Molly reflétaient sa peur. Mais quelles que soient les circonstances, le travail d'une sage-femme consistait à calmer sa patiente et à lui assurer que tout se passerait bien. Peu importaient ses propres doutes.

En l'occurrence, Sophie n'avait que le contenu de sa sacoche pour affronter une urgence. Il était clair qu'elle ne disposait pas de l'équipement nécessaire pour répondre à toutes les éventualités.

— Il sera là dès qu'il le pourra. En attendant, je suis ici pour que le bébé et vous-même profitiez des meilleurs soins que je pourrai vous prodiguer.

Avec un peu de chance, il ne s'agissait peut-être que de contractions de Braxton-Hicks. Quoi qu'il en soit, il valait mieux que le bébé naisse après la trente-sixième semaine.

Malheureusement, il apparut bientôt que le travail avait commencé.

— D'accord, Molly, vous êtes à quatre centimètres de dilatation. On en a encore pour un long moment, mais je préférerais que vous accouchiez à l'hôpital parce que le bébé ne se présente pas comme il le faudrait.

Les larmes que Molly avait courageusement réprimées se mirent à couler. Elle avait peur et, pour être honnête, Sophie aussi.

— Mais comment ? Personne ne pourra risquer sa vie pour venir me chercher.

Prise de panique, Molly tenta de se redresser. En revanche, Sophie se devait de rester calme, s'il y avait la moindre chance de ralentir l'accouchement.

— Je vais demander un hélicoptère médical. Je suis sûre qu'on pourra venir vous chercher, et il y aura tout l'équipement nécessaire à bord pour vous surveiller, le bébé et vous, jusqu'à ce que vous soyez à l'hôpital.

Si cela n'avait pas été au bénéfice de sa patiente, Sophie n'aurait jamais envisagé de monter dans un hélicoptère. Ses parents seraient fiers d'elle. Eux-mêmes n'auraient pas hésité une seconde, dans le même genre de circonstances.

De toute façon, c'était une question de vie ou de mort.

— Vous vous en tirez très bien, Molly.

Sophie essora un gant de toilette au-dessus de la cuvette posée sur la table de chevet et le posa sur le front de sa patiente,

— Je veux Jack ! lâcha la jeune femme en sanglotant.

— Je le sais, ma chérie. Je suis certaine que vous le verrez bientôt. Pour l'instant nous devons nous concentrer sur ces contractions.

Molly était maintenant à six centimètres de dilatation. Le bébé arriverait ce soir, avec ou sans assistance de l'extérieur. Sophie espérait avoir de l'aide, mais elle se savait capable d'affronter toutes sortes de situations. Ses études et sa pratique l'avaient bien formée, mais un accouchement prématuré comportait des risques, et elle ne voulait rien laisser au hasard.

— Ça ne devait pas se passer comme ça, gémit Molly juste avant la contraction suivante.

— Je sais bien que ce n'est pas l'accouchement à domicile que vous espériez, mais vous allez avoir une sacrée histoire à raconter. Rejoindre votre mari en hélicoptère, c'est plutôt romantique, d'une certaine façon.

À condition que le bébé attende l'hélicoptère pour se montrer et qu'il n'y ait pas de complications...

— Jack sait que le travail a commencé ?

— La ligne était très perturbée, quand je lui ai parlé pour la seconde fois, mais il est au courant et il vous retrouvera à l'hôpital.

Le seul souci, c'était que Sophie ignorait combien de temps l'hélicoptère mettrait pour arriver, si du moins c'était possible.

Les cris de Molly ne faisaient qu'augmenter, et Sophie ne pouvait rien faire pour la soulager. Même si elle avait été à l'hôpital, le travail était trop avancé pour qu'elle puisse envisager une épidurale.

— Quand vous aurez votre petit bébé dans les bras, rien d'autre ne comptera plus, dit-elle en repoussant les cheveux humides de sa patiente en arrière.

Elle espérait toujours qu'elles arriveraient à temps à l'hôpital, mais cela devenait de plus en plus illusoire.

À son grand soulagement, elle entendit enfin le bruit des moteurs au-dessus de la maison. Ne pouvant quitter Molly, elle se précipita vers la fenêtre et écarta les rideaux pour voir ce qui se passait. Le spectacle n'apaisa en rien ses craintes. L'appareil se battait contre le vent et tentait d'atterrir. Un câble fut jeté à l'extérieur de la cabine et se mit à se balancer. Un homme revêtu d'une combinaison orange était en train de risquer sa vie pour descendre. Le seul fait de le regarder donna la nausée à Sophie. Elle finit par se détourner pour ne pas assister au déroulement de cette mission dangereuse.

Ce ne fut qu'en entendant cogner à la porte qu'elle fut capable de respirer à nouveau.

— La porte est ouverte ! cria-t-elle. Nous sommes à l'étage.

Une minute plus tard, l'ambulancier surgit sur le seuil de la pièce.

— Qu'est-ce qu'on a ?

Le soulagement de Sophie fut de courte durée lorsqu'elle reconnut le visage aussi bien que la voix. Roman Callahan… l'homme qui lui avait brisé le cœur et auprès de qui tous ses autres prétendants avaient fait pâle figure. Il était plus beau que jamais, avec ses cheveux noirs emmêlés et son corps musclé rappelant à Sophie qu'il n'était plus un adolescent.

Elle prit aussitôt la décision de ne pas se présenter.

S'il ne la reconnaissait pas, elle ne lui rappellerait sûrement pas qui elle était et comment ils s'étaient séparés dix ans auparavant.

Durant leur enfance et leur adolescence, ils avaient été des amis très proches. La dernière fois qu'elle avait vu Roman, ils avaient dix-huit ans et devaient se rendre dans leurs universités respectives. Mue par une impulsion subite, elle l'avait embrassé. À cause de cet acte irréfléchi, elle n'avait plus eu de contact avec lui pendant les dix dernières années.

Jusqu'à aujourd'hui.

Pour l'instant, elle devait se concentrer sur sa patiente mais, quand tout cela serait fini, elle aurait une ou deux choses à lui dire.

— Dilatation à dix centimètres, annonça-t-elle. On voit la tête du bébé. Au départ, la présentation n'était pas favorable, mais finalement il devrait naître d'une minute à l'autre.

— Apparemment, tu t'es très bien débrouillée toute seule, Soph. J'ai l'impression que tu n'avais pas besoin de moi.

Donc, il l'avait reconnue, en fin de compte...

— Eh bien, tu es là, maintenant. Molly et le bébé devront de toute façon être hospitalisés.

Roman s'approcha du lit.

— Bonjour, Molly. Je m'appelle Roman, je suis votre escort-ambulancier, et c'est moi qui vais m'occuper de vous, à partir de maintenant.

Il était visiblement aussi dragueur que dans les souvenirs de Sophie. C'était certainement rassurant pour les patientes, mais pas pour l'ex-amie qui s'était efforcée de l'oublier pendant dix ans.

— Roman, tu peux me passer quelques-unes des serviettes qui sont dans la commode ?

Au moins, qu'il se rende utile...

— Bien sûr, je suis à ta disposition.

Il fallait reconnaître qu'il n'essayait pas de prendre la direction des opérations. Il se comportait comme s'il respectait la position et l'expérience de Sophie en tant que sage femme.

— Quand la prochaine contraction viendra, Molly, je voudrais que vous poussiez de toutes vos forces. D'accord ? Cela ne devrait plus être très long, maintenant.

— Vous vous en tirez très bien ! lança Roman en passant les serviettes à Sophie, qui les plaça sous sa patiente.

Il regardait Molly, mais Sophie eut le sentiment qu'il s'adressait à elle. À cet instant, le corps de Molly se tendit, et Sophie sut que l'instant était venu. Tandis qu'elle s'apprêtait à recevoir le bébé, Roman se posta en tête de lit.

— Il est temps de pousser, Molly. Roman et moi, nous allons vous aider à surmonter cette épreuve.

— Prenez ma main et serrez-la autant que vous voulez, dit Roman.

Quelques minutes plus tard, une nouvelle vie glissait entre les paumes de Sophie. Le bébé était plus petit qu'elle ne s'y attendait. Elle coupa très vite le cordon ombilical et le clampa avant d'envelopper le nouveau-né dans une serviette. Ensuite, elle se déplaça de façon à le mettre en pleine lumière pour l'examiner.

— Je veux prendre mon bébé dans mes bras ! cria Molly.

Sophie tenta d'ignorer un début de nausée, alors qu'elle regardait la petite frimousse si pâle. Le bébé n'avait pas encore émis un son, et quelques taches sur sa peau indiquaient qu'il avait peut-être inhalé du méconium, ce qui pouvait entraîner de graves problèmes respiratoires.

Elle commença à lui frotter le dos, priant de toutes ses forces pour qu'ils entendent bientôt ses pleurs.

— Nous devons l'examiner avant de vous le donner, intervint Roman pour apaiser la maman.

— Allez, bébé ! suppliait Sophie.

Elle sentait la présence de Roman derrière elle pendant qu'elle mettait un doigt dans la bouche de l'enfant pour extraire tout ce qui pouvait l'empêcher de respirer.

Après avoir échangé avec Roman un regard inquiet, elle sortit de son sac un aspirateur afin d'ôter la substance qui s'y trouvait éventuellement.

— Tu veux que j'essaye ? demanda doucement Roman.

Au moment où elle allait accepter, dans l'espoir qu'il réussisse mieux qu'elle, le bébé émit un piaillement. Sophie et Roman poussèrent un soupir de soulagement et, lorsqu'elle plongea dans les yeux trop familiers de son collègue, elle sentit qu'il était aussi ému qu'elle.

— Je crois que c'est sa façon de nous dire qu'il en a assez de toutes ces tracasseries, dit-elle.

— Je vais lui administrer un peu d'oxygène, enchaîna Roman en sortant un masque minuscule et une bouteille de son sac.

Sophie le vit s'essuyer discrètement les yeux. Sur ce plan, il n'avait pas changé… il préférait masquer ses émotions. Il avait d'ailleurs toujours été difficile à décrypter, et elle s'en voulait d'avoir cru qu'il l'aimait autant qu'elle l'aimait.

— Tout va bien ? demanda Molly.

— Roman lui donne de l'oxygène pour l'aider à respirer. Il y avait un peu de liquide dans ses voies respiratoires, mais je les ai dégagées. À l'hôpital, on lui fera une radio pour vérifier que rien ne reste dans ses poumons. Il sera traité aux antibiotiques pour prévenir tout risque d'infection, mais il a l'air d'aller bien.

Pendant que Roman s'occupait du bébé, Sophie surveillait l'expulsion du placenta qui devait avoir lieu avant le transfert en hélicoptère.

Elle jeta un coup d'œil à Roman, qui berçait maintenant le bébé, visiblement rassuré et content. Sophie eut du mal à réprimer son émotion. Adolescente, elle avait beaucoup rêvé d'un instant semblable… sauf que Roman aurait bercé leur enfant à tous les deux.

Durant tout cet épisode dramatique, Roman était resté en contact avec l'équipe qui se trouvait à bord de l'hélicoptère. Ce fut un grand soulagement lorsque le talkie-walkie émit des craquements et qu'ils apprirent que l'appareil avait pu se poser.

— C'est bon, annonça Roman. Il est temps d'y aller.

Tenant contre lui le nouveau-né d'un bras, il suspendit son sac à l'autre épaule.

— Je… je vais avec vous ? demanda Sophie.

Elle le ferait s'il le fallait absolument, mais la perspective d'être secouée par la tempête dans cette petite cabine ne la réjouissait pas.

— Pas cette fois, ma chérie, nous n'avons pas assez de place à bord.

Le terme affectueux eut le même effet sur Sophie que lorsqu'elle était adolescente. À l'époque, elle aurait donné n'importe quoi pour que Roman s'adresse à elle de cette façon, fût-ce par plaisanterie. Avec le recul, elle comprenait comment une jeune fille amoureuse pouvait s'être trompée sur la nature des sentiments de son ami.

— Je suis certaine que tu t'occuperas très bien de Molly et de son enfant, assura-t-elle, autant pour sa patiente que pour elle-même.

Il n'était pas facile de se décharger de cette responsabilité sur autrui, mais Roman paraissait très compétent. Malgré tout, elle ne savait rien de lui, aujourd'hui. En revanche, elle était convaincue qu'à l'hôpital Molly bénéficierait de tous les soins nécessaires.

— Je vais demander à Jack de venir vous chercher dès que possible, dit Molly en s'asseyant péniblement sur le lit.

Sophie l'aida à s'habiller de sorte qu'elle soit protégée contre les éléments. Idéalement, elle aurait eu besoin de repos mais, comme n'importe quelle mère, elle était prête à mettre de côté son propre confort pour le bien de son bébé.

— Ne vous tracassez pas à mon sujet, dit Sophie. Ce sera sympa, d'avoir un peu de temps pour moi ici, et je contacterai Clem dans la matinée. En attendant, je ferai un peu de ménage.

Ce mensonge pieux avait pour but de calmer les inquiétudes de Molly. Sophie saisit fugacement une lueur étrange dans les yeux de Roman. Peut-être se rappelait-il sa peur du noir. Mais ce n'était pas grand-chose, en comparaison des risques que les gens comme lui prenaient quotidiennement. À son âge, elle aurait dû avoir surmonté les craintes de son enfance, mais elle était la reine de la procrastination lorsqu'il s'agissait de gérer ses émotions. Cette nuit, seule sur une île balayée par la tempête, il lui faudrait rassembler toutes ses forces.

Ils transportèrent leurs patients dans l'hélicoptère, se courbant pour éviter les pales. Une fois que Molly et son fils furent bien installés, Sophie recula. Quand l'appareil décolla, son projecteur illumina le sol, trouant la nuit tombante tandis que le vent rejetait les cheveux de Sophie en arrière.

Roman lui lança un dernier adieu.

— J'ai été content de te revoir, Sophie, cria-t-il juste avant que le monde soit de nouveau plongé dans l'obscurité.

Il la laissait seule pour la seconde fois de sa vie.

2

Roman ne parvenait pas à chasser Sophie de son esprit. Bien sûr, il avait su qu'il la reverrait probablement un jour, après son retour dans la région. Il était même possible qu'il soit en partie revenu à cause d'elle. Depuis leur séparation, il n'avait cessé de se demander ce qu'elle devenait, comment elle allait et si elle était maintenant en couple. Il s'était aussi interrogé sur ce qui serait arrivé s'il était resté et avait développé avec elle une relation amoureuse.

Quoi qu'il en soit, il aurait certainement rompu tout contact avec ses parents, comme c'était le cas aujourd'hui. La pression qu'ils exerçaient sur lui était insupportable...

Sa dernière petite amie, Lena, lui avait demandé pourquoi l'engagement lui faisait si peur. Immédiatement, il avait pensé à Sophie et à la façon dont il l'avait quittée alors qu'elle était la seule personne qu'il aimait vraiment. Mais elle avait besoin d'une stabilité et d'une sécurité qu'il savait ne pas pouvoir lui donner.

On lui avait parfois dit qu'il allait finir seul et triste, et c'était sans doute vrai. Actuellement, il ne voulait ni femme ni enfants. Peut-être réaliserait-il un jour qu'il le souhaitait mais qu'il était trop tard.

En réalité, il ne regrettait pas la décision qu'il avait prise de partir et d'entreprendre des études en soins infirmiers. Il se savait compétent dans son travail et il avait multiplié les expériences enrichissantes bien plus que s'il était resté à Carey Cove. Il était toujours en déplacement et acceptait des postes temporaires qui lui permettaient de ne jamais s'ennuyer.

Il était persuadé que Sophie n'avait jamais eu besoin de lui, en revanche son amitié lui avait manqué. Elle était la seule personne à qui il s'était jamais confié et qui le comprenait, contrairement à sa famille.

Aujourd'hui, elle possédait toujours la même beauté naturelle qu'autrefois. Ses cheveux sombres et ondulés étaient plus longs, ses courbes plus voluptueuses, et elle avait cette assurance qui lui manquait, adolescente.

En bref, elle était belle à tomber.

Autrefois, elle s'en voulait de ne pas correspondre aux standards de ses parents, et il espérait qu'aujourd'hui elle ne ressentait plus cette culpabilité, qui n'avait fait que croître après leur mort.

À la suite de cet événement dramatique, Roman et Sophie étaient devenus encore plus proches. Il s'était reconnu dans sa solitude, bien que ses propres parents soient encore en vie. Ils le poussaient à travailler dans l'entreprise familiale et la gestion immobilière, mais il avait ses propres rêves. Alors que ses frères se conformaient à la tradition, il était devenu la brebis galeuse de la famille.

Comme c'était la fin de son service, il était peu probable qu'il revoie Sophie aujourd'hui et en apprenne davantage sur ce qu'elle avait vécu ces dix dernières années.

— Salut, Roman. Content de te voir !

Théo Turner, un obstétricien de l'hôpital, se dirigeait vers lui, dans le couloir.

— Moi aussi.

Roman lui serra la main. Ils avaient fait connaissance dès le premier jour de son arrivée, et le médecin lui avait immédiatement plu. Théo s'était montré cordial et attentif, lui demandant comment il allait chaque fois qu'ils se croisaient. C'était le genre de médecin qui témoignait de l'empathie à ses patientes et à ses collègues, si bien que tout le monde le respectait. Roman aurait voulu avoir un père comme lui, une sorte de modèle masculin qui l'aurait inspiré pendant son enfance. Au lieu de cela, son propre père était un homme autoritaire et méprisant, qui avait assombri la vie tout entière de Roman.

— Tu pars de nouveau en mission de sauvetage ? s'enquit Théo. Tu en as eu pas mal, ces temps-ci.

— Oui. C'est en grande partie à cause de la saison et du mauvais temps. Les gens ont davantage d'accidents, ou bien ils se trouvent dans des coins difficiles d'accès pour les secours.

Ses collègues lui avaient dit qu'en été ils intervenaient le plus souvent sur la plage pour aider des nageurs en difficulté ou des randonneurs qui s'aventuraient en haut des falaises.

— Je ne sais pas ce qu'on ferait, sans vous autres ! lança Théo en lui donnant une claque dans le dos.

Ce médecin était particulièrement doué pour mettre à l'aise tout le monde, et Roman en particulier. Grâce à lui, il avait l'impression de faire partie de l'équipe médicale, et c'était plutôt agréable de voir son travail validé. Cela le confortait dans l'idée qu'il avait emprunté la bonne voie.

— Merci beaucoup, mais nous nous contentons d'aller chercher les patients et de les ramener. À ce propos, j'aimerais bien savoir si Molly Matthews et son fils vont bien.

— Nous savons tous les deux que ton travail ne consiste pas seulement à faire le taxi. Tu as sauvé de nombreuses vies en te rendant dans des endroits qui nous étaient inaccessibles. Molly Matthews et son fils sont hors de danger, mais Dieu sait ce qui se serait passé si vous n'étiez pas allés la chercher sur son île.

— Je te rappelle que Sophie avait la situation bien en main quand nous sommes arrivés. Je suis certain qu'elle aurait pu tout gérer jusqu'à la fin de la tempête.

Depuis qu'il l'avait abandonnée sur l'île, Roman n'avait pas cessé de penser à elle. Il ne s'était pas laissé berner, quand elle avait fait la fière. Il savait parfaitement qu'elle n'avait pas plus envie de monter dans l'hélicoptère que de se retrouver toute seule dans le noir. Elle avait mûri, certes, mais il était sûr qu'il demeurait en elle quelque chose de l'ancienne Sophie. Dans l'autre sens, il avait conscience qu'elle n'aurait jamais accepté qu'il reste avec elle au lieu de veiller sur ses patients. Elle était bien trop professionnelle et orgueilleuse pour cela.

— Sophie French, la sage-femme de la maternité Carey House ? Oui, elle est géniale. Nous travaillons beaucoup avec toutes ses collègues et elle-même.

— Tu la connais bien, alors ?

Théo sourit.

— Je vois que notre jeune sage-femme a capté ton attention ! Ce n'est pas surprenant, quand on rencontre une fille aussi intelligente et compétente.

À la vue du sourire mélancolique de Théo, Roman cessa un instant de respirer. Il n'avait aucun droit sur Sophie. Surtout depuis qu'il l'avait abandonnée. Pourtant, après toutes ces années, il brûlait de jalousie à la simple idée qu'un autre homme puisse la convoiter.

Sophie aurait trouvé cela très amusant.

— Vous... vous êtes ensemble ?

Théo se mit à rire.

— Dieu du ciel, non ! Je suis à peine remis de mon divorce. Ne t'inquiète pas, je crois savoir qu'elle est célibataire.

Bien que soulagé que son nouvel ami ne soit pas en couple avec son premier amour, Roman n'avait pas la moindre envie que des ragots se répandent dans l'hôpital.

— Ça n'a rien à voir, protesta-t-il. Nous sommes seulement des amis d'enfance, et je ne l'avais pas vue depuis le lycée. Je me demandais seulement ce qu'elle était devenue depuis.

— J'ignorais que tu étais du coin, répliqua Théo, visiblement étonné.

— Je suis né et j'ai grandi à Carey Cove, mais j'ai pris la clé des champs depuis bien longtemps.

— Et te voilà revenu ! Tu as eu le mal du pays ?

— Quelque chose comme ça.

Mais ce n'était pas le manoir aux huit chambres et aux quatre salles de bains qui lui avait manqué. C'était Sophie. Elle représentait le foyer qu'il n'avait jamais eu.

Kiara observait Sophie avec la même sollicitude que si elle avait été l'une de leurs patientes enceintes.

— Tu es sûre que tu ne veux pas prendre un jour de congé ? Tu viens de vivre une expérience un peu rude.

Sophie déposa un autre carton sur la pile qui se trouvait dans le hall de Carey House.

— C'est justement pour cela que j'ai besoin de m'occuper,

répliqua-t-elle. J'ai eu un peu trop de temps pour moi, sur cette île. D'ailleurs c'est bientôt Noël, et il est temps de décorer cet endroit.

Elle avait survécu à cette nuit de solitude, physiquement du moins. Mentalement, cela n'avait pas été aussi facile, et pas seulement à cause de sa peur du noir.

Il avait fallu que Roman Callahan resurgisse du passé pour faire irruption dans sa vie. Tel un super-héros, il avait bouleversé son monde habituellement bien ordonné… avant de disparaître tout aussi vite. Elle était restée seule, l'esprit bouillonnant d'encore plus de questions qu'auparavant.

Ces dernières années, Sophie avait mené une vie tranquille. Pendant ce temps, Roman avait vécu la sienne à fond et pris tous les risques. Il aurait bien plu à ses parents, mais elle ne croyait plus que Roman et elle auraient pu être compatibles en tant que couple.

Elle sortit un sapin en plastique de son carton et entreprit de redresser ses branches. Tout était faux, bien sûr, mais elle sentit un parfum de cannelle. Après avoir reconstitué tous les arbres, elle trouva des pommes de pin dans le fond du carton. Lorsqu'elle en porta une à son nez, elle sut que l'odeur était réelle et non le fruit de son imagination.

— Je les avais oubliées, dit-elle. Je les ai fabriquées l'an dernier pour la foire de Noël avec les enfants de Carey Cove. On avait installé un stand d'artisanat.

Sophie remarqua le petit sourire de sa collègue.

— Quoi ? demanda-t-elle.

— Je te trouve bien distraite, aujourd'hui. Tu es moins concentrée que d'habitude.

Sophie laissa échapper un soupir.

— J'ai subi une déflagration issue du passé, et ça m'a fichu un coup.

— Ah bon ?

Kiara, qui était sur le point de partir, s'assit sur un carton, prête à écouter toute l'histoire. D'habitude, l'existence de Sophie était on ne peut plus ordinaire, et ce terme de « déflagration » avait de quoi exciter sa curiosité.

Bien sûr, Sophie avait eu quelques petits amis, mais rien de très sérieux… un livreur, un facteur et même un standardiste de l'hôpital. Aucune de ces relations n'avait suscité le moindre intérêt chez ses collègues. Et, si elle était honnête, elle n'avait pas été très excitée non plus. Elle avait choisi des hommes qui lui semblaient sans danger et fiables. Des hommes qui ne la blesseraient pas. Le problème, c'était qu'elle n'éprouvait pas grand-chose en leur présence.

— L'ambulancier qui a évacué Molly Matthews le jour de son accouchement, Roman Callahan… Nous… euh… nous avons grandi ensemble.

— Oooh ! Des amours d'enfance ? Raconte !

Kiara arbora une expression rêveuse, s'attendant visiblement à une grande histoire d'amour. Elle-même était tombée récemment follement amoureuse et elle regardait le monde extérieur à travers un prisme rose bonbon.

Sophie, en revanche, n'espérait plus rencontrer l'homme de sa vie. Autrefois, elle avait cru que c'était Roman, mais la suite lui avait prouvé à quel point elle se trompait. Elle s'était même convaincue qu'elle n'en avait pas besoin.

Lorsqu'elle était jeune et naïve, elle croyait qu'elle aurait tout… une idylle, une carrière et une famille à elle.

Son dernier partenaire aurait souhaité qu'elle abandonne son travail à la maternité. Il n'en était pas question ! Si elle devenait mère, elle aimerait son enfant de tout son cœur, bien sûr, mais pas aux détriment de sa carrière.

— Pas vraiment, en tout cas pas de sa part, c'est certain. Je ne l'avais pas revu depuis dix ans, et son retour a suscité en moi une foule de souvenirs.

— Roman Callahan… je crois que c'est lui qui est descendu d'un hélicoptère au bout d'un câble déguisé en Père Noël, à la foire.

— Ça ne m'étonne pas, marmonna Sophie.

Ce jour-là, quand cet individu à la barbe blanche vêtu d'une robe rouge avait risqué sa vie pour distribuer des cadeaux, elle avait détourné les yeux. Tout s'expliquait, s'il s'agissait de cette cervelle brûlée de Roman ! Quelqu'un pour qui l'excitation du danger l'emportait largement sur la crainte du risque.

— Ne le prends pas mal, mais je n'aurais jamais cru que c'était ton genre. Malgré tout, je peux comprendre, tellement il est audacieux et charismatique.

— C'est à cause de Roman Callahan que je suis si prudente avec les hommes.

Ce n'était pas tout à fait vrai. Ses parents avaient aussi une grande responsabilité. Après tout, ils l'avaient abandonnée bien avant Roman, dans leur quête du grand frisson.

Et finalement ils étaient partis pour toujours.

En tout cas, le fait que Roman ne l'ait pas contactée alors qu'il était de retour depuis un certain temps prouvait bien qu'elle ne lui avait pas manqué.

Kiara se leva et brossa la poudre de neige qui maculait son uniforme.

— Eh bien, tu devrais peut-être changer de comportement, parce que jusqu'à maintenant la prudence ne t'a pas vraiment réussi. Si je croise Roman, je lui en toucherai un mot.

— Ne te donne pas cette peine..., commença Sophie.

Mais sa collègue franchissait déjà la porte de sortie.

Impossible de savoir si elle avait entendu la consigne ou si elle préférait l'ignorer.

Carey Cove n'avait pas beaucoup changé, depuis le départ de Roman. Arpenter ces rues, c'était comme voyager dans son enfance. Chaque maison réveillait des souvenirs depuis longtemps oubliés.

Inconsciemment, il gagna la plage qu'il associait aux moments les plus heureux... ceux qu'il avait passés avec Sophie. Il ne s'étonna pas en voyant la maison de maternité, Carey House, où ses pas l'avaient mené.

Étant jeune, il n'avait jamais prêté attention à ce vieux bâtiment de pierre. Dans les années 1900, il avait été transformé en hôpital, de façon à prodiguer des soins aux mères des communautés rurales. Aujourd'hui, la collectivité entière en profitait.

Il s'approcha d'une femme qui en sortait, sa trousse médicale à la main.

— Bonjour. Je voudrais parler à Sophie French, une sage-femme, dit-il.

— Vous êtes un futur père ?

— Non. Euh... Je travaille pour le service médical aérien. Je voulais m'assurer qu'elle va bien, après l'évacuation de Molly Matthews. Je m'appelle Roman Callahan.

Un grand sourire aux lèvres, il tendit la main, espérant que l'inconnue lui révélerait l'adresse de Sophie.

Depuis qu'il était à Carey Cove, il avait rarement du temps libre et, s'il n'en profitait pas pour revoir Sophie, leurs chemins ne se croiseraient peut-être plus jamais.

Soudain, cette idée était inimaginable.

La sage-femme lui serra la main.

— Nya.

— Ah ! Théo a mentionné votre nom, l'autre jour. Il m'a dit de vous transmettre ses meilleurs vœux, si je vous rencontrais.

Malheureusement, Nya se renfrogna immédiatement, ce qui laissait supposer un conflit entre Théo et elle.

— Comment va-t-il ? demanda-t-elle. Il n'est pas venu depuis un certain temps.

Roman ne connaissait pas très bien Théo, mais la dernière fois qu'ils s'étaient croisés le médecin lui avait semblé abattu. C'était peut-être en rapport avec son divorce ou parce qu'il ne voyait pas beaucoup ses enfants.

— Je crois qu'il travaille énormément.

La jeune femme hocha brièvement la tête.

— Pourriez-vous me dire où je pourrais trouver Sophie ? demanda Roman.

— Elle est probablement chez elle, en train de décorer la maison après avoir terminé ici.

Nya désigna une guirlande argentée entortillée autour d'une rampe. Roman reconnut la signature de Sophie, toujours prête à orner ce qui lui tombait sous la main avec toutes sortes d'éléments lumineux et scintillants.

Les parents de Roman avaient toujours dépensé une fortune en cadeaux extravagants mais, même à Noël, l'atmosphère qui régnait dans la maison n'était pas gaie.

Sophie et lui échangeaient de petits présents qu'ils confectionnaient eux-mêmes. C'était bien plus important pour lui que ce que ses parents lui avaient acheté.

— Malheureusement, dit-il, je ne connais pas son adresse.

Il regrettait aujourd'hui de ne jamais avoir recontacté Sophie par peur de lui faire plus de mal que de bien. Pour autant qu'il le sache, il était fort possible qu'elle soit mariée et qu'elle ait des enfants. En ce cas, mieux valait qu'il ne déboule pas dans sa vie sans s'être annoncé.

Comme d'habitude, il n'avait pensé qu'à lui.

Roman était prêt à s'éloigner, quand Nya l'arrêta.

— Sophie habite toujours chez sa grand-mère. Elle a hérité de sa maison après sa mort, il y a quelques années.

— Oh !

La nouvelle affectait terriblement Roman. Sophie était seule, elle avait perdu le dernier membre de sa famille, et il n'avait pas été là pour elle. Il savait combien elle était proche de sa grand-mère, et lui-même avait une tendresse toute particulière pour la vieille dame. Elle l'accueillait souvent et le traitait comme s'il avait été un petit-fils adoptif.

À cet instant, le chagrin de Sophie devint le sien. Il éprouva au creux de l'estomac une douleur aiguë. Il devait absolument la retrouver pour s'excuser de l'avoir laissée seule dans cette triste circonstance.

— Vous n'étiez pas au courant ?

— Non.

Nya fronça les sourcils, comme si elle doutait qu'il soit vraiment un ami de Sophie. Pourtant, personne n'aurait pu être plus triste que lui à cet instant précis.

— Je devrais peut-être lui téléphoner pour l'avertir que vous venez.

— Ne faites pas cela, s'il vous plaît. Je veux que ce soit une surprise !

Roman prenait déjà la direction du cottage. Il ne fallait pas que Sophie l'évite, alors qu'il avait tellement de choses à se faire pardonner.

Parvenu en haut de la colline, il vit Sophie en train de disposer des guirlandes lumineuses autour de sa porte.

Ne sachant comment elle allait l'accueillir, il hésita à l'interrompre pendant qu'elle interprétait avec enthousiasme un chant de Noël. Il était clair qu'elle ne l'avait pas entendu approcher.

Il toussota pour l'avertir de sa présence.

Cessant immédiatement de chanter, Sophie fit volte-face et lâcha sa guirlande.

— Désolé, je ne voulais pas t'effrayer.

— Ce n'est pas le cas, répliqua-t-elle en ramassant la guirlande, qui s'était entortillée tout autour de ses jambes.

Roman savait qu'il valait mieux ne pas argumenter avec elle lorsqu'elle était sur la défensive. Chaque fois qu'elle se sentait menacée, elle se renfermait dans sa coquille.

— Je voulais savoir comment tu allais, déclara-t-il. Nya m'a dit où te trouver.

— Je vais bien, affirma-t-elle avant de lui tourner le dos pour reprendre son activité.

— Tu permets que je te donne un coup de main ?

Sans attendre la réponse, il la débarrassa de la guirlande et l'accrocha au linteau de la porte.

— Merci, marmonna-t-elle sur un ton maussade.

Au moins, elle ne pouvait plus l'ignorer.

— J'ai appris le décès de ta grand-mère. Je suis vraiment désolé de ne pas avoir été là pour toi.

Sophie haussa les épaules, comme si cela n'avait aucune importance, mais ses yeux étaient mouillés de larmes.

— Je ne m'attendais pas ce que tu viennes, lâcha-t-elle.

Son ton méprisant blessa Roman. Non seulement parce qu'elle ne croyait pas en sa sincérité, mais aussi parce qu'il comprenait à quel point ils s'étaient éloignés l'un de l'autre. L'ancienne Sophie aurait pleuré dans ses bras, elle lui aurait permis de la consoler. Leur connexion affective manquait à Roman, qui ne l'avait jamais éprouvée avec personne d'autre.

Dans ses rêves les plus fous, il avait cru qu'en revenant dans son village natal il pourrait avoir avec Sophie une discussion à cœur ouvert. Elle lui aurait pardonné, le soulageant du poids de sa culpabilité. Mais c'était beaucoup demander, après la façon dont il l'avait quittée.

Avait-elle oublié le baiser qu'ils avaient échangé ?

En tout cas, lui ne l'avait pas oublié. Il aurait voulu lui expliquer pourquoi il s'était enfui, mais il doutait que cela serve à quelque chose. Lui dire qu'il ne s'était pas senti digne d'elle ne changerait rien.

Une goutte de pluie tomba sur le front de Roman, le ramenant au présent. Il y en eut une autre, puis une autre.

Sophie ouvrit la porte de la maison.

— J'imagine que tu ferais mieux d'entrer.

Ce n'était pas une invitation très enthousiaste, mais c'était mieux que rien.

— Merci.

Le paillasson souhaitait la bienvenue aux invités grâce au « Joyeux Noël » imprimé. Tout en s'essuyant les pieds, Roman ne put s'empêcher de sourire.

Dès qu'il eut franchi le seuil, il fut instantanément transporté dans leur enfance commune, lorsqu'il passait tout son temps dans cette maison plutôt que de rentrer chez lui pour se disputer avec ses parents.

Il retrouvait la chaleur du feu et la bonne odeur provenant de la cuisine. L'ameublement n'avait pas changé, et il s'attendait presque à ce que la grand-mère de Sophie vienne le saluer.

Sa perte avait dû être horriblement difficile pour Sophie. Elles étaient tellement proches qu'il leur avait envié ce lien affectueux qu'il n'avait jamais connu dans sa propre famille. En passant du temps ici, il avait expérimenté par procuration un amour inconditionnel.

— Pourquoi es-tu là, Roman ?

Sophie l'avait poliment introduit dans la salle de séjour avant de l'inviter à s'asseoir. Il sentait cependant qu'elle ne voulait pas de lui chez elle.

— J'étais à l'hôpital, et on m'a dit que Molly et le bébé sont en pleine forme.

— Je suis au courant, puisque je suis sa sage-femme.

— Je voulais aussi savoir comment tu allais après un épisode aussi éprouvant sur Enys.

— Très bien. Clem est venu me chercher en bateau le lendemain matin.

— Tant mieux. Je suis désolé de ne pas être venu te voir plus tôt, Sophie.

— Il n'y a rien à regretter. Nous avons fait tous les deux notre travail, et je suis capable de survivre seule pendant une nuit. C'est mon lot quotidien depuis des années.

— Je ne faisais pas seulement allusion à l'autre nuit.

— J'ai bien compris, mais ma réponse reste la même.

La dureté du ton fit comprendre à Roman que la bataille était perdue d'avance, s'il tentait de lui présenter ses excuses. Ils étaient très différents, dorénavant, et trop de temps s'était écoulé depuis leur séparation. Il aurait dû comprendre qu'il ne pouvait pas tout simplement faire irruption dans la vie de Sophie pour reprendre le fil de leur amitié là où il avait été rompu.

La fluidité de leur relation passée avait fait place à la gêne et à une tension désagréable.

— Je devrais y aller...

— Tu as revu tes parents ?

Roman, qui s'apprêtait à partir, se rassit. Il n'avait pas réellement envie d'aborder ce sujet, mais du moins Sophie lui accordait-elle un peu de temps.

— Je ne suis pas rentré à la maison. Je loue un petit appartement près de l'hôpital et, pour être honnête, je n'ai pas parlé à mes parents depuis mon retour.

— Tu ne crois pas que tu devrais ? Ils seront très vexés, quand ils apprendront que tu es ici depuis tout ce temps et que tu n'as pas pris la peine de les contacter.

— C'est plus compliqué que tu ne le penses, Sophie. Depuis que je suis parti pour faire mes études, c'est à peine si je leur ai parlé. Et puis... faire irruption dans la vie de quelqu'un n'a rien de facile...

Sophie le toisa d'un air moqueur.

— Vraiment ?

— Je ne sais pas comment ils réagiront, pas plus que je ne savais ce que tu ressentirais en me voyant de nouveau.

— Je reconnais que ce fut une surprise.

— J'aurais dû venir te voir plus tôt. J'ignorais si tu en aurais envie.

L'idée que Sophie puisse le haïr lui était insupportable. Il avait été plus facile pour lui de remettre leur entrevue à plus tard.

— Si nous allons sur ce terrain, déclara Sophie, il va me falloir un verre. J'ai du vin chaud sur la cuisinière, si ça te dit.

Roman accepta la proposition avec plaisir. Il en aurait besoin pour se donner du courage. Il avait la nette impression que la discussion franche qu'ils ne pouvaient éviter risquait d'être rude.

3

— Ça sent très bon, dit Roman en suivant Sophie dans la cuisine.

Dès qu'elle souleva le couvercle, une forte odeur de clous de girofle, de cannelle et d'orange se répandit dans la pièce.

Que Roman ait exprimé un doute sur la façon dont elle risquait de l'accueillir avait atténué la colère de Sophie à son égard. Au moins, il avait pensé à elle, il ne s'était pas contenté de passer la voir à tout hasard, en feignant d'ignorer combien il lui avait fait de mal.

— Le vin chaud est indissociable des fêtes de Noël, répondit-elle.

Sa grand-mère en avait toujours préparé à cette époque de l'année. Elle leur proposait une boisson sans alcool, bien entendu, mais Sophie confectionnait maintenant une version plus adulte qui vous réchauffait contre l'hiver.

Elle versa précautionneusement le liquide brûlant dans deux verres et en tendit un à Roman.

— À ta santé ! déclara-t-elle en levant le sien.

— Mmm… c'est aussi bon que dans mes souvenirs, dit-il après en avoir bu une gorgée. Mais je crois que le tien est un peu plus fort.

— Je te rappelle que nous n'avons plus dix-huit ans.

— J'imagine que tu n'as pas de sablés au beurre ?

Sa grand-mère en servait toujours pour accompagner le vin chaud, et il n'avait pas oublié. Sophie n'en mangeait pas elle-même, mais elle en préparait pour Carey House.

Elle prit la vieille boîte de fer posé sur le réfrigérateur et souleva le couvercle, révélant les biscuits qui se trouvaient à l'intérieur. Roman lui jeta un regard implorant, et elle se réjouit qu'il ne lui demande rien d'autre. Ces yeux bruns pouvaient obtenir d'elle n'importe quoi.

— Vas-y, sers-toi.

En sablés, bien sûr. Toute autre requête devrait être négociée... si du moins il était intéressé. Après tout, il n'avait pas vraiment fait d'efforts pour la contacter, ces dernières années.

Roman sélectionna un biscuit en forme de cœur incrusté de sucre et mordit dedans. Fermant les yeux, il laissa échapper un soupir d'extase. À cet instant, Sophie comprit qu'elle était en danger, car elle frissonnait de la même excitation que lorsqu'elle était adolescente. Les blessures du passé s'évaporaient, et son corps était réveillé par la présence et les soupirs de son amour d'enfance.

— C'est exactement comme ça que ta grand-mère les faisait, dit-il en ouvrant les yeux.

Il lui sourit, ce qui n'aida pas Sophie à continuer de le détester.

— Des années de pratique. À la fin, elle n'était plus capable de cuisiner à cause de son arthrite, alors j'ai pris le relais.

— Je suis désolé. C'était une femme merveilleuse. Je me rappelle comment elle nous a grondés après que nous avions dévoré une boîte entière de sablés en catimini.

— Il me semble bien que c'était ton idée et que c'est toi qui les as presque tous mangés.

— En tout cas, elle n'en a jamais parlé à mes parents. Je l'aimais beaucoup et, pour être honnête, j'enviais le lien qui vous unissait.

Roman croqua son biscuit en deux temps trois mouvements. Apparemment, il avait le même appétit qu'autrefois.

— Je pense qu'elle voyait en toi un pauvre enfant abandonné et errant sur lequel elle devait veiller.

La vieille dame avait assez d'amour pour en distribuer autour d'elle. Sophie s'était parfois demandé pourquoi sa mère n'avait pas hérité de cet instinct maternel si chaleureux.

— Je lui étais reconnaissant de m'offrir un endroit où j'étais le bienvenu, reprit Roman. J'étais plus attaché à vous deux qu'à ma propre famille. Ma relation avec mes parents était très compliquée. Je me sentais bien plus à l'aise avec vous.

— À l'aise ? On dirait que tu nous compares à une couverture bien chaude ou à une paire de chaussons.

— Crois-moi, vous étiez tout ce dont j'avais besoin.

Roman s'était exprimé avec une telle sincérité et son regard était si intense que Sophie frissonna de nouveau. Si seulement c'était vrai ! Elle se rappela comment il l'avait repoussée lorsqu'elle s'était enhardie au point de l'embrasser. Les conséquences en avaient été trop douloureuses pour qu'elle refasse la même erreur.

— Quoi qu'il se soit passé entre tes parents et toi, je suis certaine que ça peut s'arranger. Peut-être est-ce le moment de t'en assurer.

Mieux valait changer de sujet…

— Est-ce que tu sais vraiment comment ils sont ? Tu les as déjà vus ?

— Je ne les connais pas très bien. Je ne crois pas qu'ils viennent souvent au village.

— Ils préfèrent certainement commander ce dont ils ont besoin à Londres, plutôt que de se mêler à la plèbe.

Roman leva les yeux au ciel, mais Sophie devina qu'il ne plaisantait pas.

— Au moins, tu as une famille.

— Je ne voulais pas te paraître insensible. Désolé, Soph. C'est juste que je n'ai de souvenirs heureux qu'ici, avec toi.

— Oui. Grand-mère avait un don particulier pour que tous ceux qui l'approchaient se sentent en sécurité et aimés.

À l'époque, elle n'avait pas compris combien Roman avait eu besoin de cet amour.

— Je ne parle pas seulement de ta grand-mère, Sophie. Je ne sais pas ce que je serais devenu sans toi, à l'époque.

Quand Roman posa son verre et se rapprocha d'elle, Sophie sentit des fourmillements sous sa peau. Submergée par la panique, elle sut qu'elle était déjà conquise. S'il voulait renouer avec elle, elle sauterait sur l'occasion sans se préoccuper des risques.

— Si je me souviens bien, tu n'avais qu'une hâte… t'en aller loin de moi.

Elle but d'un trait le reste de son vin. La boisson lui brûla la gorge, lui rappelant le chagrin qu'elle avait éprouvé.

Ils célébraient ensemble la fin de l'année scolaire chez un copain du lycée avec le reste de la promotion. Pendant que les autres se soûlaient, ils avaient passé la nuit à discuter de leurs projets d'avenir. Ils devaient passer l'été ensemble avant de gagner leurs universités respectives et ils avaient envisagé de voyager.

Pendant des années, elle avait vu Roman flirter avec d'autres filles. Elle avait espéré qu'un jour il pourrait la trouver séduisante.

De son côté, elle était sortie avec des garçons qui, comparés à lui, n'avaient pour elle aucun attrait.

Leur amitié datait de la mort de ses parents et, depuis, le béguin qu'elle avait pour lui n'avait cessé de croître. Au lycée, il se comportait en frimeur casse-cou, mais avec elle il était très différent. Elle connaissait le garçon affectueux qui lui offrait son épaule quand elle avait besoin de pleurer.

Qu'il ait choisi de s'asseoir avec elle plutôt que de rejoindre ses camarades avait fait croire à Sophie qu'il avait des sentiments pour elle. C'était la seule raison pour laquelle elle l'avait embrassé.

— Ce n'est pas toi que j'ai abandonnée, Sophie, mais la vie que je menais ici. J'avais besoin de repartir de zéro et je croyais que toi aussi.

— Pourquoi ne pas m'en avoir parlé ? Nous étions amis, Roman. Tu n'as même pas essayé de me contacter. Est-ce que tu savais à quel point j'étais anéantie ?

Non seulement elle avait dû tirer un trait sur une amitié qui avait duré huit ans, mais elle avait perdu le compagnon qui la soutenait dans toutes les épreuves… et aussi l'amour de sa vie.

Roman baissa la tête, visiblement honteux.

— Je n'y ai pas pensé, Soph, crois-moi. J'avais des sentiments pour toi, mais il aurait été injuste pour toi comme pour moi d'y donner suite.

— Tu… avais des sentiments pour moi ?

— Bien sûr que oui. Autrement, je n'aurais pas passé autant de temps avec toi. Mais j'avais peur de tout gâcher entre nous si je voulais davantage. Tu sais que je ne restais pas longtemps avec une fille avant de passer à la suivante, ajouta-t-il avec un sourire.

Mais Sophie ne trouvait rien d'amusant dans ses propos. À cause de lui, elle avait douté d'elle-même et de tous les hommes qu'elle avait fréquentés.

— Tu ne t'es jamais demandé combien cela me blessait, de te voir sortir avec une flopée d'autres filles ?

Il aurait pourtant dû s'en douter. Elle avait cru qu'elle n'était pas assez jolie ni intéressante pour qu'il pense à elle autrement que comme à une amie. Sa confiance en elle en avait été complètement anéantie… tout comme son cœur.

— Je suis désolé, Soph. Je ne sais pas quoi te dire d'autre, sinon que j'étais un adolescent incapable de gérer ses émotions. Je croyais que je pouvais les ignorer, mais ce soir-là, la situation a atteint un point critique.

— Pourquoi... comment as-tu pu me repousser de cette façon ? fit Sophie d'une voix tremblante.

Roman se leva et s'approcha d'elle. Cette proximité et son regard intense troublèrent Sophie, qui s'agita sur sa chaise. Elle se sentait vulnérable et exposée.

Lui prenant les mains, il s'assit auprès d'elle.

— Je n'ai jamais eu l'intention de te faire de la peine, Sophie. Crois-le ou non, je pensais au contraire agir pour ton bien et t'éviter d'être blessée. Je t'aimais, je te désirais, mais je ne nous imaginais pas ensemble.

— Je regrette que tu ne me l'aies pas dit, marmonna-t-elle.

Elle aurait voulu pleurer sur cette adolescente qui avait été tellement humiliée lorsqu'il l'avait repoussée avant de s'en aller le lendemain sans même un au revoir. S'il lui avait expliqué ses raisons, s'il lui avait dit qu'il partait, la douleur aurait peut-être été atténuée.

— À quoi cela aurait-il servi ? Nous n'avions pas d'avenir commun puisque nous empruntions des chemins opposés. Je savais que tu ne quitterais jamais Carey Cove, alors que je ne tenais pas en place et brûlais de m'en aller. Je ne voulais pas nous donner de faux espoirs.

Il ne lui avait pas laissé la moindre chance d'explorer la possibilité de partir avec lui, mais il avait probablement raison. Elle avait trop de souvenirs, ici. Les tombes, au cimetière, constituaient sa seule connexion avec sa famille. Cette maison où elle avait vécu avec sa grand-mère pendant si longtemps était l'unique endroit où elle se sentait en sécurité. Elle ne l'avait même pas redécorée, si bien qu'elle avait toujours ce sentiment de familiarité, même sans la présence de sa protectrice bien-aimée.

Malgré tout, Roman aurait au moins pu lui annoncer sa décision. Il devait bien se douter que son départ l'affecterait profondément.

— J'ai cru que c'était ma faute, si tu étais parti si brusquement.

D'un doigt léger, Roman souleva le menton de Sophie, la forçant à le regarder dans les yeux. L'espace d'un instant, son cœur cessa de battre.

— Eh ! j'ai eu du mal à me contrôler, crois-moi.

Cette fois, Sophie sut que la flamme qu'elle sentait se ranimer entre eux n'était pas le fruit de son imagination. Elle avait suffisamment d'expérience pour déceler les signes de l'intérêt, chez un homme. Les pupilles assombries de Roman et sa voix rauque disaient clairement qu'il voyait davantage en elle que son amie d'enfance.

Elle se mit à trembler d'excitation, au point qu'elle craignit de s'évanouir et de manquer ce qui allait peut-être suivre.

Roman représentait tout ce dont sa vie manquait... il était le danger personnifié. Ils étaient trop différents pour envisager un avenir commun, en cela rien n'avait changé, mais pour un court instant il pouvait incarner ce dont elle avait besoin pour mettre un peu de piment dans sa vie.

— Tu ne t'es jamais demandé ce qui se serait passé entre nous, si nous nous étions vraiment embrassés ?

Pour le moment, elle n'arrivait pas à penser à autre chose. Tous les fantasmes qu'elle avait réprimés s'en donnaient à cœur joie dans sa tête.

S'ils cédaient à la tentation une seule fois, maintenant que les choses étaient claires, elle pourrait tourner la page, elle cesserait de se reprocher le départ de Roman. Sans compter qu'elle n'avait pas fait l'amour depuis un siècle...

Adolescente, elle avait eu le courage de lui montrer ses sentiments. Cette fois, ils avaient mûri tous les deux, ils n'étaient plus deux gamins incapables d'exprimer de façon appropriée ce qu'ils ressentaient.

Ce qu'elle voulait, ce soir, c'était s'assurer qu'elle valait bien toutes les filles que Roman avait séduites.

— J'y ai pensé, bien sûr, mais le timing n'était pas bon.

À l'époque, il brûlait de prendre Sophie dans ses bras et de l'attirer dans son lit. Mais ce n'était pas le genre de fille avec qui on couchait une seule fois. S'il l'avait fait, ça aurait été pour tous les deux une grande décision, et il avait craint de ne plus pouvoir partir.

Cela ne l'avait pas empêché de rester éveillé toute la nuit, à se demander comment les choses auraient pu se passer entre eux.

Penchant la tête de côté, Sophie le regarda, un petit sourire aux lèvres.

— Et maintenant ?

Difficile de dire si elle se moquait de lui ou si elle flirtait. Mais, dans ce cas, elle ne ressemblait plus à la jeune fille timide qu'il avait connue.

— Qu'est-ce que tu essayes de me dire, Sophie ?

Tendant les bras, elle entreprit de déboutonner sa chemise.

— Je dis que nous pourrions rattraper le temps perdu.

Les tempes bourdonnantes, il s'empara de ses mains pour l'arrêter.

— Ce serait jouer avec le feu, Sophie.

Se sachant incapable de rester longtemps au même endroit, il ne pouvait rien lui promettre de plus que ce qu'il était susceptible de donner, et elle méritait mieux que lui.

— Je suis célibataire et je suppose que tu l'es aussi. Tu as sûrement remarqué que l'ambiance s'est réchauffée. Pourquoi ne pas en faire bon usage ?

— Nous risquons de nous brûler, répliqua Roman, le cœur battant.

— C'est un risque que je veux bien prendre.

— Sophie, je ne vais pas rester très longtemps. J'occupe un poste temporaire et je ne peux pas m'engager envers toi.

Il ne voulait pas qu'elle se berce d'illusions. S'ils cédaient à leur désir mutuel, elle devait comprendre que cela ne se reproduirait pas.

— C'est parfait, puisque moi non plus.

Roman était fasciné par les lèvres entrouvertes de Sophie et par la lueur espiègle qui dansait dans ses yeux bleus. Si c'était sa manière de se venger pour la façon dont il l'avait quittée, il suffirait d'un baiser un peu trop passionné et brutal pour qu'elle réalise à quel point ce jeu était dangereux. Et Sophie French n'était pas du genre à s'exposer volontairement à un danger quelconque, contrairement à lui.

Il tenait toujours les mains de Sophie entre les siennes. Il la contraignit à les poser autour de son cou, puis il l'attira contre lui. Il avait l'intention de lui faire comprendre son erreur en l'embrassant de façon presque agressive. Sauf qu'en la prenant dans ses bras il réalisa qu'elle était tout ce qu'il avait toujours voulu. Aucune femme n'avait produit sur lui un tel effet. Avec aucune autre, il n'avait connu une telle connexion.

Sophie avait été son premier amour, son seul véritable amour, celui-là même qu'il avait laissé lui échapper. Et maintenant elle lui rendait son baiser, lui donnant une chance de réparer le mal qu'il lui avait infligé.

Elle gémissait doucement, cambrée contre lui, faisant voler en éclats l'idée fausse qu'il ne s'agissait que de résoudre une question laissée en suspens.

Au lieu d'imposer à Sophie le baiser brutal censé lui donner une leçon, il l'embrassait avec une passion teintée de tendresse. Cette fois il était honnête et ne cherchait plus à masquer ses sentiments ni à convaincre Sophie qu'il n'éprouvait rien pour elle.

— Tu sais où est ma chambre, murmura-t-elle entre deux baisers passionnés.

Que le ciel lui vienne en aide !

— Sophie, c'est vraiment ce que tu veux ? Je ne peux rien te promettre de plus qu'une nuit.

Le prenant par la main, elle le fixa avec une détermination qu'il ne lui connaissait pas.

— C'est seulement du sexe, non ? Qu'est-ce qui te fait croire que je veuille davantage ?

C'était la confirmation dont il avait besoin pour réaliser tous les fantasmes qu'elle lui avait inspirés depuis leur adolescence.

Mais, alors qu'il la suivait dans sa chambre, il se demanda fugacement s'ils n'étaient pas en train de se leurrer eux-mêmes en se convainquant que cette nuit d'amour n'allait pas tout changer entre eux à jamais.

Si elle ne saisissait pas cette occasion de vivre avec Roman ce dont elle avait toujours rêvé, Sophie savait qu'elle le regretterait toute sa vie. Le séjour de Roman à Carey Cove devait être très court, elle n'aurait donc pas le temps de tomber amoureuse de lui et d'avoir le cœur brisé pour la seconde fois.

Mais elle saurait si faire l'amour avec lui était différent de ce qu'elle avait connu avec d'autres hommes… c'est-à-dire, rien d'époustouflant.

Les jambes légèrement tremblantes, elle ouvrit la porte de sa chambre et y entra, suivie par Roman.

— C'est exactement comme avant, remarqua-t-il en souriant.

Il avait raison. C'était toujours la même chambre rose d'adolescente où ils avaient traîné ensemble. Sophie se crispa à l'idée qu'il puisse penser qu'elle était toujours la fille naïve qu'il avait laissée sur une plage, dix ans auparavant.

Elle haussa les épaules.

— Si ce n'est pas abîmé, pourquoi changer ?

Elle regretta de ne pas avoir ôté les photos de Roman et d'elle, toujours épinglées sur le tableau de liège. Il y en avait en particulier une sur laquelle elle avait écrit :

Roman et Sophie Callahan

La honte !

— Je me demandais seulement pourquoi tu ne t'étais pas installée dans la chambre de ta grand-mère.

Cela n'avait pas traversé l'esprit de Sophie. Elle avait beau être la seule occupante de la maison, sa grand-mère demeurait l'unique propriétaire dans son esprit.

— J'aurais l'impression de lui manquer de respect, si j'y introduisais quelqu'un.

Elle aurait juré que cette allusion masquée à d'autres hommes avait fait tressaillir Roman.

— Où en étions-nous, déjà ? fit-elle en recommençant à déboutonner sa chemise.

— Je crois que tu me disais que tu n'en voulais qu'à mon corps.

— C'est si difficile à croire ?

Sophie écarta les pans du vêtement, qui glissa sur le sol. Elle avait besoin de le convaincre qu'elle n'était pas une sorte de vieille fille incapable d'envisager une liaison uniquement fondée sur le sexe.

Le torse de Roman était un véritable plaisir pour les yeux. Ces bras musclés, ces solides pectoraux et ce ventre plat étaient clairement le résultat de son entraînement. Ce physique d'athlète et la fine toison qui ornait sa poitrine attestaient du fait qu'il n'était plus l'adolescent maigrichon qu'elle avait connu.

Sophie avait eu des amants choisis en fonction de ses critères de sécurité. Elle ne voulait pas de mauvaises surprises, pas plus que d'excitation, si elle était honnête. Le feu qui brûlait en elle quand elle se trouvait en présence de Roman était nouveau pour elle, du moins depuis qu'elle était adulte.

— Eh ! lança Roman. Ce n'est pas parce qu'il ne s'agit que de sexe que nous devons accélérer le rythme.

Lui prenant le menton, il la contraignit à le regarder dans les yeux au lieu de se concentrer sur ses vêtements, puis il se pencha pour s'emparer de sa bouche. Sophie ferma les yeux. Cette douce pression sur ses lèvres la ramenait au soir où elle avait abandonné toute prudence et gâché leur amitié.

Cette fois, ils allaient vraiment sauter le pas.

Elle ne s'attendait pas à ce que Roman glisse une main sous son pull, diffusant en elle une douce chaleur. Elle se laissa faire, heureuse qu'il prenne la conduite des opérations.

Reculant d'un pas, Roman fit passer le pull par-dessus sa tête. Aussitôt, Sophie sentit son corps s'embraser tandis qu'il la dévorait du regard. Sans nul doute, il la désirait, ce qui répondait aux questions qu'elle s'était posées pendant toutes ces années.

Il l'embrassa de nouveau, mais cette fois la tendresse fit place à la passion. De ses lèvres et de sa langue, il suscitait en elle un tsunami. Il caressait ses seins et taquinait ses mamelons de ses pouces. Il prit l'un d'eux entre ses lèvres, le suçant et le léchant jusqu'à ce qu'elle soit au bord de l'extase. La respiration haletante de Sophie faisait écho aux grognements de plaisir émis par Roman.

Elle cessa de respirer lorsqu'il traça un sillon de baisers sur son ventre et parvint jusqu'à la ceinture de son legging imprimé de rennes. Posant les mains sur les hanches de Sophie, il le fit glisser le long de ses jambes, tandis que sa langue descendait plus bas.

Le cœur de Sophie fit des bonds dans sa poitrine. Savait-il ce qu'il lui faisait ? Éprouvait-il cette fois ce qu'elle ressentait maintenant, une excitation presque insupportable ? Avait-il autant de plaisir qu'elle, à cet instant précis ?

Lorsqu'il lui ôta son slip et plongea sa langue dans son intimité, elle fut tellement concentrée sur son propre plaisir qu'elle n'accorda plus une pensée à celui de Roman.

Roman enfouit la tête entre les cuisses de Sophie pour goûter la douceur de son excitation. Si c'était leur seule fois ensemble, il voulait qu'ils s'en souviennent tous les deux en souriant. Il prenait son temps, savourant chaque seconde de passion et chaque goutte émise par Sophie. Très vite, elle atteignit l'orgasme.

Il savait qu'ils jouaient avec le feu. Sophie prétendait ne pas vouloir davantage qu'une nuit, mais il n'était pas certain lui-même que cela lui suffirait. Pourtant, il était incapable de s'engager dans une liaison à long terme, lui qui ne restait jamais très longtemps au même endroit, contrairement à Sophie, qui appréciait la vie qu'elle menait à Carey Cove.

Les halètements de la jeune femme le ramenèrent à l'instant présent. Il entreprit d'embrasser chaque centimètre carré de son corps, faisant de son mieux pour en mémoriser chaque parcelle.

Elle était absolument magnifique, et il doutait d'être jamais rassasié.

Elle noua les bras autour de son cou pendant qu'il l'embrassait de nouveau sur la bouche. La soulevant de terre, il la porta jusqu'au lit sur lequel ils tombèrent ensemble. Grâce au préservatif qu'il avait pris soin de sortir de sa poche, il s'assura qu'ils ne risquaient pas d'éventuelles complications.

Cela faisait longtemps qu'il n'était plus vierge, pourtant c'était comme une première fois lorsqu'il s'enfonça dans la chaleur humide de Sophie. Il accéléra le rythme, oubliant qu'il avait voulu y aller doucement. Mais ils avaient attendu trop longtemps cet instant, et Sophie criait de plus en plus fort à chaque coup de boutoir.

Elle saisit le visage de Roman entre ses mains, le forçant à la regarder dans les yeux. Il discerna dans les prunelles bleues une passion brûlante.

Lorsqu'il sentit les muscles de Sophie se resserrer autour de lui et que ses cris devinrent de plus en plus aigus, il sut qu'elle allait jouir pour la seconde fois.

Il aurait pu s'y habituer…

Avec le temps, le sexe deviendrait entre eux phénoménal, il en était certain. Mais un avenir commun n'était pas envisageable. Pour le moment, ils pouvaient seulement s'abandonner à l'extase qu'ils avaient eux-mêmes créée.

Soulevant les hanches de la jeune femme, il s'enfonça davantage en elle, lui arrachant une faible plainte.

— Tout va bien ? demanda-t-il en ralentissant.

— N'arrête pas ! lâcha-t-elle avant de lui mordre l'épaule.

Roman s'agrippa à la tête de lit pour la pénétrer plus profondément. Une minute plus tard il expérimentait l'orgasme le plus puissant qu'il avait jamais connu.

Un pur délice.

— Waouh !

Il n'avait pas d'autre mot pour décrire ce qui venait de se passer. De toute façon, il était incapable de parler.

— Oui, dit Sophie, qui semblait avoir le même problème.

Ils restèrent étendus côte à côte à fixer le plafond jusqu'à ce qu'ils aient récupéré.

— Ça va ? demanda enfin Roman. C'était bien ?

D'ordinaire, il ne doutait pas de ses performances. Il se souciait toujours du plaisir de ses partenaires, mais il était relativement confiant. C'était différent, avec Sophie. Ce serait leur seule fois ensemble et, s'il ne l'avait pas satisfaite, elle aurait des regrets. Cela exclurait même la possibilité de recommencer si l'occasion se représentait. Après ce qui venait de se produire, il n'aurait pas dit non.

Sophie roula sur le côté et remonta les draps pour recouvrir sa nudité. Elle le regarda, un petit sourire aux lèvres.

— Plus que bien. Il faudrait qu'on le refasse, un de ces jours.

Elle plaisantait, mais Roman en conçut un espoir fou.

Sophie continuait de sourire, attendant la réaction de Roman. S'il repoussait l'idée, elle pourrait rire de sa propre blague, même si la déception était cruelle. Il venait de lui faire découvrir un nouveau monde, il lui avait montré ce qu'elle avait manqué, et elle aurait voulu en profiter un peu plus longtemps.

Elle savait bien que cela s'arrêterait là, mais il était de loin le meilleur amant qu'elle avait jamais eu. Peut-être était-ce parce qu'ils se connaissaient très bien. En tout cas, entre eux, l'alchimie était explosive, et elle n'aurait pas été humaine si elle n'avait pas eu envie de la tester encore.

Après tout, elle était adulte. Pourquoi ne pas envisager une liaison sans lendemain et sans attente ?

— Je ne demanderais pas mieux, dit-il, et même j'adorerais ça. Mais je ne cherche rien de sérieux, tu le sais, avec personne.

— Si je voulais quelque chose de sérieux, je ne serais pas ici avec toi ! affirma-t-elle avec désinvolture.

— Tu serais d'accord pour qu'on ne soit que des sex-friends ? s'enquit-il en se redressant.

Il restait impassible, mais la lueur qui dansait dans ses yeux fit penser à Sophie que la perspective ne lui déplaisait pas.

— Je suis une grande fille, Roman, plus une adolescente naïve. Je ne crois plus aux contes de fées qui se terminent par « ils vécurent heureux et eurent beaucoup d'enfants ».

— C'est une honte parce que c'est ce que tu mériterais.

Il caressa son épaule, ce qui la fit longuement frissonner.

— Je suis d'accord pour « ils furent heureux tant que cela dura », insista-t-elle.

Il ne fallait surtout pas qu'il soit désolé pour elle. Jusqu'à ce qu'il fasse irruption dans sa vie, elle s'était contentée de ce qu'elle avait, ignorant ce qui lui manquait. En même temps, elle craignait un peu de s'habituer rapidement à cette plénitude de l'après-sexe et de la confondre avec le vrai bonheur, état qu'elle n'avait jamais connu. Mais, cette fois, elle était bien décidée à contrôler ses émotions.

— Alors, dit-elle, ce n'est pas un coup d'un soir ?

Roman caressa sa taille et ses fesses avant de l'attirer contre lui. Intérieurement, Sophie criait de plaisir, mais elle n'en laissa rien paraître.

— Pas si tu ne veux pas qu'il le soit, répliqua-t-il.

— Ça ressemble à une proposition que je ne peux pas refuser.

Roman l'enjamba, puis il l'embrassa dans le cou et déclencha une série de feux d'artifice dans toutes ses zones érogènes.

Pour que cela marche, ils devaient respecter les frontières qui mettraient à l'abri le cœur de Sophie, l'empêchant de se désintégrer quand ce serait terminé.

Pour l'instant, tout ce qu'elle voulait, c'était prolonger l'euphorie prodiguée par Roman.

4

Sophie était en train de rassembler ses affaires avant de partir en visites, quand Nya Ademi, sa supérieure, lui demanda :

— Tu as fait quelque chose de différent à tes cheveux, aujourd'hui ?

— Je les ai lavés et séchés comme d'habitude.

— Hum. C'est peut-être ton maquillage, mais tu rayonnes, intervint Kiara en l'observant attentivement.

Sophie sentit le rouge lui monter aux joues.

— Je n'ai rien changé. Maintenant, si cela ne vous ennuie pas, les filles, j'ai des patientes enceintes qui m'attendent.

— En tout cas, quoi que tu aies fait, tu es plus rayonnante que n'importe laquelle de nos futures mères. Tu n'es pas enceinte, dis-moi ? On attend une remplaçante début décembre, pendant que Marnie sera en congé de maternité, mais ce sera difficile si on vous perd toutes les deux.

Nya plaisantait, évidemment. Roman et Sophie avaient pris leurs précautions pour que ce genre d'événements ne se produise pas, pourtant Sophie hésita pendant quelques secondes. Ses collègues poussèrent aussitôt des cris d'excitation.

— Je n'attends pas de bébé ! s'écria-t-elle.

— Mais tu fréquentes quelqu'un ?

Apparemment, Kiara ne leur avait pas parlé de Roman. D'ailleurs ce n'était pas un groupe enclin aux ragots, et Sophie bénissait le ciel de travailler avec des filles aussi formidables. Malgré tout, elles étaient curieuses et se rassemblèrent autour d'elle pour en savoir davantage. Sophie savait qu'elles ne souhaitaient que son bonheur, mais elle n'était pas prête à leur révéler le détail du contrat qu'elle avait passé avec Roman.

Elles ne comprendraient pas qu'elle puisse accepter de telles conditions...

— Je vois quelqu'un, admit-elle, mais c'est tout récent.

— Je suis ravie que tu aies rencontré quelqu'un.

— Je suis heureuse pour toi, ajouta Kiara.

Les embrassades et les cris excités qui suivirent réchauffèrent le cœur de Sophie, mais elle était un peu déconcertée. Cette réaction quasi hystérique montrait à quel point ses amies trouvaient sa vie insipide.

— Il n'y a rien de sérieux, dit-elle.

— C'est quelqu'un qu'on connaît ?

— Euh...

Sophie ne voulait pas mentir, mais il n'était pas non plus question d'avouer sa liaison avec Roman au monde entier, ce qui l'officialiserait.

— C'est un des ambulanciers de St Isolde.

C'était partiellement vrai mais, si elle avait précisé qu'il faisait partie des secours aériens, il n'aurait pas fallu longtemps aux gens pour comprendre de qui il s'agissait.

— J'espère que ça marchera, ma chérie, dit Nya en l'embrassant.

Les autres lui souhaitèrent à leur tour tout le bonheur possible avant de se disperser pour leur journée de travail. Sophie souriait encore lorsqu'elle se glissa derrière le volant de sa voiture. En voyant son reflet dans le rétroviseur, elle comprit pourquoi ses collègues lui avaient posé des questions. Elle était positivement radieuse, comme si le plaisir que lui avait prodigué Roman s'exhalait par tous les pores de sa peau.

À dire vrai, chaque fois qu'elle évoquait leur nuit d'amour, elle était prise d'une sorte de vertige, comme quand on se lève trop vite. Était-ce cette poussée d'adrénaline que Roman tirait de ses folles aventures ? En ce cas, elle comprenait pourquoi il avait hâte de passer à la suivante. Mais, au moins, un orgasme phénoménal n'était pas aussi dangereux que de se suspendre à un câble, en dessous d'un hélicoptère.

Par bonheur, elle devait travailler aujourd'hui, sinon ils seraient restés au lit toute la journée. Cela n'avait rien d'une idylle romantique et ça se terminerait trop tôt, mais elle en profiterait tant que ce serait possible.

Elle se gara bientôt devant la maison de sa première patiente.

— Bonjour, Nina. Comment allez-vous, ce matin ? demanda Sophie en s'essuyant les pieds sur le paillasson avant d'entrer chez la jeune femme, dont la grossesse était très avancée.

— Je suis épuisée. Comme vous pouvez le voir, je n'ai même pas eu le temps de m'habiller, dit-elle en montrant sa chemise de nuit informe et incrustée de nourriture.

— La nuit a été difficile ?

Sophie ferma la porte derrière elle et suivit Nina dans la cuisine où un enfant en bas âge jouait avec son bol de céréales, assis dans sa chaise haute.

— Celui-ci a fait ses dents, ce qui l'a empêché de dormir. De toute façon, j'avais des brûlures d'estomac.

À ce stade de la grossesse, c'était une plainte fréquente, quand le fœtus appuyait sur des organes vitaux.

— Votre mari vous aide ?

Avec un bambin dont elle devait s'occuper et un bébé en route, Nina devait apprendre à déléguer quelques-unes de ses responsabilités, autrement elle ne tiendrait pas.

— Dean travaillait à l'extérieur, la nuit dernière. C'est son dernier service de nuit avant l'accouchement. Il reviendra bientôt pour prendre le relais.

Nina retourna dans la salle de séjour pour s'installer sur le canapé.

— Tant mieux. J'ai une idée ! Puisque j'ai un peu de temps avant ma prochaine visite, je pourrais me charger de votre petite Amy pendant que vous irez vous prélasser dans un bon bain.

Le regard de Nina s'éclaira.

— Vous êtes sûre ?

— Absolument. Je préfère prendre votre tension après que vous vous serez détendue.

Une partie du travail de Sophie consistait à s'occuper du moral de cette patiente. Ce n'était pas la première fois qu'elle ferait un peu de baby-sitting pour soulager une mère épuisée. Peu lui importait, puisqu'elle n'avait pas elle-même de famille ni d'enfants. Elle saisissait même ces occasions avec plaisir, lorsqu'elles se présentaient.

Elle s'était toujours projetée dans l'avenir avec un mari et une famille. Mais le temps avait passé, et les hommes qu'elle avait rencontrés s'étaient révélés décevants. Elle avait commencé à penser qu'un tel bonheur n'était pas pour elle. Par ailleurs, elle n'envisageait pas de mettre un enfant au monde si elle ne pouvait lui offrir l'amour de deux parents.

Elle en était venue à la conclusion qu'elle n'était pas capable de susciter l'amour. Roman était arrivé au bon moment pour rebooster son ego, même si leur liaison n'aurait pas l'issue qu'elle avait toujours souhaitée.

— Je m'apprêtais à la laver et à la changer, expliqua Nina en désignant le matelas à langer et la cuvette d'eau posée à côté.

— Très bien. Je suis sûre de pouvoir me débrouiller, affirma Sophie avec un sourire.

Aussitôt, le visage de Nina se détendit, et les rides d'expression disparurent de son front.

— Mademoiselle Amy, il semble que nous allons rester ensemble, déclara Sophie après le départ de la maman.

Imitant le bruit d'un avion, elle parvint à mettre dans la bouche du bébé le reste de son petit déjeuner.

Amy babillait, visiblement satisfaite de sa nouvelle baby-sitter, qui nettoya la chaise haute avant de la prendre dans ses bras sans susciter la moindre protestation.

Sophie lui retira son petit pyjama maculé de nourriture avant de la laver avec un gant. Elle ne se lassait jamais de ces gloussements de bébé, lorsqu'on leur chatouillait le ventre, ou de ces petites mains qui attrapaient les vôtres.

Ce genre de séance ne faisait qu'accroître son désir d'avoir un jour des bambins potelés avec lesquels elle ferait tout ce que ses propres parents n'avaient jamais fait avec elle... confectionner des gâteaux, leur apprendre à monter sur une bicyclette ou les accompagner à l'école.

Bien sûr, sa grand-mère s'était substituée à ses parents, mais elle aurait souhaité qu'ils soient présents lors d'occasions spéciales. Elle s'était juré que, si un jour elle avait le bonheur d'être mère, ses enfants ne se sentiraient jamais abandonnés, qu'ils n'auraient jamais le sentiment d'être un fardeau.

En dehors du fait que Roman n'était pas du bois dont on fait les pères, c'était l'une des raisons pour lesquelles elle s'était bornée à des relations stables et « sans danger ».

L'idéal serait de rencontrer un homme aussi excitant que Roman, mais qui n'aurait pas la phobie de l'engagement.

Roman avait eu une journée chargée : ses deux interventions sur des scènes de graves accidents de la route avaient été stressantes, même si le pronostic vital des blessés n'était pas engagé.

Normalement, il aurait dû rentrer chez lui pour se reposer, sauf qu'il avait attendu avec impatience la fin de son service pour voir Sophie. Leurs emplois du temps ne leur permettaient pas de faire des projets précis, mais il n'avait pas cessé de penser à la nuit qu'ils avaient passée ensemble.

Sa dernière partenaire, Lena, lui avait dit ses quatre vérités, lorsqu'il avait rompu avant de partir pour Carey Cove. Elle l'avait accusé d'être terrifié à l'idée de s'enraciner quelque part ou de s'engager envers une femme. Elle lui avait dit en outre qu'il se complaisait dans son personnage de play-boy instable.

Roman ne s'était jamais considéré comme lâche. Au contraire, il était toujours prêt à relever les défis. Mais, pour ce qui était de sa vie amoureuse, il commençait à réaliser que Lena avait raison. Ses problèmes avaient pour origine ses parents, qui avaient eu une si mauvaise opinion de lui qu'il s'était cru indigne de Sophie. Il avait même cru que c'était par amour pour elle qu'il avait sacrifié leur éventuel avenir commun. S'il était resté, il aurait fini par lui faire du mal…

Mais, quand ce poste à Carey Cove s'était présenté, il avait imaginé que le destin lui offrait une chance de voir si la décision qu'il avait prise des années auparavant était la bonne.

Il n'était pas certain que coucher avec Sophie les aiderait à laisser le passé derrière eux, mais elle avait semblé convaincue que c'était exactement ce dont ils avaient besoin.

Eh bien… il n'était pas de marbre.

Et maintenant, au lieu de rentrer dans l'appartement meublé qu'il louait, il se retrouvait tout proche de la maison de Sophie.

Retenant son souffle, il sonna à la porte. Bientôt, un bruit de pas lui confirma qu'elle était chez elle.

— Roman ? Qu'est-ce que tu fais là ?

Des chaussons roses aux pieds, elle serrait autour d'elle un gilet trop grand. Il était clair qu'elle n'attendait personne ce soir-là.

— Je... euh...

S'il admettait qu'il brûlait de la revoir, elle risquait de penser que cela ne correspondait pas vraiment à leur accord.

— Je me suis dit que je pouvais passer, avant de rentrer.

Elle eut un petit sourire en coin.

— C'est à ça que ça ressemble, un plan cul ?

Il aurait bien eu envie de dire oui et de l'entraîner vers son lit, mais elle méritait mieux que cela. En vérité, il avait seulement envie de passer du temps avec elle. S'il ne remettait plus jamais les pieds à Carey Cove, il ne voulait pas rater cette occasion d'apprendre à la connaître de nouveau.

— J'ai pensé que ça te dirait peut-être de sortir.

Il s'appuya négligemment au chambranle de la porte comme pour lui faire comprendre qu'il n'attendait pas sa réponse avec impatience.

— C'est un rencard ?

— Oui. Non. Je ne sais pas. On peut rester ici, si tu préfères ?

Roman agita les sourcils de façon tellement suggestive que Sophie se mit à rire.

— C'est très tentant mais, puisqu'on parle de sorties, j'aimerais bien aller au marché de Noël, à Hodden. On pourrait boire du vin chaud, acheter des décorations artisanales et s'asseoir sur les genoux du Père Noël.

— Comment refuser une offre aussi alléchante ? plaisanta Roman.

Sophie enfila son manteau et troqua ses chaussons contre des bottes. Après avoir enroulé une écharpe autour de son cou, elle ferma la porte derrière elle. Roman lui était reconnaissant de ne pas avoir joué avec ses nerfs et même de paraître contente de sortir avec lui. Elle était toujours aussi honnête qu'autrefois.

Ils parcoururent la courte distance qui les séparait du marché de Noël dont les lumières se distinguaient dans le crépuscule. Malgré le froid, Sophie et lui étaient connectés par une sorte de courant chaud, comme si cette petite discussion et cette promenade étaient les prémices d'une autre nuit extraordinaire au lit. Roman l'espérait, même s'il était tout simplement content d'être en compagnie de Sophie.

Elle était encore plus drôle et sexy que dans ses souvenirs, ce qui lui faisait presque regretter son départ, même s'il l'avait fait pour de bonnes raisons.

Sophie remonta son écharpe, ne laissant visibles que ses beaux yeux bleus. Roman fut tenté de l'attirer contre lui, mais le geste aurait peut-être été présomptueux. Elle n'avait pas forcément envie que leur liaison temporaire soit connue de tous. En outre, il était certain qu'elle ne souhaitait pas avoir à fournir d'explications à ses amis ou à ses patientes.

Ils s'arrêtèrent bientôt devant un premier stand.

— Tu veux un chocolat chaud, un cidre aux épices ou du vin chaud ? demanda-t-il en parcourant des yeux l'ardoise.

— Je voudrais du cidre, je pense.

— Je vais faire comme toi.

Lorsqu'il tendit son gobelet à Sophie, elle l'enveloppa de ses mains et ferma les yeux en respirant l'odeur du breuvage.

— Ça sent Noël.

Il but une gorgée.

— Et ça en a le goût.

— Cet endroit pourrait figurer sur une carte postale de Noël.

— Tu n'étais jamais venue, avant ? J'aurais cru que cela correspondait assez à ton idée du paradis.

Enfant, Sophie adorait cette période, alors qu'il l'aurait volontiers sautée s'il l'avait pu. Elle n'apportait que des disputes supplémentaires, dans la maison de ses parents. Ses frères avaient les plus beaux cadeaux, et Roman passait pour un ingrat parce qu'il repoussait ceux que ses parents avaient cru qu'il voulait.

Une odeur de hot-dogs lui donna faim.

— D'habitude, répondit Sophie, je suis trop fatiguée, après le travail. Et puis ce n'était plus pareil, depuis la mort de ma grand-mère. Je fête Noël pour la forme, mais je dois me forcer un peu.

Ces propos attristèrent Roman, plus que jamais décidé à ce qu'elle passe une bonne soirée.

— Ce soir, nous allons réveiller en toi l'esprit de Noël. Alors, bois un coup et chante-nous un chant de Noël, Sophie French.

Puisqu'elle continuait de décorer sa maison et de préparer du vin chaud, il était certain qu'elle avait juste besoin d'un petit coup de pouce pour redevenir la Sophie qu'il avait connue.

— Tu crois ça, Roman Callahan ?

Elle lui décocha un petit coup de coude juste au moment où il vidait son gobelet. Le cidre jaillit, lui éclaboussant le menton avant de couler sur son manteau.

— Oh ! je suis désolée !

Elle enleva son gant et tapota le pan humide.

Ce léger contact suffit à réveiller des souvenirs très vifs, dans l'esprit de Roman, et son sang se mit à bouillonner.

— Il n'y a pas de souci. Je suis certain que, si nous réfléchissons ensemble, nous trouverons le moyen de faire ce qu'il faut pour que tu te sentes bien.

Il retint le regard de Sophie, décelant dans ses yeux bleus un désir égal au sien. Il aurait été tout naturel de la prendre dans ses bras et de l'embrasser, et c'était exactement ce qu'il souhaitait. Sauf qu'il ne savait pas si elle apprécierait qu'il agisse de la sorte devant tout le village. Il recula donc d'un pas et toussota pour se débarrasser d'un léger enrouement.

— Il y a une patinoire. Je ne vois pas de meilleure méthode pour nous plonger dans l'esprit de Noël, déclara-t-il.

— Glisser sur la glace, tomber sur les fesses et potentiellement avoir des doigts tranchés par une lame de patin si quelqu'un passe sur ma main ? C'est certain, ça sent Noël à plein nez, répliqua Sophie en levant les yeux au ciel.

— Allez, ce sera drôle !

Sans compter que la foule le dissuaderait de succomber à son envie d'embrasser Sophie.

— Il y a une très bonne raison pour laquelle je ne me suis jamais cassé un os ni n'ai eu de points de suture, dit-elle. C'est parce que j'ai évité les activités où j'ai un risque d'être blessée.

Sauf qu'elle avait accepté cet arrangement avec lui…

Il était temps qu'elle sorte de sa zone de confort, songea Roman. Un jour, il partirait, et il faudrait bien qu'elle soit prête à avancer dans sa vie. Depuis qu'il la connaissait, elle avait toujours choisi la sécurité. Il était d'autant plus remarquable qu'elle lui ait suggéré une relation de sex-friends.

Mais, si elle espérait davantage, la chute risquait d'être rude. Roman Callahan décevait tous ceux qu'il approchait, et c'est bien pour cette raison qu'il ne restait jamais longtemps au même endroit.

Il était possible qu'il ne revienne jamais à Carey Cove. En cherchant à revoir Sophie, il avait été imprudent, pourtant la vraie folie consistait sûrement à coucher avec elle. Mais c'était une expérience inoubliable qu'il ne parvenait pas à regretter. Pire encore, il brûlait de recommencer. Il devait absolument réduire les dommages au minimum et il allait s'y mettre immédiatement en aidant Sophie à faire ses premiers pas sur une patinoire.

— Tu n'as pas confiance en moi, Sophie ?

Roman lui tendait la main, l'invitant à le suivre.

Elle savait que c'était une sorte de test pour déterminer si elle craignait qu'il ne lui fasse du mal. Elle avait peur qu'il lui brise le cœur, en effet, mais pour l'instant elle préférait afficher une attitude décontractée et feindre que cette relation sexuelle dénuée d'engagement lui convenait parfaitement.

Elle prit la main tendue, acceptant le défi.

— Si je perds un membre, tu seras responsable.

— Ne t'inquiète pas. J'ai quelques notions dans les premiers secours et je connais un très bon chirurgien.

Il l'entraîna jusqu'au stand, où ils louèrent des patins.

— Ce n'est pas très rassurant, marmonna-t-elle en enfilant les siens.

— Je te promets de veiller sur toi tout du long, répliqua Roman.

Malgré sa détermination, Sophie sentit son cœur faire des bonds dans sa poitrine, mais elle les ignora délibérément. Elle se leva et faillit tomber. Immédiatement, Roman la rattrapa au vol.

— Super ! Je ne tiens pas debout avant même d'être sur la glace.

— Mais je t'ai rattrapée.

La prenant par la main, Roman la soutint jusqu'au bord de la patinoire.

— Rappelle-moi comment c'est censé être amusant.

En dehors du fait que Roman avait passé un bras autour de sa taille, elle ne voyait pas bien ce qu'elle y gagnait.

Il se mit à rire, visiblement peu affecté par son cynisme.

— Il te suffit de mettre un pied devant l'autre et d'avancer.

Malheureusement, dès qu'elle suivit cette consigne, le sol se déroba sous elle.

— Je devrais peut-être prendre un de ces déambulateurs pour débutants, suggéra-t-elle.

En effet, certains patineurs novices utilisaient des déambulateurs en fibre de verre, qui avaient la forme de pingouins et grâce auxquels ils conservaient une certaine stabilité. Peu importait à Sophie qu'ils soient pour la plupart âgés de moins de dix ans. C'était certainement moins ridicule que d'être soutenue par un autre adulte.

— Tu ne tarderas pas à voler sur la glace. Détends-toi et avance, au lieu de te focaliser sur ce que font ou ne font pas tes pieds.

Posant les mains sur ses hanches, il la poussa en avant sur la glace.

— Comment as-tu réussi à être un tel expert ?

Il était vexant qu'ils ne démarrent pas au même niveau. Elle était vraiment désavantagée, si on considérait qu'elle progressait avec la grâce d'un chiot apprenant à marcher.

— Ça fait partie de mes activités de don Juan. Tu sais que patiner à Noël est extrêmement romantique. J'ai séduit une femme ou deux grâce à un jeu de pieds tout à fait fantaisiste.

Tout en parlant, Roman se mit à patiner autour d'elle avant de revenir la soutenir. Il plaisantait, bien sûr, mais il y avait une certaine vérité dans ce qu'il disait, Sophie n'en doutait pas. Elle n'était pas surprise d'apprendre qu'il avait eu des conquêtes, mais il lui faisait comprendre du même coup qu'elle n'en était qu'une parmi d'autres. C'était le *modus operandi* de Roman, lorsqu'il voulait séduire une femme. Cette précision atténuait légèrement la connotation romantique de cette soirée.

Elle s'était trompée en pensant qu'elle était davantage pour lui qu'une partenaire sexuelle.

— Tu n'as pas besoin de m'impressionner, Roman, puisque je te suis déjà acquise. Nous ne sommes pas obligés de prolonger cette farce, humiliante pour moi de surcroît.

Pendant qu'il se vantait de ses performances, elle luttait pour ne pas tomber sur les fesses devant des bambins ou des adolescents dégingandés. Cela ne lui apportait aucune joie, seulement un chagrin qui brûlait ses paupières.

Se plaçant devant elle, Roman prit son visage entre ses mains.

— Eh ! ne pleure pas. J'avais juste envie de passer du temps avec toi, ce soir, et j'ai pensé que c'était une activité que nous pourrions partager. Si tu détestes ça à ce point, on peut aller ailleurs. Il y a un rodéo, si ça te fait envie.

Sophie sourit faiblement. Elle savait qu'il se souciait vraiment d'elle, au fond, et elle devait s'en contenter parce qu'il ne lui donnerait jamais davantage.

Elle se força à revenir au badinage.

— Si tu me proposes une chevauchée sauvage, j'aimerais autant qu'on rentre chez moi.

Un lent sourire étira les lèvres de Roman. Pour tirer le meilleur parti de cet instant, Sophie déposa un petit baiser sur sa bouche. Il parut d'abord surpris, mais l'étonnement fit rapidement place au plaisir.

L'attirant dans ses bras, il l'embrassa passionnément, ce qui leur valut quelques commentaires de la part des autres patineurs.

— Ce n'est ni le moment ni l'endroit, dit une femme en les bousculant.

Ils perdirent l'équilibre. Refusant de lâcher Sophie, Roman tenta en vain de rester debout. Ils tombèrent tous les deux, s'entraînant mutuellement dans leur chute.

Sophie éprouva d'abord la dureté de la glace contre son arrière-train, puis le ridicule de la situation lui apparut, et elle éclata de rire. C'était apparemment contagieux, car Roman se joignit à elle.

— Eh, vous deux, prenez plutôt une chambre, vous aurez plus chaud.

Kiara Baxter les regardait, un sourire entendu aux lèvres. Mais, avant que Sophie puisse trouver une repartie, sa collègue s'éloignait, main dans la main avec Lucas, son compagnon.

Remarquant son embarras, Roman se leva et aida Sophie à en faire autant.

— Tu veux qu'on s'en aille ?

Sophie regarda autour d'elle et vit d'autres couples qui se

maintenaient difficilement debout sans perdre courage pour autant. Donc, elle était tombée et elle avait survécu. Sa collègue l'avait vue, et le ciel ne s'était pas écroulé sur sa tête. Ses fesses étaient endolories et ses vêtements humides. Il lui semblait donc stupide de ne pas rester pour être récompensée de ses efforts, alors qu'elle avait déjà surmonté ses pires craintes.

— On a déjà payé la location de nos patins, dit-elle en prenant la main de Roman. Ça pourrait être amusant.

— Yes ! lança-t-il avec force.

Il avait eu raison de penser qu'il pouvait lui donner du bon temps, que ce soit au lit ou ailleurs.

Décidée à conquérir la glace et à vaincre ses peurs irrationnelles, Sophie suivit les consignes de Roman jusqu'à ce qu'elle soit capable de faire quelques mètres toute seule. Lorsqu'elle se jeta dans ses bras après ce premier succès, il déposa un baiser sur son front et la câlina un instant.

Quand leur location prit fin, elle avait réussi à faire un tour de piste sans soutien et elle rayonnait de fierté, ce que confirmaient d'ailleurs son nez rouge et ses joues roses. Elle était aussi frigorifiée et elle avait faim.

— On mange un hot-dog ? suggéra Roman.

Ils s'assirent à une table toute proche et regardèrent les patineurs. À la vue des familles qui s'amusaient ensemble, Sophie ne put s'empêcher de penser à ses parents, mais aussi à ceux de Roman.

— Tu n'envisages pas de contacter tes parents ? Ils seront contents de savoir où tu es.

— Si tu le dis.

— Qu'est-ce qui s'est passé d'aussi grave, pour que tu refuses de les voir ? Tu pourrais passer un peu de temps avec eux.

Bien que très différente de son père et de sa mère, Sophie aurait donné n'importe quoi pour qu'ils soient là, spécialement à cette époque de l'année. Elle ne parvenait pas à imaginer ce qui était arrivé à Roman, pour qu'il refuse définitivement de revoir ses parents.

— C'est pour cette raison que je ne t'ai jamais parlé de l'ambiance qui régnait chez moi. Je ne me sentais pas le droit de me plaindre alors que tu avais perdu tes parents. Peut-être que, si j'avais été plus transparent, tu aurais compris pourquoi il fallait absolument que je parte et pourquoi je ne comptais pas revenir.

Perdant soudain l'appétit, Sophie posa ce qui restait de son hot-dog sur l'assiette en carton posée devant elle sur la table. Elle se rappela qu'autrefois ils ne parlaient jamais de ce qui se passait chez Roman. Elle avait cru que c'était parce qu'il vivait une enfance parfaite dans cette grande demeure où tous ses désirs étaient satisfaits. Elle avait été trop plongée dans son propre chagrin, trop autocentrée pour penser que quelque chose n'allait pas. Roman avait dû en conclure qu'elle ne s'intéressait pas à ses problèmes, sinon il les aurait partagés avec elle. Apparemment ils n'avaient pas été aussi proches qu'elle le croyait.

— Je suis désolée que tu n'aies pas pu te confier à moi.

— Ce n'est pas ta faute, Soph. J'étais un ado privilégié alors que tu étais orpheline. Je pensais n'avoir aucun droit de me sentir malheureux.

— Mais je t'écoute, maintenant. Qu'y avait-il de si moche, pour que tu quittes Carey Cove à jamais ?

À l'époque elle avait cru que c'était sa faute, mais aujourd'hui elle voulait absolument savoir ce qui avait conduit Roman à fuir… et si elle pouvait faire quelque chose pour l'aider. S'il y avait une solution, il envisagerait peut-être de rester…

Roman soupira, puis il froissa l'enveloppe de son hot-dog et la jeta dans la poubelle la plus proche.

— Ils voulaient que je travaille dans l'affaire de famille, alors que j'avais l'intention de devenir infirmier-ambulancier.

— Mais ils ont dû tourner la page, depuis ? Tu as fait le bon choix, et ta carrière est admirable.

À l'époque, cela avait dû être une bataille de volontés, mais de l'eau avait coulé sous les ponts, et aujourd'hui les parents de Roman devaient accepter sa décision. Lorsqu'il était adolescent, ils considéraient sans doute qu'il était incapable de faire ses propres choix, mais maintenant leur fils était un adulte. En outre, le poste qu'ils comptaient lui attribuer devait être occupé, désormais. Sophie ne voyait aucune raison pour qu'un quelconque ressentiment subsiste ou empêche des retrouvailles… hormis un orgueil démesuré des deux côtés.

— Selon toi, sans doute, répondit Roman. Mais, à leurs yeux, aucun métier, aucune carrière ne peut faire le poids, quand on te propose la gestion d'une entreprise. Mes frères dirigent des branches internationales de la compagnie et, bien que j'aie eu des contacts occasionnels avec eux, je ne les ai pas revus depuis des années.

Parler de sa famille faisait visiblement monter la tension de Roman, dont le visage rougissait.

— Cette dispute a eu lieu avant que tu partes afin de poursuivre tes études, mais je crois avoir compris qu'il y avait d'autres problèmes ?

Sophie souhaitait creuser davantage, comprendre la relation que Roman avait entretenue avec ses parents. Elle lui devait au moins cela.

— Aucun de mes actes ne trouvait grâce à leurs yeux. Je n'étais pas le fils qu'ils voulaient. Mes frères correspondaient à leur idéal, ils ne comprenaient pas pourquoi je m'en écartais. Comme tu le sais, je n'en faisais qu'à ma tête, conclut-il avec un demi-sourire.

Sophie se rappela les exploits souvent dangereux accomplis par Roman.

— Je n'étais pas toujours d'accord, répondit-elle, ou plutôt je n'appréciais pas toujours ce que tu faisais, mais je t'aim… j'aimais que tu sois toi-même.

Sophie se mordit la langue à l'idée qu'elle avait failli trahir ses sentiments.

— Justement, dit Roman. Ce que j'étais n'était pas acceptable pour eux, et ils saisissaient toutes les occasions de me le faire savoir.

Le voyant serrer les dents, Sophie songea qu'il était peut-être temps de changer de sujet.

— Je suis désolée, Roman. Tu étais tellement sociable et confiant que je n'ai jamais imaginé que tu avais autant de problèmes à la maison. Je me demandais d'ailleurs comment je pouvais t'intéresser.

— Notre environnement n'était pas le même, mais je sentais en toi la même tristesse et le même isolement que moi, quand tu as perdu tes parents.

— J'ai toujours cru que tu avais pitié de la pauvre orpheline. Mais je te remercie, parce que j'avais besoin de quelqu'un d'autre que de ma grand-mère pour me rappeler qu'il y avait une vie en dehors de mon chagrin. Même si tes acrobaties me terrorisaient.

Elle s'était rongé les ongles jusqu'à la chair, quand il avait sauté du toit de l'école ou plongé du haut de la falaise dans la mer.

Sophie avait du mal à ressentir de la compassion pour les parents de Roman, même s'ils l'avaient perdu dix ans auparavant. Elle savait mieux que personne qu'on ne pouvait pas forcer une personne à devenir quelqu'un d'autre simplement parce que cela vous convenait mieux. Ils avaient contraint leur fils à s'en aller et, s'ils n'éprouvaient pas le moindre remords, ils pouvaient le perdre à jamais.

— Je m'inquiète seulement pour toi. Mes parents sont morts à cause de leur goût du risque. Ils m'ont abandonnée pour mener ce genre de vie, sans se soucier le moins du monde de la fille qu'ils laissaient derrière eux. Je crois que c'est pour cela que j'ai emprunté la voie opposée, pour être en sécurité. La seule fois où j'ai pris un risque, c'est le soir où je t'ai embrassé, et tu m'as abandonnée, toi aussi. Je ne suffisais pas à mes parents, pas plus qu'à toi. Mon cœur brisé m'a appris que je devais me protéger.

Roman hocha la tête.

— Je suis désolé de t'avoir fait souffrir. Ce n'était évidemment pas mon intention mais, crois-moi ou non, je pensais agir pour ton bien. Je savais que je te décevrais comme j'avais déçu mes parents toute ma vie. Ce n'était pas parce que je ne te désirais pas, Sophie, conclut-il en repoussant une mèche de cheveux qui barrait son visage.

— Et maintenant ?

Il avait fallu à Sophie toute sa force pour poser la question et mettre de nouveau son cœur en péril. Elle risquait d'être encore repoussée, mais elle avait besoin de savoir ce qu'il en était une bonne fois pour toutes.

Haussant les sourcils, Roman prit ses mains dans les siennes.

— Je te désire toujours, Sophie French.

D'accord, ce n'était pas la déclaration du siècle, mais elle déclencha en Sophie une onde de plaisir. C'était le mieux qu'elle pouvait espérer, alors qu'ils avaient été si longtemps séparés. Peut-être l'attirance sexuelle se transformerait-elle en quelque chose de plus ?

Était-ce ce qu'elle voulait ?

Probablement.

Cherchait-elle les ennuis ?

Sans aucun doute. Mais ce qu'il lui fallait éviter à tout prix c'était que Roman pense qu'elle voulait l'attirer dans un piège.

Se levant d'un bond, elle lui tendit la main.

— En ce cas, je me demande pourquoi nous perdons notre temps dans le froid alors que j'ai un lit bien chaud qui t'attend chez moi.

5

— Salut, Sophie. Comment ça va ?

La voix de Roman lui parvint grâce au kit mains libres installé sur sa voiture. Immédiatement, le moral de Sophie remonta de dix crans.

— Salut. Je suis en route pour voir une patiente. Il y a un problème ?

Ils venaient à peine de se quitter et d'habitude ils communiquaient par SMS dans la journée. Mais, lorsqu'il l'appelait, elle avait l'impression qu'il était plus présent. Seigneur ! Elle était vraiment dans le pétrin. Elle avait tenté de se leurrer elle-même en se persuadant qu'elle ne risquait pas de perdre sa tête ou son cœur, mais la réalité était bien différente. Chaque nuit passée avec Roman lui donnait seulement davantage de raisons de l'aimer.

Le rire de Roman emplit l'espace autour d'elle et pénétra droit dans sa poitrine, la faisant frissonner.

— Tu me connais trop bien, dit-il. J'ai de mauvaises nouvelles, malheureusement. Je vais devoir annuler mon invitation à dîner pour ce soir.

La joie de Sophie s'évapora immédiatement. À l'idée qu'il allait lui préparer les fameux spaghettis à la sauce bolognaise qu'il lui avait vantés, elle avait fantasmé à propos de la nuit qui devrait suivre.

— Pourquoi ?

Elle s'efforça de ne pas prendre un ton geignard comme un enfant gâté qui n'obtient pas ce qu'il veut. Mais c'était exactement ce qu'elle était à cet instant.

— Je crains de ne pas pouvoir te recevoir dans mon appartement. Les canalisations ont explosé, et il y a de l'eau partout. Actuellement, je patauge dans la cuisine. Désolé, bébé.

— Tu veux que j'aille t'aider, après le travail ? Je peux même apporter à dîner.

— Je vais me débrouiller, merci. Je suis en train d'éponger et j'ai coupé l'eau, mais le plombier ne peut venir que demain. Je vais devoir rassembler quelques affaires et trouver un endroit où dormir cette nuit.

— Pourquoi ne viendrais-tu pas chez moi ?

Les mots étaient sortis avant qu'elle puisse les retenir. Elle se crispa sur son siège, craignant qu'il ne devine à quel point elle avait besoin de lui. C'était exactement le contraire de la comédie qui devait convaincre Roman qu'elle correspondait au genre de femme avec qui il couchait d'habitude. Une femme qui ne gémirait pas et ne piaillerait pas lorsqu'il partirait.

Le silence qui suivit sa question lui donna l'envie de disparaître. Quand la voix de Roman retentit de nouveau, elle comprit que la communication avait été interrompue. Pour une fois, elle se réjouit que le réseau soit aussi mauvais.

— Pardon, Roman, mais je n'ai pas entendu ta réponse.

— Tu m'entends bien, maintenant ?

— Parfaitement.

— Je te demandais seulement si tu étais certaine que cela ne t'ennuierait pas.

— Bien sûr que non ! Je ne vois pas l'utilité de payer un hôtel alors que tu peux dormir chez moi sans problème.

La proposition n'était pas vraiment altruiste, puisqu'elle s'assurait ainsi qu'il réchaufferait son lit cette nuit.

— Merci. Je dois dire que c'est très alléchant, quand je pense à tout ce que nous pourrons faire ensemble.

À l'idée de leurs deux corps nus enlacés sous ses draps, Sophie cessa un instant de respirer.

— Quand penses-tu venir ?

— Dès que possible. Je te promets de ne pas apporter mes chaussons et ma pipe, mais j'aurai besoin de ma brosse à dents.

Il plaisantait, bien entendu, mais Sophie était de toute façon loin d'imaginer une éventuelle vie commune avec lui. Jamais il ne voudrait s'installer quelque part à long terme. Ce soir, il s'agissait d'une situation d'urgence, et la solution leur convenait à tous les deux.

— Tu as raison. Je ne souhaite pas respirer ton haleine de dragon le matin, répliqua-t-elle sur le même ton.

Pas de quoi fouetter un chat ! C'était juste Roman Callahan qui venait chez elle pour une soirée pyjama entre adultes.

La journée de Roman avait été un véritable fiasco. Il avait dû appeler son propriétaire ainsi que sa compagnie d'assurances et le plombier. Heureusement les meubles n'avaient subi que très peu de dommages, et ses propres affaires n'étaient même pas touchées.

Malgré tout il aurait pu s'en passer…

Maintenant, il avait hâte de retrouver Sophie et d'oublier les quelques heures qu'il venait de vivre. Pourtant il ne pouvait pas s'empêcher de se demander si leur relation ne devenait pas un peu trop confortable. Après avoir géré l'urgence, il l'avait appelée aussitôt, comptant sans doute inconsciemment sur les conseils et l'aide qu'elle pouvait lui apporter. En réalité, il était parfaitement capable de résoudre le problème tout seul. C'était comme s'il employait n'importe quelle excuse pour passer du temps avec elle… jusqu'à s'installer chez elle, même si c'était temporaire.

Il avait toujours mis un certain temps à passer une nuit avec ses autres partenaires et, bien entendu, il n'avait jamais été question qu'il apporte ses affaires chez elles. Il ne voulait pas leur donner l'illusion d'un avenir commun, c'est pourquoi chacun restait chez soi.

Évidemment, les circonstances étaient particulières, car il connaissait Sophie depuis longtemps. Cependant, il entendait une petite sonnette d'alarme résonner sous son crâne à l'idée que le cottage commençait à ressembler à un foyer.

Quand l'euphorie causée par leur entente sexuelle s'atténuerait, il faudrait qu'il mette un peu de distance entre eux pour recouvrer ses esprits. Pour commencer, la raison devait l'emporter sur la libido et le guider sur le terrain miné d'une relation avec son amour d'enfance.

Mais après ce soir, bien sûr. Pour l'instant, il avait trop envie de partager avec Sophie son dîner et son lit pour gâcher son plaisir. Il n'était pas masochiste.

Sophie ouvrit la porte avant même qu'il se soit garé. Le simple fait de voir son visage suffisait à le dédommager de cette mauvaise journée. Elle avait le don de le calmer et de lui rappeler qu'il n'était pas nécessaire de toujours vivre à « fond la caisse », comme il avait l'habitude de se le dire. Il commençait à apprécier les simples plaisirs que les autres gens tenaient pour acquis. Avant de revenir à Carey Cove, Roman n'avait jamais vu le plaisir qu'on pouvait prendre à s'asseoir sur un canapé pour regarder la télévision, quand il y avait tellement d'activités plus excitantes dehors.

Désormais, il ne désirait rien davantage que de se détendre, les pieds surélevés, en compagnie de Sophie.

— Salut, toi.

Il effleura sa joue d'un baiser avant de déposer son sac dans l'entrée. C'était exactement la scène domestique qu'il avait évitée toute sa vie. Mais le pire pour lui était de découvrir qu'il adorait cela.

— Dure journée ?

Sophie prit sa veste et la suspendit dans l'entrée. Il la suivit dans la cuisine, où la table était mise pour deux. Une douce musique provenait de la salle de séjour.

Roman lui exposa les dommages subis dans son appartement.

— Je m'en serais volontiers passé, conclut-il, mais heureusement ce sera réglé demain. Je devrai peut-être passer un coup de peinture, mais je suis intervenu à temps, avant que ça tourne au désastre. Et maintenant, dis-moi plutôt ce qui sent aussi bon, en dehors de toi.

Attirant Sophie contre lui, il enfouit le visage dans ses cheveux pour respirer ce parfum de vanille et de fraise qui devenait pour lui synonyme de foyer.

— J'ai un peu cuisiné pour t'éviter d'avoir à ressortir, dit-elle en lui tendant un verre de vin avant de l'inviter à s'asseoir.

— Je m'habituerais facilement être gâté de cette façon.

Il déposa un baiser rapide sur les lèvres de Sophie avant de prendre place à table. Il avait oublié ce que c'était que d'avoir quelqu'un qui s'occupe de lui, qui soit là quand il en avait besoin et qui l'apaise quand tout semblait aller mal. Exactement comme lorsqu'il se tournait vers Sophie après qu'il s'était disputé avec ses parents et cherchait un refuge. Elle était encore son sanctuaire.

— Oh ! ce n'est pas complètement altruiste. En réalité, j'avais trop envie de spaghettis sauce bolognaise, plaisanta-t-elle en lui servant le plat fait maison auquel il ne s'attendait pas ce soir.

— Et comment s'est passée ta journée, ma chérie ? s'enquit-il avec une pointe de sarcasme, comme s'il jouait le rôle d'un mari des années 1950.

Sophie lui sourit.

— J'ai commencé par ma consultation à Carey House, ensuite j'ai fait mes visites en voiture, j'ai pesé des bébés et je suis rentrée à la maison à temps pour préparer le dîner que je destinais à mon invité.

Il savait qu'elle plaisantait mais, plus leur relation devenait en quelque sorte « confortable », plus il se sentait mal à l'aise. Bien sûr, ce petit jeu de couple les faisait sourire, mais la facilité avec laquelle il acceptait cette situation le dérangeait. Normalement, une liaison n'incluait pas un repas maison et un dîner pour deux. En principe, il ne devait s'agir que de sexe entre Sophie et lui.

Perdant soudain tout appétit, il posa sa fourchette.

— Qu'est-ce qu'on est en train de faire, Sophie ?

Elle fronça les sourcils, puis sourit avant de répondre à ce qui n'aurait dû être qu'une question rhétorique.

— Eh bien… on est en train de dîner. Est-ce que cette fuite d'eau a causé un court-circuit dans ton cerveau, aujourd'hui ?

— Je suis sérieux, dit-il en désignant la petite bougie posée au milieu de la table, puis son sac abandonné dans l'entrée.

Sophie repoussa son assiette.

— Écoute, Roman, tu avais besoin d'un endroit où dormir, et je t'ai proposé un lit pour la nuit. J'aurais cuisiné pour moi, de toute façon, et je savais que tu avais eu une journée difficile. Je ne cherche pas à te piéger dans une vie de domesticité.

Roman laissa échapper un soupir. Sophie était clairement agacée, et il pouvait le comprendre, vu que son seul tort était d'avoir été là pour lui. En réalité, le problème venait de lui et de sa peur de l'engagement.

— C'est juste que… ne va pas t'imaginer qu'entre nous il y a plus que du sexe.

— Détends-toi, Roman Callahan. Qu'est-ce qui te fait penser que je voudrais abandonner mon indépendance pour devenir une petite femme au foyer, attendant ton retour à la maison après une journée de travail ? Si tu n'as pas envie de rester ici cette nuit, il n'y a pas de problème, tu peux réserver une chambre d'hôtel.

À chaque mot dur qu'elle lui lançait, ses joues rosissaient davantage. Roman ne s'était pas attendu à une réaction aussi viscérale. Il ignorait si elle était due à la colère ou si elle refusait de s'avouer qu'elle voulait davantage que du sexe avec lui.

Quoi qu'il en soit, il avait très envie d'elle à cet instant précis.

— Je devrais peut-être, dit-il.

Se levant brusquement, il se pencha par-dessus la table, et Sophie en fit autant. Soudain, leurs bouches se trouvèrent, tout comme leurs langues. Unis par un arc électrique, ils s'abandonnèrent à leur désir mutuel.

Roman balaya d'un revers de bras tout ce qui se trouvait sur la table. Les assiettes se fracassèrent sur le sol.

— Je les remplacerai, promit-il.

— Ça n'a pas d'importance, souffla-t-elle en rampant sur la table pour se rapprocher de lui.

La façon dont elle venait de lui parler, avec véhémence et franchise, démontrait qu'elle n'avait pas peur de dire ce qu'elle pensait et qu'elle ne jouait aucun jeu.

Le sang de Roman bouillonnait de désir.

Elle était exactement ce dont il avait besoin.

Le cœur de Sophie menaçait d'exploser, tant il battait fort et vite dans sa cage thoracique. L'espace d'un instant, elle avait cru que Roman allait rompre, juste parce qu'elle lui avait confectionné un repas. Maintenant, sa cuisine s'était muée en champ de bataille, mais elle n'en avait cure.

Oui, son accès de colère avait été déclenché par la peur de le perdre. Elle avait été mue par le besoin désespéré de le convaincre qu'elle ne s'accrocherait pas à lui, qu'ils n'étaient unis que par le sexe.

Maintenant, elle était assise sur le bord de la table, et Roman retroussait sa robe sur ses cuisses et lui ôtait son slip. En préparant le dîner, elle n'avait pas imaginé que cela se terminerait par une scène aussi sauvage et érotique. Sans que leurs bouches se séparent, ils bataillèrent pour que le pantalon et le boxer de Roman glissent le long de ses jambes.

— Préservatif, haleta-t-elle.

Elle avait hâte qu'il entre en elle, mais il lui fallait aussi penser aux conséquences s'ils oubliaient toute prudence. Une grossesse ferait fuir Roman jusqu'à l'autre bout du monde.

Un instant plus tard, Roman attirait Sophie au bord de la table et se plaçait entre ses cuisses. Très excitée à l'idée de ce qu'ils allaient faire sur une table de cuisine, elle était prête à l'accueillir.

Il la pénétra profondément d'un seul mouvement de hanches. Elle s'étendit sur le dos, les mains au-dessus de la tête, pour mieux s'offrir à sa volonté. En s'enfonçant en elle, Roman laissait échapper des grognements d'un plaisir égal à celui que Sophie éprouvait.

À chaque coup de boutoir, ils s'agrippaient l'un à l'autre, poursuivant le même but, leurs deux corps parfaitement coordonnés.

Ils étaient faits l'un pour l'autre, et un jour Roman devrait bien le reconnaître.

Depuis ce fameux soir, Roman avait passé toutes les nuits dans le lit de Sophie. Il savait qu'ils s'aventuraient en terrain dangereux, et cela le déstabilisait bien plus que tous les exploits qui lui prodiguaient un flux d'adrénaline.

Il se questionnait sur ses sentiments réels et sur ceux de Sophie, d'autant qu'il s'habituait sans mal à regagner le lit de cette dernière chaque soir et à se réveiller auprès d'elle chaque matin. Il n'avait rien trouvé de mieux pour chasser le stress que de faire l'amour avec elle. Quand ils étaient ensemble, il n'éprouvait même plus le besoin de se mettre en quête d'une nouvelle acrobatie. Il était heureux en sa compagnie et il était certain qu'elle éprouvait la même chose. Sauf que, lorsqu'ils couchaient ensemble, le terme « heureux » ne suffisait pas à décrire son état.

Il était tout simplement halluciné.

Les révélations de Sophie, le soir où ils étaient allés à la patinoire, n'avaient cessé d'occuper son esprit. Pendant qu'il s'exposait à tous les risques possibles, elle avait choisi de n'en courir aucun. Jusqu'alors, il n'avait pas réalisé l'impact que la perte de ses parents avait eu sur elle et sur sa vie. S'il l'avait su, il aurait géré leur séparation avec un peu plus de délicatesse. Il n'avait jamais voulu qu'elle se sente abandonnée ou non désirable, ayant lui-même trop de fois éprouvé ce sentiment.

Depuis le soir où ils avaient échangé des confidences, ils étaient plus proches. Ils ne devaient cependant pas oublier que leur relation actuelle était temporaire. Si Sophie pensait qu'il avait changé d'avis, elle serait déçue. Roman souhaitait que, lorsqu'ils se sépareraient, ce soit de leur plein gré à tous les deux.

S'il parvenait à la faire sortir de sa zone de confort, Sophie comprendrait qu'elle n'avait pas besoin de lui ni de n'importe qui d'autre pour avoir de la valeur.

Et, pour commencer, il voulait qu'elle s'implique dans des activités un peu excitantes qui lui rappelleraient qu'elle était vivante. Qu'elle n'était pas morte avec ses parents ni avec sa grand-mère.

Ce jour-là, le Père Noël devait faire une nouvelle apparition à la foire du village, et Sophie l'attendrait avec le reste de la foule.

La descente depuis un hélicoptère était un classique dans le travail de Roman et ne l'inquiétait pas le moins du monde. En revanche, il savait que Sophie allait se faire du souci et il voulait lui prouver que c'était inutile. Qu'elle avait le droit de jouir du spectacle sans anticiper le pire.

— Je suis prêt, dit-il au pilote avant de fixer sa longue barbe blanche et de mettre son bonnet rouge.

Se penchant hors de la cabine, il salua les spectateurs dont les acclamations étaient couvertes par le ronflement des moteurs. Après avoir vérifié que son harnais était sûr, il prit son sac de jouets et entama la descente.

En atteignant le sol, il défit rapidement la corde de sécurité.

— Ho, ho, ho !

Quand les applaudissements crépitèrent autour de lui, Roman eut la satisfaction du devoir accompli à l'idée que les gens étaient contents de le voir.

Tout en serrant des mains, il gagna la grotte artificielle qui avait été installée dans la maison de quartier. Comme il cherchait Sophie du regard, il la repéra légèrement à l'écart, sa capuche relevée pour se protéger des éléments. Un grand sourire aux lèvres, elle lui adressa un signe de victoire. Roman se réjouit qu'elle semble partager le bonheur de la foule. Un jour, leurs chemins se séparereraient, et il souhaitait de tout cœur qu'elle conserve cette joie de vivre et rencontre enfin quelqu'un capable de lui donner ce dont elle avait besoin.

Ce qu'il était, pour sa part, incapable de lui offrir...

À l'intérieur de la maison de quartier, une maman qui portait un bébé et tenait un bambin par la main demanda à Sophie :

— Vous faites la queue ?

— Non. Désolée. Passez devant.

Elle s'était retrouvée par inadvertance au milieu de la troupe d'enfants qui espéraient voir le Père Noël.

La semaine qui venait de s'écouler avait été fantastique. Entre Roman et elle, l'entente sexuelle était parfaite, mais ils avaient aussi appris à mieux se connaître. Chaque jour, elle découvrait quelque chose de nouveau sur lui.

Et aussi sur elle-même.

Puisqu'il était certain de ne courir aucun danger en descendant d'un hélicoptère au bout d'une corde, elle devait s'en persuader aussi. Cette peur pour lui ne disparaîtrait sans doute jamais, mais Roman atterrissait toujours sain et sauf. Aujourd'hui, elle s'était forcée à ne pas se détourner pour simplement apprécier la joie qu'il prodiguait aux enfants grâce à cette arrivée extraordinaire.

— Il est génial avec les enfants, tu ne trouves pas ?

Nya, déguisée en Mère Noël, fit irruption à côté de Sophie.

Des bambins surexcités sortaient de la grotte, serrant leurs cadeaux contre leur cœur.

— Absolument. Tout le monde s'en va avec le sourire.

— Comment ça se passe, entre vous deux ?

— Très bien.

— Donc tu ne verrais aucun inconvénient à travailler avec lui ?

Sophie fronça les sourcils.

— Qu'est-ce que tu veux dire ? Si cela implique de sauter d'un hélicoptère, c'est non.

— Ne t'inquiète pas, cela n'a rien à voir avec des soins médicaux ou des transports aériens. On a simplement besoin de quelqu'un qui prenne des photos. Notre photographe n'en peut plus et a besoin d'une pause.

— Je n'ai aucune qualification dans ce domaine. Tu n'as pas quelqu'un d'autre sous la main ? J'aurais trop peur de gâcher des souvenirs en ne produisant que des images floues.

— Pas de souci. C'est un appareil-photo instantané. Tout ce que tu auras à faire, c'est appuyer sur le bouton. Je m'en chargerais bien moi-même, mais je dois m'occuper de la queue et faire de l'animation pour que les enfants ne s'énervent pas, expliqua Nya en riant.

Nya entraîna Sophie jusqu'à la grotte sans lui laisser l'opportunité de refuser. Elle admira le travail de ceux qui l'avaient construite avec un budget restreint. Un porche en contreplaqué recouvert de tissu rouge et une couche de coton donnaient l'illusion d'une petite maison. Roman était assis à l'intérieur, entouré de paquets aux emballages colorés, un petit garçon sur les genoux.

Nya tendit à Sophie l'appareil.

— Pointe et clique. Bonne chance.

— Merci, marmonna Sophie.

Roman, qui écoutait la liste de souhaits apparemment sans fin de son petit visiteur, dressa les sourcils à sa vue. Elle lui montra l'appareil-photo en haussant les épaules.

— Je vais voir ce que je peux faire pour toi, Matthew. Maintenant, je vais te donner ton cadeau, et tu regarderas Mlle French pendant qu'elle te prend en photo.

— Dis « ouistiti », l'encouragea Sophie.

Dès que l'enfant lui sourit, elle pressa le bouton.

La mère de Matthew récupéra son fils et s'émerveilla en voyant les petites voitures qu'il avait déballées à la seconde même où il était descendu des genoux du Père Noël.

— N'oubliez pas votre photographie, dit Sophie en la lui tendant.

L'image était parfaite, et elle était heureuse d'avoir participé à cet instant.

Dès que la mère et l'enfant furent partis, Roman se leva et vint vers elle.

— Qu'est-ce que tu fais là ? Je ne me plains pas, loin de là, mais je pensais te voir plus tard.

— Nya m'a forcée à remplacer le photographe. Apparemment, il ne se sentait pas très bien.

— Ça doit être la chaleur. Il y a beaucoup de gens qui se pressent dans ce petit espace. J'ai l'impression de fondre, dans mon costume.

Roman tapota son gros ventre, et Sophie le trouva très mignon en dépit de cet embonpoint et de la barbe blanche qui cachait son beau visage.

— Viens là.

Sortant un mouchoir de son sac, elle essuya la sueur qui perlait sur son front. Lorsqu'elle le regarda dans les yeux, le déguisement et la foule qui se pressaient devant la grotte disparurent.

Surtout quand il se pencha vers elle pour fixer sa bouche.

— Je crois que ça ferait scandale, dit-elle en posant un doigt sur les lèvres de Roman, si le Père Noël embrassait son assistante.

— Plus tard, alors ?

Cela ressemblait davantage à une promesse qu'à une question. Brusquement, Sophie éprouva l'urgent besoin de se retrouver seule avec lui.

— Plus tard, confirma-t-elle en lui adressant un clin d'œil.

Il retourna s'asseoir juste à temps pour accueillir la visiteuse suivante introduite par Nya.

— Je vous présente Alice, Père Noël. Elle est un peu timide, précisa la sage-femme en poussant la petite fille, qui semblait effrayée à l'idée d'approcher le Père Noël.

— Bonjour, Alice. Qu'est-ce que je peux faire pour toi, aujourd'hui ? demanda Roman en descendant de son siège pour s'agenouiller auprès d'elle.

Alice se retourna pour enfouir son visage dans la jupe de Nya.

— Tu n'as pas à avoir peur, Alice, dit cette dernière. Le Père Noël veut juste te donner un cadeau.

Roman leva la main.

— Pas de souci, je ne vais pas la forcer à me parler, mais je ne sais pas comment nous saurons ce qu'elle voudrait comme cadeau...

Il laissa échapper un énorme soupir et attrapa un paquet.

— Est-ce que ce serait une petite voiture ? Une corde à sauter ? Un ours en peluche ?

La petite fille se retourna.

— Est-ce que tu aimerais un ours en peluche, Alice ? s'enquit Roman en lui tendant un paquet.

Toujours agenouillé, il prenait soin de n'exercer aucune pression sur l'enfant.

Ce fut suffisant pour qu'Alice s'empare de son cadeau. Lorsqu'un sourire éclaira sa petite frimousse, Sophie appuya rapidement sur le bouton, puis elle regarda la photo se développer sous ses yeux. Elle savait que cette image d'un Père Noël à genoux resterait un souvenir précieux.

Les parents remercièrent Roman.

— Merci d'avoir été aussi patient avec elle. Elle est timide, mais nous l'encourageons à se rapprocher un peu des autres avant d'aller à l'école. Nous nous sommes réjouis, quand elle a pris la main de la Mère Noël, mais le fait qu'il y ait eu un échange avec le Père Noël est miraculeux. En plus, nous aurons une photographie pour nous rappeler ce moment.

La maman serra la photo contre son cœur pendant que sa fille montrait son ours en peluche au papa.

— Ça a été un plaisir, dit Sophie.

Le comportement de Roman envers la petite fille l'avait impressionnée. Pour un adepte de la vitesse comme lui, il avait pris son temps avec elle, il s'était montré patient jusqu'à ce qu'elle se sente bien avec lui. Sophie ne put s'empêcher de se demander quel père il serait. Bienveillant et affectueux, sans aucun doute, mais du genre à emmener ses enfants camper dans la nature et à favoriser leur connaissance du monde extérieur. Le seul problème, c'était qu'il risquait de ne pas rester longtemps auprès d'eux, tout comme ses propres parents. Personnellement, elle ne voudrait jamais faire subir à un autre enfant une vie d'incertitude.

Elle s'aperçut alors qu'elle s'incluait dans la famille que Roman fonderait un jour peut-être. Il ne lui avait jamais dit qu'il l'aimait, pas plus maintenant que lorsqu'ils étaient adolescents. Elle-même n'avait jamais prononcé ces mots à haute voix, mais elle se savait profondément amoureuse de Roman Callahan.

Une fois que tous les cadeaux eurent été distribués et que les enfants furent partis, Roman allait pouvoir ôter son déguisement et se changer. Il pourrait aussi embrasser Sophie sans risquer de traumatiser les gamins du village.

— Merci d'être entrée dans la maison du Père Noël, lui dit-il. La prochaine fois, tu pourrais descendre de l'hélicoptère, déguisée en Rudolph.

— N'abuse pas, Père Noël, répliqua-t-elle en tirant doucement sur sa barbe.

Il aurait juré qu'elle était aussi pressée que lui qu'il se déshabille.

— Je vais juste mettre des vêtements un peu plus confortables. Je ne serai pas long.

Il disparut, prenant soin de ne pas être repéré en train d'entrer dans le vestiaire. Il était habitué à participer à ce genre d'événements, mais il savait que Sophie ne s'impliquait pas dans les activités de la communauté. Il avait été d'autant plus surpris de la voir arriver avec l'appareil-photo. Elle l'avait même aidé à gronder quelques enfants un peu agités.

Cela prouvait qu'il suffirait de peu pour l'encourager à plonger dans l'inconnu. Prendre des photos dans une grotte de Noël n'avait rien de dangereux physiquement, du moins si l'on exceptait les quelques garnements qui lui avaient envoyé des coups de pied dans les tibias. En tout cas, cela démontrait que Sophie n'était pas obligée de vivre dans sa bulle protectrice. L'imprévu lui causait de l'anxiété, mais elle était capable de la surmonter et même d'y prendre du plaisir, comme le soir où ils avaient patiné sur la glace.

Sans compter qu'elle avait accepté une liaison dénuée de tout espoir d'avenir. Il était convaincu que Sophie était une aventurière dans l'âme, même si elle l'ignorait elle-même.

— On y va ?

Lorsqu'ils traversèrent l'allée centrale, les personnes qui tenaient des stands étaient en train de les démonter. Apparemment, Sophie avait dû faire quelques achats car elle portait un sac qu'il n'avait pas remarqué auparavant.

— Je suis prête, dit-elle.

Elle sortit une épaisse écharpe grise de son sac et la noua autour du cou de Roman.

— C'est pour moi ?

— Oui. Je sais que je sors un peu des clous, puisque je ne l'ai pas tricotée moi-même, mais j'ai pensé qu'on devait maintenir la tradition.

Elle faisait allusion aux cadeaux qu'ils fabriquaient eux-mêmes et s'offraient à Noël durant leur enfance. Ceux de Roman étaient surtout destinés à la faire rire, mais Sophie cherchait toujours à lui donner quelque chose de spécial. Il en avait d'ailleurs gardé un ou deux.

— Je te rappelle que Noël est dans quelques semaines.

— Je sais, mais nous ne serons peut-être plus ensemble, à ce moment-là.

Il allait lui demander pourquoi, lorsqu'il se rappela le contrat qu'ils avaient passé ensemble. Le temps avait filé sans qu'il y prenne garde. Pour une fois, Sophie ne cherchait pas à nier la réalité.

— C'est dû à mon travail, expliqua-t-il.

— Je suis au courant qu'il y a toujours quelque chose de plus excitant qui t'attend plus loin.

— Exactement.

Sophie avait tapé dans le mille, mais apparemment cela ne la bouleversait pas plus que ça. Étant donné sa formation, Roman avait toujours de nouvelles opportunités. Auparavant, il avait travaillé en tant qu'ambulancier, mais l'occasion de sauter d'un hélicoptère était trop tentante pour qu'il la laisse passer. Il ignorait ce que l'avenir lui réservait, mais il était certain que Carey Cove n'en faisait pas partie.

Il ne rencontrerait jamais une femme qui arrive à la cheville de Sophie, mais il était hors de question qu'il se fixe quelque part. Elle souhaitait certainement fonder une famille, alors qu'il ne se sentait pas capable de devenir père ou mari. Ses propres parents lui avaient démontré que ce qu'on attendait de lui était inacceptable à ses yeux. Et Sophie avait besoin d'un compagnon stable, ce qu'il ne pouvait pas être.

En revanche, si elle ne lui demandait pas plus que ce qu'il était capable de donner, ils pouvaient poursuivre leur relation un peu plus longtemps.

Ils marchaient en direction de chez elle en silence. Sophie s'était retirée dans sa coquille depuis qu'elle avait fait allusion au goût de Roman pour le changement. Ce n'était pas dirigé contre elle, mais elle devait s'habituer à l'idée qu'il partirait un jour ou l'autre. C'étaient les termes et les conditions de leur accord.

Poussant soudain un cri, elle lui saisit le bras.

— Waouh ! Le sol commence à geler, et j'ai failli tomber.

Roman la guida hors du trottoir.

— On devrait marcher sur l'herbe, sinon on risque de se casser une jambe.

Comme il l'avait fait à la patinoire, il se tint prêt à la rattraper si elle trébuchait.

— Tu n'aurais pas pu prévoir de nous ramener à la maison en hélicoptère ? plaisanta-t-elle.

Mais, lorsqu'elle posa le pied sur une touffe d'herbe glacée, elle glissa et perdit l'équilibre. D'un geste vif, Roman passa un bras autour de sa taille.

— Je n'y aurais pas manqué, si j'avais cru que tu monterais à bord.

— Toutes mes excuses !

Clairement, elle lui en voulait encore…

— Si tu es partante, je m'arrangerai pour que tu m'accompagnes pendant un entraînement.

Il bluffait, sachant qu'elle n'accepterait jamais.

— C'est d'accord.

Bien sûr, c'était pure bravade de sa part.

— Parfait.

Un silence pesant s'établit entre eux, uniquement rompu par le crissement de l'herbe gelée sous leurs pieds.

À cet instant, une voiture qui venait en sens inverse dérapa, traversa la route et grimpa sur le trottoir.

— Attention !

Pour éviter à Sophie d'être renversée par le véhicule, Roman la poussa sur le côté. S'ils vivaient leur dernier moment ensemble, il voulait faire quelque chose pour lui montrer à quel point il tenait à elle.

Il fallut un moment à Sophie pour réaliser ce qui était arrivé. Elle se rappelait qu'une voiture avait foncé sur eux, phares scintillants. Ensuite elle avait entendu un coup de klaxon et un crissement de freins. Elle avait mal partout, elle avait froid et elle gisait dans un fossé. Roman lui avait sauvé la vie.

Roman ! Elle ne le voyait nulle part.

— Sophie ? Où es-tu ?

Elle faillit pleurer de soulagement.

— Ici !

Elle agita les mains au-dessus de sa tête dans l'espoir qu'il les apercevrait dépassant du fossé dans lequel elle avait apparemment roulé.

Roman apparut dans son champ de vision et lui tendit la main.

— Grâce à Dieu, tu es saine et sauve. Pardon d'avoir été un peu brutal, mais sur le coup je n'ai pensé qu'à te mettre hors de danger.

Il aida Sophie à remonter, ce qu'elle fit comme un zombie. Elle s'efforçait d'intégrer ce qui venait de se passer, y compris que la première pensée de Roman avait été pour elle. Ils auraient pu être tous les deux blessés ou tués sans que ce soit leur faute.

Quels que soient les efforts qu'on faisait pour préserver sa sécurité, il y avait toujours des éléments extérieurs sur lesquels on n'avait aucun contrôle, songea-t-elle comme dans un brouillard.

Finalement, pourquoi s'était-elle protégée de cette façon pendant des années ? Surtout quand prendre un risque lui procurait tellement de plaisir avec Roman, ces derniers jours.

Même si elle ne devait jamais être aussi casse-cou que lui, il était peut-être temps pour elle de vivre la vie que ses parents n'avaient jamais pu poursuivre.

— Je suis si contente que tu n'aies rien !

Parvenue sur le bas-côté herbeux de la route, elle se précipita dans les bras de Roman et le serra très fort. À cet instant elle sut que si elle devait le perdre pour la seconde fois son cœur serait brisé. Il était inutile de continuer à prétendre qu'elle n'était pas aussi amoureuse de lui qu'autrefois.

Il occupait toutes ses pensées, même dans son sommeil. Elle se sentait plus vivante avec lui qu'elle ne l'avait été sans lui ces dix dernières années. Ils s'entendaient toujours aussi bien, ils se faisaient rire mutuellement et adoraient être ensemble. Mais, en tant qu'adultes, il y avait quelque chose de plus, même s'ils avaient peur de se l'avouer. La passion qui flambait entre eux chaque fois qu'ils se retrouvaient ne ressemblait à rien de ce qu'elle avait éprouvé auparavant. Depuis que Roman était revenu dans sa vie, elle était comblée.

Vu le temps limité qui leur restait, elle se demandait comment elle pourrait le convaincre de prendre un risque ultime en s'installant définitivement à Carey Cove.

— Je vais bien, assura-t-il, mais ce n'est pas le cas du conducteur. Il faut qu'on l'aide.

— Que s'est-il passé, à ton avis ?

— Je crois qu'il a dérapé sur une plaque de glace avant de foncer dans les arbres, par ici.

Roman guida Sophie jusqu'au lieu de l'accident. Le jeune conducteur n'avait pas eu autant de chance qu'elle. Le capot de la voiture était quasiment enroulé autour d'un tronc d'arbre. Il était clair que la voiture l'avait heurté à toute vitesse.

Roman parvint à ouvrir la portière pour évaluer les blessures du jeune homme, qui était inconscient. Pendant ce temps, Sophie appela les secours. Une fois qu'elle eut fourni à son interlocuteur les détails de l'accident et l'état du conducteur, elle rejoignit Roman. Elle vit alors le pare-brise fracassé ainsi que la plaie et le sang sur le front de la victime.

— Tu crois qu'on peut le déplacer ?

Le jeune homme avait sa ceinture de sécurité mais, en cas de traumatisme crânien ou d'atteinte au niveau de la nuque, on risquait d'aggraver les choses en le bougeant.

— Normalement, je préférerais attendre les secours, mais il y a de la fumée qui sort du moteur, et je crains que la voiture ne prenne feu. Mieux vaut sûrement assurer sa sécurité.

— Je sais que tu prendras la bonne décision.

Roman avait évidemment beaucoup plus d'expérience qu'elle en matière d'accidents de la route. Elle avait confiance en lui, tout comme elle se faisait confiance lorsqu'il s'agissait d'accouchements.

Roman réussit à sortir le conducteur de la voiture et à le mettre à l'abri d'une éventuelle explosion.

— Il ne respire pas, dit-il en s'agenouillant près du blessé inconscient. Je crois qu'il a avalé sa langue.

Sophie se plaça immédiatement de l'autre côté, et ils placèrent ensemble leur patient en position latérale de sécurité. Bien sûr elle savait qu'un patient n'avalait pas sa langue au sens propre, mais elle pouvait obstruer les voies respiratoires si l'un des muscles se relâchait. Ce n'était pas inhabituel quand la perte de conscience était due à un choc à la tête.

Passant une main sous sa nuque, Roman ouvrit délicatement sa mâchoire afin de faire entrer de l'air. Ce mouvement suffit à lui permettre de respirer. Une fois rassuré sur ce point, Roman lui prit le pouls. Dès qu'elle vit son expression soulagée, Sophie comprit qu'il venait de sauver une autre vie.

Elle couvrit le jeune homme avec son manteau, puis ils s'assirent près de lui et purent se repasser le film de ce qui venait d'arriver. Sophie ne se souciait pas que le sol soit glacé, sous elle, parce qu'elle savait que ses jambes tremblantes ne parviendraient pas à la maintenir debout.

— Merci de m'avoir sauvée, Roman. Et je suis certaine que ce garçon te remerciera de la même façon lorsqu'il le pourra.

C'était une faible tentative d'humour, mais cela suffit à faire sourire Roman.

— J'ai agi par pur instinct. Je savais seulement que je devais te mettre à l'abri.

Craignant de fondre en larmes si elle répondait, elle se rapprocha de lui. Retirant son manteau, Roman en enveloppa les épaules de Sophie, qui se blottit contre lui, dans sa chaleur. Elle n'avait besoin de rien de plus pour se sentir en sécurité, et c'est ainsi que les ambulanciers les trouvèrent quelques minutes plus tard.

Lorsqu'ils rentrèrent dans la maison de Sophie, ils avaient tellement froid et étaient si harassés que Roman insista pour préparer du vin chaud.

— C'est pour prévenir le choc, insista-t-il.

Il fallut du temps pour qu'elle se réchauffe, mais l'épuisement avait pénétré chacun de ses os lorsqu'ils gagnèrent la chambre à coucher.

— Je suis tellement fatiguée que je n'ai même pas le courage de me déshabiller, dit Sophie en bâillant avant de s'asseoir au bord du lit.

— C'est parce que tu viens d'être impliquée dans un accident traumatisant, expliqua-t-il.

S'agenouillant devant elle, il entreprit de lui retirer ses bottes.

— Toi aussi.

Il en avait fait tellement plus qu'elle, en sauvant une vie, qu'elle aurait eu honte de se plaindre.

— Oui, mais je suis confronté à ce genre d'événements plus souvent que toi. Je ne peux pas dire que cela ne m'affecte pas, mais tu as certainement subi un choc bien plus important que moi. Maintenant, allonge-toi.

— Désolée, mais je suis trop fatiguée, Roman.

Elle avait beau souhaiter qu'il ne la quitte jamais, elle n'avait tout simplement pas l'énergie pour faire l'amour après tout ce qui venait de se produire.

Il se mit à rire.

— Je ne pensais pas à ça. Je veux juste prendre soin de toi, alors étends-toi.

Elle obéit et se coucha, presque endormie et rêvant qu'il lui enlevait ses vêtements et ne lui laissait que sa petite culotte. Il tira la couette sur elle et grimpa sur le lit à côté d'elle. Apparemment, elle ne s'était même pas aperçue qu'il s'était déshabillé.

— Si fatiguée, marmonna-t-elle, les yeux déjà fermés.

— Endors-toi, je veille sur toi.

Ce furent les derniers mots qu'elle entendit. Bien en sécurité dans les bras de Roman, elle glissa dans le sommeil.

6

La nuit précédente avait déstabilisé Roman pour plusieurs raisons. L'accident lui-même était traumatisant, mais durant une fraction de seconde il avait cru que la voiture allait renverser Sophie. Étant lui-même enclin à prendre des risques, il l'avait incitée récemment à en faire autant. Mais, à l'idée qu'il aurait pu la perdre, il avait seulement envie de la protéger jusqu'à la fin de sa vie.

Et c'était impossible, au propre comme au figuré.

Après la mort de ses parents, Sophie s'était mis en tête de vivre une vie totalement dénuée de danger. Et pourtant, elle s'était retrouvée sur le chemin de cette voiture lancée à pleine vitesse.

S'il n'avait pas été là...

Roman frissonna. Maintenant qu'ils s'étaient retrouvés, il ne pouvait pas imaginer qu'elle ne soit plus dans sa vie... ce qui constituait en soi un gros problème.

Tôt ou tard, il allait quitter Carey Cove, et il y avait deux raisons qui rendaient son retour impossible. D'abord, il croiserait forcément le chemin de ses parents, volontairement ou par accident. En ce cas, cela finirait par une dispute et une séparation définitive. Il y avait peu de chances qu'ils aient changé d'avis à son sujet.

Ensuite, il y avait Sophie. Il savait qu'il ne pourrait pas continuer de la voir, une fois qu'ils auraient rompu. La tentation serait trop forte d'envisager une vie de couple, alors qu'ils savaient tous les deux n'être pas compatibles.

Cela se terminerait mal, et ils souffriraient l'un comme l'autre. Mais, évidemment, cela n'impliquait pas qu'il doive avancer son départ...

— J'entends les engrenages cliqueter dans ta tête, marmonna Sophie.

Roman avait été tellement absorbé par ses pensées qu'il n'avait pas remarqué le changement dans sa respiration, indiquant un retour à la conscience.

— Il s'est passé beaucoup de choses, hier soir. Je n'arrête pas de les revoir en boucle. Je ne m'attendais pas à ce que tu te joignes aux assistants du Père Noël. Si j'avais su, je t'aurais donné des oreilles pointues et des chaussettes rayées.

Il lui était plus facile de plaisanter à propos de ce qui s'était produit avant l'accident que de dire à Sophie ce qu'il avait vraiment à l'esprit.

Elle pinça un mamelon de Roman. Bien que la brève douleur soit inattendue, il n'y voyait pas d'inconvénient.

— J'ai une autre idée à propos de ce qui pourrait te réveiller de bon matin, suggéra-t-elle.

Il déposa un baiser sur son crâne.

— Même quand tu as sauvé une vie, cela ne t'empêche pas de te repasser le film des événements, dit-il. Je suis certain que tu le sais.

Sophie s'assit sur le lit.

— En temps normal, je serais restée éveillée toute la nuit à me repasser le film des événements. J'aurais imaginé ce qui aurait pu arriver ou ce que j'aurais pu faire différemment. Mais hier soir j'étais trop fatiguée, et c'était vraiment sympa d'avoir quelqu'un près de moi, dont la présence suffise à chasser ces obsessions.

Ces paroles auraient dû l'effrayer au point qu'il prenne ses jambes à son cou. Au contraire, il avait seulement envie de la serrer dans ses bras et de s'étendre à côté d'elle pour toujours, si cela l'apaisait.

Après toutes ces années pendant lesquelles elle avait cru qu'il l'avait repoussée, il le lui devait bien. L'idée de passer un jour ou deux au lit avec elle était assez séduisante. De cette façon, il éviterait d'affronter la réalité.

— Je suis content que tu ailles bien, dit-il en se penchant pour l'embrasser.

— Et moi, je te remercie de m'avoir sauvée.

— Il n'y a pas de quoi.

Sophie se blottit de nouveau contre sa poitrine.

— Tu ne penses pas qu'on pourrait prolonger un peu cette

expérience ? Je veux dire... on ne s'est pas entretués jusqu'à maintenant et pour autant que je le sache on apprécie mutuellement notre compagnie.

Le cœur de Roman cessa un instant de battre. On y était. Le moment où elle allait tout gâcher en lui demandant plus que ce qu'il pouvait donner. Il ferma les yeux et se prépara à la rupture.

— Soph...

— Pourquoi ne pas aller jusqu'à Noël ? Je ne vois pas pourquoi on passerait les fêtes seuls. On pourrait réveillonner ensemble, si nous ne travaillons ni l'un ni l'autre. Si tu veux, j'aimerais bien participer au Festival du déguisement. Les gens portent tous des masques et des costumes, et on danse sur le pré communal.

Le discours était un peu décousu, comme chaque fois qu'elle était nerveuse. Roman supposa que c'était parce qu'elle suggérait de modifier leur accord. Mais, après tout, ils l'avaient déjà fait en allant ensemble à la patinoire ou au marché de Noël.

Il laissa échapper un soupir de soulagement en songeant qu'il n'allait pas devoir mettre un terme à leur arrangement tout de suite. Il ne voyait rien de particulièrement attrayant à l'idée de passer ses nuits dans son appartement de location ou de fêter Noël tout seul. Au moins, la *dead line* était fixée... la date au-delà de laquelle ils se sépareraient.

— C'est ce que tu veux ?

— Si tu es d'accord.

— On arrête à Noël ?

— Et le contrat est uniquement sexuel, plaisanta-t-elle en faisant courir un index le long de sa poitrine.

— En ce cas, pourquoi perdre du temps à bavarder ?

Il poussa Sophie de façon à l'allonger sur le dos. Elle émit un cri de surprise qui se mua rapidement en gémissement de plaisir quand la bouche de Roman parcourut ses zones érogènes de la bouche et de la langue.

Tant que Sophie et lui savaient où ils en étaient, Roman ne voyait pas d'inconvénient à ce que leur liaison se poursuive. Ils méritaient tous les deux de s'amuser un peu et d'oublier les fantômes du passé.

Sophie venait de quitter sa dernière patiente à Hodden. En rentrant chez elle, elle aperçut le manoir des Callahan en haut de la colline. Elle empruntait cette route plusieurs fois par semaine sans y prêter attention. Bien qu'elle sache que Roman y avait passé son enfance, elle ne l'associait pas à cet endroit, sans doute parce qu'il n'en avait pas beaucoup parlé avant l'autre soir. Depuis, elle savait seulement combien il avait été malheureux dans cette maison et pourquoi il n'y était toujours pas retourné.

Lorsqu'elle parvint au carrefour où elle aurait dû tourner le dos à cette propriété, elle se retrouva en train de rouler dans sa direction.

La nuit précédente, Roman et elle avaient fait une sorte de bond en avant lorsqu'il avait accepté de repousser leur séparation à Noël. Or, plus elle passait de temps avec lui, plus elle prenait conscience qu'elle voulait davantage.

Mais, s'ils avaient une chance de vivre un jour en couple, elle ne voulait pas que ses parents gâchent tout pour la seconde fois. Si Roman faisait la paix avec eux, il accepterait peut-être d'envisager un avenir avec elle.

Elle réussit à franchir le portail électrique en suivant de près la voiture qui la précédait. Devant la maison, un homme et une femme en sortirent, certainement les parents de Roman, à en juger par leur air de famille.

Les lèvres pincées, ils braquaient déjà sur elle un regard réprobateur.

— En quoi pouvons-nous vous aider ? demanda M. Callahan.

Sophie regretta immédiatement son impulsivité.

— Je ne suis pas certaine que vous vous souveniez de moi, monsieur et madame Callahan. Je m'appelle Sophie French et je suis une amie de votre fils Roman.

— Attendez ! Vous êtes la fille avec laquelle il passait tellement de temps lorsqu'il était jeune ? demanda Mme Callahan.

— Nous étions amis, en effet.

Ils étaient bien plus que cela, aujourd'hui, mais ces gens n'avaient pas besoin de le savoir.

— Eh bien, nous ignorons où il se trouve. Il est parti il y a dix ans dans un accès de dépit, et depuis nous n'avons pas eu de ses nouvelles.

— Je crois que c'était bien plus qu'un accès de dépit, marmonna Sophie.

En partant, Roman n'avait pas seulement obéi à une impulsion d'adolescent. Il avait eu le courage de poursuivre son rêve contre l'avis de ses parents.

— Quoi que vous attendiez de nous, nous ne pouvons pas vous aider.

Mme Callahan verrouilla la portière de la voiture, puis elle prit le bras de son mari et se dirigea vers la maison. En ce qui la concernait, la conversation était visiblement close, mais Sophie ne comptait pas se laisser intimider. Elle s'était donné pour mission de réconcilier cette famille avant qu'il soit trop tard.

Elle les rattrapa avant qu'ils franchissent le seuil de cette grande maison.

— Vous n'avez pas compris. Je n'attends rien de vous. Je voulais juste que vous sachiez qu'il est revenu à Carey Cove. Si vous acceptiez de discuter avec lui, ce serait peut-être l'occasion d'un rapprochement.

Les parents de Roman se retournèrent pour la regarder.

— Il est ici ?

Sophie hocha la tête.

— J'en étais surprise moi-même, mais oui. Il fait partie d'une équipe d'ambulanciers qui interviennent en hélicoptère. Il est courageux, il se porte au secours de ceux qui ont besoin d'une aide médicale en urgence.

Pendant qu'elle chantait les louanges de Roman, Mme Callahan la toisait de ses yeux d'un bleu glacé.

— Si je comprends bien, il continue de s'amuser et ne prend pas la vie au sérieux. Ce garçon ne mûrira jamais.

Sophie n'en crut pas ses oreilles. Une quasi-étrangère venait leur dire que leur fils mettait sa propre vie en danger pour secourir des gens, et ils l'accusaient de se comporter comme un fou inconscient. S'ils avaient été ses parents, elle aurait fui elle aussi cette atmosphère toxique.

— Je ne pense pas que vous compreniez...

— Non, c'est vous qui ne comprenez pas, mademoiselle French. Nous avons offert à notre fils un poste enviable et lucratif dans notre compagnie. Il aurait été à l'abri du besoin toute sa vie, mais il nous a renvoyé au visage notre proposition pour faire des études. Tout cela, plutôt que de grandir et de prendre ses responsabilités.

M. Callahan s'énervait en exhalant toute la déception que lui avait causée son fils. Une réaction étonnante envers un homme qui voulait seulement aider son prochain. C'était sans doute un concept que la famille de Roman était trop égoïste pour comprendre.

Elle fit une dernière tentative.

— Roman est un homme bon et profondément altruiste. Il a sauvé énormément de vies, pendant toutes ces années. Vous devriez être fiers de lui et, si vous discutiez un instant avec lui, vous réaliseriez que vous vous êtes trompés à son sujet.

L'expression de M. Callahan était sombre et menaçante.

— Ne croyez pas avoir compris quelque chose à propos de notre famille ou de nous. Roman a choisi de s'en aller, il a rejeté la carrière prometteuse qui l'attendait, et vous pensez pouvoir venir nous dire que nous avons fait erreur ? Nous n'avons pas à nous justifier envers vous ou Roman, alors passez votre chemin, mademoiselle. Nous n'avons pas à vous écouter.

Comme ils lui tournaient le dos de nouveau, Sophie insista :

— Roman est un homme bon.

La porte claqua derrière les parents de Roman.

Sophie frissonna et resserra les pans de son gilet autour de sa taille. Elle était venue sans être invitée, mais à son avis ils étaient les seuls à s'être montrés grossiers en refusant d'écouter ses arguments. Ce n'était pas étonnant que Roman ait pensé qu'il n'avait pas d'autre choix que de partir...

Et soudain Sophie fut submergée par la rage. Ils n'avaient pas le droit de se montrer méprisants envers elle ou leur fils sous prétexte qu'ils étaient riches.

Sans prendre la peine de réfléchir ou de compter jusqu'à dix, Sophie se mit à tambouriner à la porte. Au bout d'un long moment, M. Callahan parut sur le seuil, le visage très rouge.

— Nous n'avons plus rien à vous dire au sujet de notre fils.

— Eh bien, moi si, répondit-elle en mettant un pied à l'intérieur pour bloquer la porte.

D'accord, la réunion familiale qu'elle avait espérée n'aurait pas lieu, mais ils allaient l'écouter.

— Vos ego ne vous permettent peut-être pas d'être fiers de votre fils, mais laissez-moi vous dire qu'il est l'homme le plus courageux que j'aie jamais connu. Il consacre sa vie entière au service des autres, et pour moi c'est plus important que d'être assis derrière un bureau et de toucher un gros chèque chaque mois. Vous ignorez ce que vous avez manqué, avec vos reproches mesquins. Il savait ce qu'il voulait et, oui, il prend plus de risques que la plupart des gens soi-disant sains d'esprit.

Sophie faillit dire que Roman était l'homme qu'elle aimait, mais c'était sans doute évident. Pour quelle autre raison serait-elle en train de le défendre, face à ses parents ?

L'effort qu'elle fournissait pour ouvrir les yeux et le cœur de ces gens égoïstes fit jaillir ses larmes. Admettant sa défaite, elle recula et regagna sa voiture. Elle ne savait pas comment Roman réagirait lorsqu'elle lui dirait ce qu'elle avait fait. Mais il était exclu qu'elle le lui cache, même s'il lui en voulait d'avoir pris cette initiative sans le consulter d'abord.

En tout cas, elle savait maintenant que ses parents ne se réconcilieraient jamais avec lui. Rien de ce qu'il pourrait dire ou faire ne les amènerait à changer d'avis, au cas où lui-même le souhaiterait.

Au moins, elle-même avait eu la chance d'être aimée de ses parents. Ils n'étaient pas aussi présents qu'elle l'aurait souhaité, mais ils ne l'avaient jamais forcée à faire ce qu'elle ne voulait pas. Ils n'étaient jamais revenus de leurs expéditions sans lui rapporter un cadeau ou lui raconter une histoire le soir, au moment du coucher.

Pourquoi les parents de Roman ne pouvaient-ils pas l'aimer, alors qu'elle était un peu plus amoureuse de lui chaque jour ? Ils avaient décidé de poursuivre leur arrangement jusqu'à Noël, mais elle savait que ce ne serait jamais suffisant pour elle.

Pendant le trajet du retour, le cœur de Sophie était bien lourd. La parenthèse magique allait bientôt se terminer. Pour la seconde fois Roman la quitterait sans qu'elle puisse rien faire pour l'en empêcher.

Roman avait beau être fatigué, il avait hâte de retrouver Sophie. Ils avaient tous les deux des métiers exigeants, pourtant ils avaient désormais leur routine quotidienne : ils dînaient ensemble, puis ils flânaient devant la télévision pendant quelques heures avant d'aller se coucher. Depuis qu'il avait retrouvé Sophie, deux semaines auparavant, il avait à peine mis les pieds dans son appartement.

S'il avait été du genre à se fixer quelque part, il se serait volontiers installé chez elle si elle le lui avait demandé. Mais la situation lui convenait telle qu'elle était, et il était satisfait de prendre les choses comme elles venaient, jour après jour.

En tout cas, il n'était pas encore prêt pour le grand départ.

Une fois garé, il bondit hors de sa voiture et courut presque vers la maison. Elle ouvrit la porte, comme si elle l'attendait, et se jeta dans ses bras. Ils formèrent un enchevêtrement brûlant de bouches et de membres jusqu'à ce qu'il l'entraîne à l'intérieur.

L'espace de quelques secondes, il se demanda si cette ardeur persisterait ou si elle était due à la nouveauté. Il avait du mal à croire qu'il se lasserait un jour du goût de Sophie sur ses lèvres, ou de son corps tiède contre le sien. En tout cas, chaque soir, au retour du travail, il réagissait comme si c'était la première fois.

— Bonjour, toi, fit-elle d'une voix haletante lorsqu'ils s'écartèrent l'un de l'autre pour respirer.

— Tu m'as manqué, avoua-t-il, même si c'était assez évident.

— On s'est vus ce matin, répliqua-t-elle en riant.

Mais elle s'agrippait à lui comme s'ils étaient séparés depuis des mois.

— La journée a été longue.

Il avait porté secours à une femme qui était tombée de cheval et s'était brisé la colonne vertébrale. Ensuite, il avait fallu évacuer un varappeur que sa chute avait laissé inconscient sur le sol. Roman avait eu le sentiment que la journée ne se terminerait jamais, mais la perspective de retrouver Sophie lui avait fait supporter ces situations dramatiques.

— À ce propos… j'ai quelque chose à te dire.

Roman ignora la petite voix intérieure qui lui criait qu'il tombait de plus en plus amoureux de Sophie et qu'il allait être très difficile de la quitter.

— Plus tard. Pour l'instant, tout ce que je veux, c'est te porter jusqu'au lit et oublier tout le reste.

— Mais…

Sophie tâcha de freiner son ardeur, alors qu'il l'entraînait vers la chambre, mais Roman refusait de parler de travail ou de n'importe quoi d'autre. Il était hors de question que la réalité vienne gâcher cet instant.

— Mais quoi ? Tu as une meilleure idée ?

Il l'embrassa dans le cou, à l'endroit exact qui la ferait défaillir, et commença à déboutonner sa tunique.

— Non ! gémit-elle.

Il sentait sous ses lèvres le battement frénétique de son pouls.

— Bonne réponse !

Il la déshabilla avant d'ôter ses propres vêtements, laissant derrière lui un sillage de tissus depuis l'entrée jusqu'à la chambre. Leur relation était censée n'être fondée que sur le sexe, et s'ils poursuivaient dans cette voie, sans se laisser déborder par les sentiments, ils pourraient continuer de se voir sans crainte des conséquences.

Sophie savait qu'elle était lâche, qu'elle devait raconter à Roman ce qui s'était passé dans la journée. Mais, lorsqu'il apprendrait qu'elle était allée voir ses parents dans son dos, il se mettrait certainement en colère.

C'était sûrement égoïste de sa part, mais elle voulait profiter de ce qui allait être sans doute leur dernier moment d'intimité.

De toute façon, elle n'arrivait pas à réfléchir quand il se mettait en tête de la séduire. Avec ses mains, sa bouche, sa langue...

Elle n'aurait pas su dire comment elle s'était retrouvée dans le lit, tant Roman lui faisait perdre toute raison. Ils étaient nus tous les deux, les rayons argentés de la lune soulignaient chaque muscle et la perfection de ce corps masculin. Sophie caressa son torse, puis son ventre plat, s'émerveillant de tant de beauté.

Leurs baisers étaient passionnés, mais elle éprouvait beaucoup de mélancolie à l'idée que ce serait bientôt fini. Ils firent l'amour lentement et intensément, comme s'ils prolongeaient leurs adieux. Quand l'orgasme la submergea, Sophie poussa un cri d'extase teintée d'angoisse. Elle savait que c'était la dernière fois, que jamais elle ne ressentirait avec aucun homme ce qu'elle avait éprouvé dans les bras de Roman.

Avant même qu'ils aient repris leur souffle, la culpabilité la poussa à parler.

— J'ai quelque chose à te dire, Roman.

Il roula sur le côté et la regarda.

— Je t'écoute. J'espère que tu ne vas pas me dire que tu es mariée.

Il sourit, et ses dents brillèrent dans l'obscurité.

— Non, je ne suis pas mariée… je suis allée voir tes parents, aujourd'hui.

Elle se prépara à l'explosion inévitable, mais le silence qui suivit fut encore pire.

— Tu m'as entendue, Roman ? J'ai parlé à ton père et à ta mère.

— Je t'ai entendue. J'essayais juste de comprendre pourquoi tu aurais fait une chose pareille.

Sophie s'assit, remontant les draps sur elle comme pour se protéger avant de lui rapporter la scène terrible qu'elle avait vécue.

— J'ai pensé que si je pouvais les convaincre de te parler il y aurait une chance que tu restes ici pour de bon.

— Ce n'était pas l'accord que nous avions passé, me semble-t-il.

— Je sais… c'est juste… je me disais que puisqu'ils étaient la raison de ton départ, la dernière fois, si je parvenais à vous réconcilier, nous aurions peut-être un avenir commun.

Elle prenait le plus grand risque de sa vie en avouant ce qu'elle voulait vraiment, alors que Roman lui avait clairement dit que c'était impossible. Mais, s'ils s'en tenaient à leur décision de se quitter après Noël, elle le perdrait de toute façon. En admettant qu'il y ait la moindre chance qu'il veuille la même chose, elle préférait parier là-dessus.

— Et alors ? Qu'est-ce qu'ils ont dit ?

C'était la partie du récit la plus difficile. Une fois qu'elle aurait admis qu'elle n'avait rien résolu et qu'elle avait peut-être même empiré les choses, il n'aurait plus aucune raison de rester avec elle. Mais elle lui devait la vérité.

— Ils ont refusé de parler de toi ou de m'écouter.

Elle eut soudain envie de pleurer sur le jeune Roman qui avait vécu dans cette atmosphère vitriolée. Dix minutes en leur compagnie lui avaient suffi pour comprendre dans quel environnement toxique il avait grandi et pourquoi il avait passé tant de temps avec sa grand-mère et elle.

Le rire sans joie de Roman lui transperça le cœur.

— Ne dis pas que je ne t'avais pas prévenue.

— Je sais.

Pendant l'après-midi et la soirée, elle avait cherché vainement comment elle pourrait convaincre Roman qu'elle n'était pas une affreuse fouineuse intrusive.

Il passa les mains sur son visage et son crâne, s'arrachant presque les cheveux au passage.

— Je suis désolée, reprit-elle. J'essayais d'aider.

— Non. Tu essayais de manipuler les choses à ton gré. Je t'ai dit que je ne voulais pas leur parler, et tu savais que je ne souhaitais pas me fixer, pourtant tu as cru que tu pouvais me faire changer d'avis. C'est le genre de comportement que je ne peux pas supporter. C'est même la raison pour laquelle je suis parti la première fois.

Sortant du lit, Roman rassembla ses vêtements très vite, comme s'il avait hâte de s'éloigner d'elle.

— C'est mal de ma part, si je veux passer davantage de temps avec toi ?

— Oui. Tout le monde attend de moi quelque chose en plus. Ensuite on est déçu quand je veux suivre ma propre voie. Tu savais qui j'étais, quand tu as accepté notre accord. Tu ne joues pas le jeu, en espérant que je devienne l'homme parfait avec qui tu voudrais vivre. Ce n'est pas moi, Sophie.

— Donc tu me quittes ?

— Ça a toujours été le plan, et ce n'est pas moi qui l'ai changé. Je suis navré, Sophie, mais ça s'arrête aujourd'hui.

— Ce n'est pas obligé ! J'ai tout gâché et j'en suis désolée, mais ne laisse pas une seule erreur anéantir ce que nous avons.

Roman enfila son sweater, puis il s'assit au bord du lit.

— Ce n'est pas seulement parce que tu es allée voir mes parents, tu ne comprends pas ? Tu l'as fait parce que tu espérais que cela me ferait changer d'avis à propos de ce que je veux. Qui je suis. Tu viens de m'ouvrir les yeux. Tu as besoin de quelqu'un qui veuille se fixer, qui te donne la sécurité dont tu as tellement besoin. Nous savons tous les deux que ce n'est pas moi. Je te l'ai dit clairement dès le début.

— C'est vrai, mais...

— Il n'y a pas de « mais ». Je ne vois pas l'utilité de retarder l'inévitable, ça ne peut causer que davantage de chagrin.

Trop tard, songea Sophie. Chaque mot qu'il prononçait la poignardait en plein cœur, lentement et douloureusement. Si elle avait cru que cela servirait à quelque chose de s'agenouiller devant lui pour le supplier de rester, elle l'aurait fait. Mais il avait la même expression que la dernière fois qu'il l'avait quittée. Sa décision était prise, et rien ne le dissuaderait d'y renoncer.

— Tu me quittes, répéta-t-elle.

Ce n'était plus une question, mais une constatation destinée à lui faire intégrer ce qui était en train de se passer. Ces dernières semaines, sa vie avait été tellement comblée, tellement remplie, qu'elle ne savait pas comment elle pourrait la poursuivre sans Roman. Comment reprendre le cours de son ancienne existence, alors qu'elle avait eu un aperçu de ce qu'elle pourrait être avec lui.

— Ça devait arriver un jour ou l'autre, je pensais que tu le savais.

Elle hocha la tête. Il avait raison, bien sûr. Elle avait été d'accord pour avoir avec lui une relation qui ne devait pas se prolonger. Cela ne l'avait pas empêchée d'espérer plus, mais c'était sa faute si elle souffrait tellement, maintenant.

Roman ne lui devait rien. Il ne l'aimait tout simplement pas autant qu'elle l'aimait. Et cela avait toujours été ainsi.

Lorsqu'il se dirigea vers la porte, elle ne le suivit pas. De toute façon, elle n'était pas certaine que ses jambes la soutiendraient, alors qu'elle était en état de choc. Elle ne pleurait même pas. Les larmes refusaient de sortir, comme si elles se cachaient et attendaient que Sophie ait admis qu'entre eux c'était fini pour toujours.

— Au revoir, Sophie, et merci pour tout.

Roman hésita un instant sur le seuil, puis il lui adressa un demi-sourire empreint de regret, du moins elle se plaisait à le croire, puis il tourna les talons et sortit.

Comment allait-elle guérir pour la seconde fois son cœur brisé ?

7

Sophie resta étendue dans le noir pendant un moment, revoyant le film de tout ce qui s'était passé entre Roman et elle, le bon comme le mauvais. Il était tard, mais elle savait qu'elle ne parviendrait pas à s'endormir. Il lui fallait trouver quelque chose qui la distrairait de sa peine.

Courir... C'était ce dont elle avait besoin.

Elle mit son jogging et ajouta quelques couches de vêtements pour se protéger du froid. Une écharpe, des gants et des baskets complétèrent l'équipement. Elle allait échapper au fantôme de Roman, piégé à jamais avec elle dans la maisonnette.

Il faisait nuit, mais la lune et les étoiles brillaient dans le ciel, lui permettant d'entrevoir la buée sortant de sa bouche. La température glaciale ne la dissuada pas de courir. Le froid lui redonnerait un peu de tonus, et l'obscurité masquerait ses larmes.

Lorsqu'elle longea la côte, le fracas des vagues ne fit pas taire la voix intérieure qui pleurait sa rupture avec Roman. Ses pas martelèrent le bitume jusqu'à ce que ses poumons brûlent et que ses jambes tremblent.

Ce maudit Roman n'était revenu que pour réveiller son amour pour lui et ensuite la quitter. Elle aurait très bien pu poursuivre son existence tranquille dans l'ignorance du feu d'artifice sexuel qu'elle avait vécu avec lui. Elle n'aurait pas su ce que c'était que de vivre auprès de lui.

À un moment, elle s'arrêta pour reprendre son souffle. Elle remarqua alors que la barrière de sécurité qui courait le long de la route était endommagée. Quelque chose était passé à travers, laissant des morceaux de verre et des débris sur le sol.

Sophie se pencha pour sonder la falaise plongée dans l'obscurité. L'à-pic lui donna un léger vertige.

— Hello ! Il y a quelqu'un, en bas ? cria-t-elle.

Il était difficile de voir quoi que ce soit, mais elle perçut une volute de fumée s'élevant d'une corniche, un peu plus bas.

— Au secours ! fit une voix faible.

Le cœur de Sophie s'emballa sous l'effet de la peur. Il y avait quelqu'un en bas, et elle était la seule à pouvoir l'aider. Elle sortit son téléphone de sa poche et alluma la torche dans l'espoir de discerner ce qui se passait.

Le mince faisceau de lumière éclaira une voiture, dont l'équilibre précaire n'était dû qu'à une saillie qui l'avait empêchée de tomber en bas de la falaise. Sophie reconnut aussitôt le coffre jaune du véhicule.

— Kirstie ? C'est vous ? s'enquit-elle, l'estomac noué par l'anxiété.

La petite silhouette courbée sur le côté de la voiture se redressa.

— Oui. Qui êtes-vous ?

— C'est Sophie French. Vous êtes blessée ? Je dois le savoir avant d'appeler les secours.

— Juste un peu secouée… Argh !

Le cri de Kirstie, suivi d'un long gémissement, démentit les paroles qu'elle venait de prononcer.

— Kirstie ?

Le gémissement se poursuivit un instant, faisant craindre à Sophie que la jeune femme ne se soit blessée elle-même et ne puisse plus parler. Elle appela les secours d'urgence, sachant qu'ils étaient les seuls à pouvoir envoyer un sauveteur en bas.

— Dépêchez-vous, conclut-elle. Cette femme est en train d'accoucher.

— Roman ?

— Bonjour, maman.

Ils se fixèrent un instant, aussi étonnés l'un que l'autre. C'était sa dispute avec Sophie qui avait incité Roman à affronter ses parents. En ce qui le concernait, il avait déjà brûlé les ponts, alors autant faire table rase de Carey Cove tout entier. S'il avait perdu Sophie, la seule femme qu'il ait aimée et aimerait jamais, autant tourner définitivement la page.

Il avait trop longtemps évité cette confrontation parce qu'il avait peur du mal que ses parents avaient encore le pouvoir de lui faire. Désormais, rien ne pouvait le rendre plus malheureux qu'il ne l'était déjà.

— Je peux entrer ?

Elle ne lui avait toujours pas claqué la porte au nez, ce qui était finalement bon signe.

Sa mère ne l'invita pas à franchir le seuil de la maison, mais elle s'écarta pour le laisser passer.

— Ton père est dans le salon.

Difficile de dire s'il s'agissait d'une information ou d'un avertissement. Roman prit la direction du salon, le cœur battant.

— Qu'est-ce que tu fais ici ?

L'accueil n'était pas particulièrement chaleureux, mais cela n'avait rien de surprenant. La question demeurait blessante dans la mesure où elle sous-entendait qu'il n'appartenait plus à la famille. Roman ne s'était pas attendu à d'heureuses retrouvailles, cependant il espérait que ses parents s'étaient adoucis avec l'âge.

Qu'est-ce qu'il faisait là ? Que pouvait-il espérer d'autre qu'une dispute de plus ? Mais Sophie avait eu le courage d'affronter la colère de ses parents. Il n'avait pas apprécié qu'elle tente de le manipuler, mais il ne pouvait s'empêcher de l'admirer.

— Je travaille temporairement dans le coin et j'ai pensé qu'il était temps que je vous rende visite.

Roman s'assit dans un fauteuil sans y être invité.

Son père, au contraire, était maintenant debout et s'apprêtait sans aucun doute au combat. Sa mère restait sur le seuil de la pièce, hésitant apparemment à s'en mêler.

— Ça t'a pris du temps.

Roman savait que son père ne lui reprochait pas vraiment d'avoir tardé à venir, mais qu'il saisissait l'occasion, comme toujours, de s'en prendre à lui.

— Eh bien, je suis là, maintenant. Pas pour très longtemps, d'ailleurs, puisque mon contrat est temporaire.

— Oui. Ton amie Sophie nous a appris que tu travaillais dans un hélicoptère ou quelque chose comme ça, déclara sa mère.

— Je suis ambulancier et j'interviens dans les situations d'urgence à bord d'un hélicoptère, en effet.

Roman aurait voulu qu'ils comprennent que ce n'était pas un jeu mais une profession noble, même si ce n'était pas celle qu'ils auraient choisie pour lui.

— C'est temporaire, hein ? Tu ne penses pas qu'il serait temps que tu aies un métier convenable ?

Maintenant c'était au tour de sa mère de déprécier ce qu'il considérait comme sa mission. Roman avait oublié la façon dont ils se relayaient pour le critiquer. Mais leurs reproches étaient d'autant plus piquants qu'ils comportaient une part de vérité. Il se savait incapable de se fixer, ressentant sans cesse la nécessité de bouger.

L'espace de quelques secondes, il fut ébranlé et se demanda s'il était temps qu'il s'installe quelque part. Quoi qu'il en soit, quand il aurait vu ses parents probablement pour la dernière fois, il tirerait un trait sur Carey Cove.

— Je sauve des vies tous les jours. Je n'imagine pas un métier plus admirable que celui-ci.

— Il y avait un poste pour toi à la maison, grommela son père, visiblement peu impressionné.

— Je suis au courant, papa. Ce n'est pas comme si tu ne me l'avais pas répété tous les jours de ma damnée vie.

Après toutes ces années durant lesquelles il avait caché le mal que ses parents lui avaient fait, il lui était difficile de ne pas montrer les dents. La meilleure des thérapies consistait sans doute à dire tout ce qu'il avait sur le cœur, afin qu'ils comprennent les dommages qu'ils lui avaient causés pendant son enfance.

Son père traversa la pièce et se planta devant lui, rouge de colère.

— Nous t'avons tout donné, dit-il en pointant le doigt vers son fils, et tu nous le jettes à la figure ?

— Pourquoi ne comprends-tu pas qu'il ne s'agit pas de vous mais de moi ?

— Tu as toujours fait ce qui te plaisait, Roman. Tu étais seulement incapable de suivre l'exemple de tes frères. Nous subissions un drame après l'autre, une colère après l'autre.

À mesure qu'il parlait, un peu d'écume se formait au coin de la bouche de son père.

— C'est pour ça, n'est-ce pas ? Vous ne pouviez pas me contrôler comme tous les autres, alors vous avez fait de ma vie un enfer, pendant mon enfance.

— Roman ! s'écria sa mère. Nous ne voulions que ton bien.

— Non, vous vouliez ce qui était mieux pour vous. Un autre esclave sans volonté propre que vous pouviez manipuler. Vous auriez pu vous enorgueillir d'avoir un fils qui savait ce qu'il voulait. Qu'y a-t-il de mal à aider les gens malades, pour l'amour du ciel ?

— J'ai travaillé comme un forcené pour construire mon affaire, pour donner à mes enfants un avenir, et tu m'as renvoyé tout ça à la figure.

Son père était tellement focalisé sur l'affront que représentait le rejet de son héritage qu'il était incapable d'entendre ce que lui disait son fils.

— Tu dois comprendre maintenant comment nous avons pris ce rejet, Roman. Tout ce que nous te donnions, tout ce que nous projetions pour toi n'était pas suffisant. Tes frères ont trouvé leur bonheur dans l'entreprise, et toi, qui voulais suivre ta propre voie, tu passes encore d'un boulot à l'autre. Il n'y a rien d'épanouissant là-dedans.

— Tu ne m'as jamais demandé ce que je souhaitais, et si j'osais aborder le sujet j'étais traité comme un malpropre. Ça ne t'intéressait pas. J'étais censé me taire et obéir. Je n'étais pas ingrat, j'étais malheureux. Pourquoi penses-tu que j'allais aussi souvent me réfugier dans la maison de Sophie, quand nous étions enfants ?

— Ce qui se passe chez les autres ne nous regarde pas.

— Papa, tu te focalises sur des détails... Oh ! et puis, à quoi bon discuter ?

Reconnaissant sa défaite, Roman se leva et se prépara à partir.

— J'étais juste venu vous dire ce que je fais. Je n'espérais pas votre approbation mais, ne vous inquiétez pas, je ne reviendrai pas de sitôt.

— Tant mieux. Tout ce que tu as réussi à faire, c'est nous contrarier, ta mère et moi ! cria son père dans le dos de son fils, qui se dirigeait déjà vers la sortie.

Roman se tourna vers lui.

— Tu ne vois pas que si je ne parviens pas à rester en place longtemps, si je ne me suis pas fixé avec une épouse et des enfants, c'est parce que vous m'avez fait sentir que je ne serais assez bon pour personne ? Si vous m'aviez montré ne serait-ce qu'une once d'amour, les choses auraient peut-être été différentes, et je n'aurais pas quitté Sophie.

Il n'avait pas eu l'intention d'en informer ses parents, mais dans l'ardeur de l'instant c'était le visage de Sophie qui lui était apparu. Elle était la plus grande perte de sa vie et, si sa relation avec ses parents n'avait pas été aussi abîmée, il aurait tenté de considérer sa démarche différemment. Il ne l'aurait pas interprétée comme intrusive ou manipulatrice.

— Tu n'as jamais pris aucune responsabilité dans aucun domaine, Roman. Comment peux-tu t'étonner que nous nous soyons efforcés d'assurer ton avenir, alors que tu paraissais tellement déterminé à foutre ta vie en l'air ? Ne nous reproche pas, à ta mère et à moi, tes relations ratées. Je suis bien certain que tu as réussi tout seul à les gâcher, fils.

Ayant apparemment dit tout ce qu'il avait à dire, le père de Roman se dirigea vers son fauteuil. Mais, soudain, il étreignit son bras gauche et s'affaissa sur le sol, évanoui.

La mère de Roman poussa un hurlement.

— Papa ?

En dépit de leur dispute, Roman se précipita vers lui.

La peur se lisait dans les yeux écarquillés de son père, une peur qu'il n'avait jamais vue auparavant et souhaitait ne plus jamais voir. Quand Roman déboutonna sa chemise, il s'aperçut que la peau du vieil homme était pâle et moite.

— Tu m'entends, papa ?

Pas de réaction. La respiration et le pouls étaient faibles.

— Je crois que tu fais un infarctus, mais tout va bien se passer. Je suis là. Maman, téléphone pour avoir une ambulance.

— Il va s'en sortir, Roman ? demanda sa mère, déjà en larmes.

— Nous devons l'aider le plus vite possible. Et maintenant, fais ce que je t'ai demandé, s'il te plaît.

Elle sortit du salon en courant pendant que Roman commençait un massage cardiaque, agenouillé auprès de son père.

— L'ambulance est en route, annonça sa mère en revenant.

C'était ce qu'il voulait entendre.

— Tiens bon, papa. Je sais que tu es suffisamment entêté pour ça. Reste avec nous.

Malheureusement, Roman ne pouvait rien faire de plus. Il poursuivit le massage jusqu'à l'arrivée des ambulanciers. Malgré ce qui avait été dit ce soir, il ne se pardonnerait jamais la mort de son père si elle devait advenir. En dépit de tout ce qui les opposait, il l'aimait, et son décès le hanterait jusqu'à la fin de ses jours.

Par bonheur, l'ambulance arriva quelques minutes plus tard. Sans interrompre les compressions, Roman leur fit un rapport de tout ce qui s'était passé. Dès qu'ils eurent sorti le défibrillateur, il s'écarta pendant qu'ils posaient les électrodes.

Le premier choc n'eut aucun effet, et un ambulancier reprit les compressions pendant que l'appareil se rechargeait. Après le deuxième choc, le père de Roman ouvrit les yeux et voulut prononcer quelques mots.

— N'essaye pas de parler, papa. Tu as besoin de toutes tes forces, laisse les ambulanciers s'occuper de toi.

Prenant les mains de son père dans les siennes, Roman s'efforça de ne pas gêner ses collègues pendant qu'ils se préparaient à transférer leur patient dans l'ambulance. Ses propres jambes le soutenaient à peine, au point qu'il craignit de s'évanouir à son tour.

— Merci, mon Dieu ! J'ai cru te perdre, Edward.

La mère de Roman pleurait près de lui. Il lâcha les mains de son père pour lui laisser la place, certain qu'il préférerait voir le visage de sa femme plutôt que le sien.

Le brancard fut transporté jusqu'à l'ambulance, et la mère de Roman grimpa à l'arrière du véhicule. Au moment où il allait gagner sa voiture pour les suivre, il reçut un appel d'urgence. Lorsqu'il vérifia ses messages, son cœur cessa un instant de battre. Il y avait eu un accident de la route impliquant une sage-femme.

— C'est ton travail ? demanda sa mère.

— Oui. Il s'agit peut-être de Sophie… On s'est disputés, et il y a eu un accident.

Il n'avait aucun moyen de savoir si c'était elle, mais il n'était pas question qu'il perde du temps en cherchant à s'en assurer. Sauf que son père allait être hospitalisé après un infarctus et qu'il était déchiré entre les deux urgences.

— Vas-y, dit sa mère. Tu as sauvé la vie de ton père, et si Sophie a des ennuis elle a besoin de toi.

Roman ne s'attendait pas à ce qu'elle l'embrasse, mais elle le fit et le serra brièvement dans ses bras. Ce simple geste d'affection émut profondément Roman, dont la gorge se serra. Toute sa vie il avait attendu que ses parents reconnaissent qu'il avait fait quelque chose de bien...

Il aurait voulu partager ce moment si important avec Sophie. Il ne lui restait plus qu'à espérer qu'il n'était pas trop tard et qu'il pouvait encore sauver leur relation.

— Je viendrai vous voir dès que possible, dit-il à sa mère avant que les portières de l'ambulance se ferment.

Il entrevit son père étendu sur le brancard, aussi pâle que le drap de coton blanc qui l'enveloppait, relié à des moniteurs qui surveillaient son cœur. Il ne ressemblait plus à l'adulte intimidant qui l'avait terrifié pendant toute son enfance. Ce n'était plus qu'un vieil homme fragile luttant pour survivre. Roman en était navré pour lui et il espérait qu'ils pourraient tous les deux trouver le moyen de se rapprocher, si l'état de son père s'améliorait.

Au moment où il fermait les portières, celui-ci se redressa et ôta son masque à oxygène.

— Merci, fils, lâcha-t-il avec difficulté avant de retomber en arrière.

Cette fois, Roman ne put réprimer un sanglot. La voie qu'il avait choisie obtenait enfin l'approbation de ses parents. Peut-être n'était-il plus pour eux un poids mort, finalement. Et, si Sophie était d'accord et voulait bien lui pardonner, il lui serait éventuellement possible de rester à Carey Cove.

Roman aurait voulu qu'il existe dans le monde un moyen de transport plus rapide que l'hélicoptère. Étant donné la saison et la météo, les accidents de la route étaient malheureusement très fréquents. Le lieu pouvait aussi rendre les sauvetages plus difficiles, mais il était habitué. En revanche, il était terrifié à l'idée que Sophie soit impliquée. Il lui avait fait du mal, il l'avait laissée seule, et maintenant elle était peut-être blessée quelque part.

— On arrive bientôt ? demanda-t-il dans son micro.

Il était prêt à se suspendre dans le vide à la seconde même où ils auraient repéré la personne en danger. Si c'était Sophie, il mettrait sa vie dans la balance sans l'ombre d'une hésitation.

— Tu es pressé d'aller ailleurs, ce soir, Callahan ?

— Il doit avoir un rencard.

Ses collègues plaisantaient comme d'habitude. Pour eux ce n'était qu'une urgence comme une autre, et ils utilisaient souvent la dérision et l'humour pour soulager leur tension. Bien entendu, ils ignoraient que Roman était personnellement impliqué, tout simplement parce qu'il ne le leur avait pas dit. S'ils avaient été au courant qu'il connaissait peut-être l'une des victimes, il aurait été mis à l'écart. Mais il n'était pas question pour lui que la vie de Sophie repose dans d'autres mains que les siennes.

— Je vois quelqu'un en haut de la falaise, annonça le pilote.

Les projecteurs de l'appareil éclairaient une silhouette. Lorsqu'ils s'approchèrent, Roman reconnut Sophie et faillit s'évanouir de soulagement. Il se rappela ensuite qu'une autre personne était en danger et il se prépara à entrer dans l'arène.

L'une des raisons pour lesquelles il avait choisi ce métier était cette poussée d'adrénaline, que le scénario implique la vie ou la mort. Sauf que ce soir il regrettait de ne pas être resté au lit avec Sophie.

Quelle stupidité !

Sophie était la seule personne au monde qui l'avait toujours aimé pour ce qu'il était, même lorsqu'il était un gamin rebelle.

— On va se poser dans ce champ, indiqua le pilote.

Au moment de l'atterrissage, Roman prit son matériel médical ainsi que son équipement d'escalade. Griff, son collègue, et lui coururent vers le bord de la falaise.

— Roman ?

Sophie parut surprise de le voir, mais il fut certain de percevoir du soulagement dans ses yeux.

— Salut. Tu peux me dire ce qui est arrivé ?

Pour l'instant, il devait résister à l'envie de la prendre dans ses bras et se concentrer sur la descente qu'il allait devoir effectuer.

— Je n'ai pas vu l'accident, dit-elle, mais la voiture est passée à travers la barrière et elle est retenue par une saillie, un peu plus bas.

Je connais la conductrice, Kirstie. Je ne pense pas qu'elle soit blessée, mais elle est en train d'accoucher. Comment vas-tu la remonter, si le travail a commencé ?

— Une étape après l'autre. Il faut que je descende pour savoir comment procéder.

Sophie resta silencieuse pendant quelques secondes, puis elle redressa le menton.

— Je descends avec toi.

— Pas question ! Je n'ai pas le temps de t'aider et je ne veux pas que tu risques ta vie. Je vais y aller seul.

— Je ne te demande pas ton avis, Roman. Kirstie est ma patiente, elle est en train d'accoucher et elle a besoin de moi. Maintenant, montre-moi comment je dois m'y prendre.

— Elle a raison, Roman, intervint Griff. S'il y a des complications, il faudra une sage-femme qualifiée pour s'en occuper. Si nous nous mettons à deux pour coacher Sophie, elle s'en sortira.

Roman était déjà convaincu, mais cela ne lui plaisait pas du tout ! La priorité de Sophie était sa patiente, et il ne l'en aimait que plus.

Submergée par ses émotions, Sophie en avait presque le vertige. Ce n'était pas de très bon augure, si l'on considérait qu'elle allait être suspendue dans le vide quelques minutes plus tard. Elle avait peur pour Kirstie, pour le bébé, pour Roman et pour elle-même. En le revoyant, elle avait éprouvé un soulagement teinté de tristesse, mais comme toujours sa patiente passait en premier.

— Si tu es sûre de toi, on va t'équiper...

Roman se tut pour lui donner probablement une chance de revenir sur sa décision.

— Je suis sûre.

Elle se fiait à lui pour ce qui concernait la descente, tout comme Kirstie se fierait à elle, si elle devait accoucher dans ces circonstances. Ils n'auraient peut-être pas le temps de la transférer à l'hôpital avant la naissance, mais du moins la présence de sa sage-femme rassurerait la patiente. Les deux ambulanciers l'équipèrent, puis Roman en fit autant pour lui-même tout en criant à Kirstie qu'ils n'allaient pas tarder à arriver auprès d'elle. Sophie espérait seulement qu'elle n'allait pas s'affoler ni s'écraser au sol.

Roman tira sur son harnais et sur les cordes pour s'assurer qu'elle était en sécurité, puis il vérifia que son casque était bien fixé, alors même que Griff avait déjà effectué toutes ces vérifications.

— Tu es prête à le faire ?

Sophie déglutit et hocha la tête, malgré les hurlements de frayeur qui résonnaient dans sa tête.

Non !

Elle ne serait jamais prête à descendre le long d'une falaise.

— Très bien. On y va, dans ce cas.

Ils s'approchèrent du bord. Apparemment, il y avait quelque chose de plus terrifiant que l'escalade, c'était de descendre dans le noir. Malgré les torches, sur leurs casques, et le faisceau lumineux projeté par Griff depuis le sommet, elle allait s'immerger dans l'inconnu, ne voyant que ce qu'il y avait directement devant elle. Le vent sifflait à ses oreilles, et elle percevait le fracas des vagues. Un mouvement de travers, et elle mourrait comme ses parents.

— On ne va pas mourir ?

— Pas si je peux nous en empêcher.

Prenant une profonde inspiration, elle s'apprêta à s'exposer aux plus grands dangers de sa vie.

— Continue de me parler, s'il te plaît. Comme ça, je saurai que je ne suis pas seule.

Avec Roman à son côté, elle était plus encline à croire qu'elle pourrait se sortir de cette aventure. À l'idée qu'il faisait cela presque quotidiennement, elle ne pouvait que l'admirer, même si elle pensait qu'il était fou. Mais le monde avait besoin de gens aussi fous qui risquaient leur vie pour sauver celle des autres.

— Pas de problème, je suis là pour toi. Maintenant tu vas passer doucement de l'autre côté du bord et descendre en gardant les pieds contre la paroi.

À l'entendre, c'était facile, sauf si on envisageait un incident… Roman ouvrit la voie. Sophie ne le voyait plus, mais elle savait qu'il attendait qu'elle le suive. Elle n'avait pas le temps de réfléchir ni de se laisser submerger par la panique quand Kirstie était en train d'accoucher un peu plus bas.

Après quelques inspirations supplémentaires, elle suivit son guide, agrippée à la corde.

— On va y aller doucement, dit Roman. Rebondis contre la falaise, utilise ta corde de guidage.

Il lui fit une démonstration et entama la descente, les pieds contre la paroi, son corps formant contre elle un angle à quatre-vingt-dix degrés.

Sophie se concentra sur sa patiente et le bébé en train de venir au monde et qui avait besoin d'elle pour cela. Elle commença à descendre très lentement.

— Très bien, continue comme ça.

Le ton de Roman n'exprimait aucune impatience, juste de la fierté. Du coup, Sophie estima qu'elle pouvait faire des pas plus grands, certaine que ses pieds trouveraient la roche à chaque fois. La voyant progresser ainsi, Roman accentua le rythme. Désireuse de ne pas le ralentir, Sophie voulut l'imiter, mais son pied glissa, et elle heurta la falaise dont les arêtes aiguës déchirèrent ses vêtements et sa peau. Le choc lui fit lâcher la corde de guidage, et elle se mit à descendre à toute vitesse, ne sachant à quoi s'agripper.

— Attrape la corde et actionne le verrouillage, Sophie ! hurla Roman.

Le son était tout proche, et elle comprit qu'elle avait peu de temps pour réagir. Elle parvint à saisir la poignée et à stopper la descente. Pendant quelques secondes, elle se balança dans l'air, sa respiration haletante créant une buée blanche autour de son visage.

— Tu y es presque, dit Roman. Je vais te guider jusqu'en bas.

Il était à quelques mètres à peine, il l'encourageait, il la persuadait qu'elle pouvait y arriver. Tendant la main, Sophie sentit sous sa paume la paroi solide. Elle parvint à se coller contre elle, puis elle posa le front sur la surface glacée. Une fois calmée, elle entama la descente finale.

Roman l'attendait, et bientôt elle posa les pieds sur la roche. Tremblante, elle défit son harnais et se jeta dans ses bras dès qu'elle fut libérée. Peu importait qu'il l'ait abandonnée quelques heures plus tôt, elle avait besoin qu'il la tienne.

— Tu as réussi. Je suis fier de toi, Sophie, murmura-t-il en enfouissant le visage dans ses cheveux.

L'enveloppant de ses bras, il la serra contre sa poitrine comme s'il ne voulait plus jamais la laisser partir. Elle aurait bien voulu rester là sans bouger, mais quelqu'un avait besoin d'elle.

— Oui.

Cependant, elle n'y serait pas parvenue sans l'aide de Roman. S'écartant à regret de son ancre, elle parcourut des yeux la corniche.

— Kirstie ? On est là.

— Je suis dans la voiture ! répliqua la jeune femme avant de pousser un cri de douleur.

Grâce aux torches des casques, Sophie et Roman se dirigèrent avec précaution vers le véhicule. Kirstie était étendue sur la banquette arrière.

— Je dois m'assurer que la voiture est stable avant qu'on fasse quoi que ce soit d'autre, déclara Roman.

Tandis qu'il s'écartait, Sophie commença à examiner sa patiente.

— Comment ça va ? s'enquit-elle en se penchant dans la voiture pour vérifier si Kirstie n'était pas blessée.

La lampe intérieure éclairait faiblement, mais avec la torche Sophie put voir la poussière et le sang qui maculaient le visage de la jeune femme.

— J'ai envie de pousser, annonça cette dernière.

— D'accord. Je vais vérifier où vous en êtes.

Apparemment, les blessures étaient superficielles. Il s'agissait d'écorchures et de bleus, cependant le choc avait pu déclencher un bouleversement interne dont le bébé avait été victime, lui aussi.

À cet instant, Roman surgit pour la mettre au courant de la situation.

— Nous sommes assez loin du bord de la corniche pour rester stables. J'ai déconnecté la batterie pour prévenir un éventuel court-circuit et j'ai appelé l'hélicoptère par radio. Avec un peu de chance, on ne devrait pas attendre trop longtemps avant que Kirstie soit emmenée à l'hôpital.

— Ce sera peut-être trop tard. Je vais regarder où en est le travail.

Kirstie poussa un hurlement.

— Est-ce que vous pouvez remonter les genoux, Kirstie ?

Roman ouvrit le sac à dos médical qu'il avait descendu, et Sophie y prit une paire de gants chirurgicaux. Les conditions sanitaires n'étaient pas idéales, mais elle ferait du mieux qu'elle le pourrait pour prévenir tout risque d'infection pour la mère et l'enfant.

— D'accord, vous êtes complètement dilatée, Kirstie. Le bébé ne devrait plus tarder, maintenant. Roman, il faut que tu dises à tes collègues qu'ils ne viennent pas tout de suite. Nous n'irons nulle part tant que le petit chou ne sera pas là.

Pendant que Roman transmettait l'information, Sophie s'accroupit pour procéder à la naissance la plus extraordinaire qu'elle avait jamais vécue.

— Mais comment va-t-on partir d'ici ? s'inquiéta Kirstie.

Elle pleurait à moitié tout en cherchant à contrôler sa respiration. Ce n'était pas le moment de lui dire que son nouveau-né et elle seraient hissés à bord d'un hélicoptère.

— Faites-nous confiance, intervint Roman, qui revenait.

Il ajusta les sièges de façon que Sophie ait le maximum de place à l'arrière de la voiture. Il anticipait toujours les choses, ce qui était une qualité dans son métier, mais moins pour quelqu'un qui souhaitait avoir une relation avec lui.

— Mon sac de maternité est dans le coffre, lança soudain Kirstie.

Roman alla immédiatement le chercher.

— Je vous trouve très organisée, remarqua Sophie. À moins que le travail n'ait commencé quand vous êtes montée dans la voiture ce soir.

Kirstie était seule, car son petit ami n'était pas prêt pour la vie commune. Sophie songea que sur ce point elle avait de la chance de ne pas s'être retrouvée elle-même dans cette situation, quand Roman avait décidé qu'il ne voulait pas fonder une famille.

— J'ai un autre sac au travail, et encore un autre dans l'entrée, chez moi. Je ne voulais pas être prise au dépourvu.

Le rire de Kirstie fut interrompu par une autre contraction, mais Sophie se réjouit que son instinct maternel ait suscité autant de précautions. Le sac contenait des serviettes propres qu'elle put étendre sous la jeune femme. Il y avait des couches, des petites couvertures pour bébé, un nécessaire de toilette et des vêtements de rechange pour la mère et l'enfant. Tout était prévu pour épargner à la maman toute anxiété.

— D'accord, Kirstie, je vois la tête du bébé. À la prochaine contraction, je voudrais que vous poussiez. C'est ça !

Le miracle de la naissance ne cesserait jamais d'émerveiller Sophie. Elle sourit quand le bébé émergea grâce aux efforts de sa mère, qui poussa un dernier cri.

— Je sais que vous êtes épuisée, ma chérie, mais nous avons besoin que vous fassiez un effort supplémentaire.

Kirstie émit un rugissement puissant en poussant, et le bébé glissa entre les mains de Sophie.

— Toutes mes félicitations, maman. Vous avez une belle petite fille, dit-elle en clampant le cordon avant d'envelopper le nouveau-né dans l'une des couvertures.

— Je vais la nettoyer, déclara Roman, qui avait déjà sorti le coton et une bouteille d'eau.

Il prit le bébé des mains de Sophie. Ils observèrent tous les deux le petit être vagissant, avant d'échanger un regard chargé de quelque chose de poignant. La réminiscence de ce qu'ils auraient pu avoir ensemble si le passé ne leur avait pas laissé autant de cicatrices.

Roman se mit à bercer le nouveau-né, et ce fut un moment doux-amer pour Sophie. Il manifestait à cette minuscule étrangère une tendresse et une compassion qu'il n'avait pas eues pour elle ou pour lui-même. Cette scène lui brisait de nouveau le cœur. Le destin la poignardait une dernière fois.

— Je peux la prendre ? supplia la maman.

Rappelée à ses devoirs de sage-femme, Sophie se concentra sur sa patiente.

— Dès que j'en aurai fini avec vous. Le placenta doit être expulsé avant que vous soyez transportée à l'hôpital.

Lorsque les soins nécessaires furent terminés, le bébé fut placé contre la poitrine de sa mère.

— On a besoin de personne d'autre, nous deux, chuchota Kirstie à sa fille.

Sophie envia ce lien qu'elle ne connaîtrait sans doute jamais avec un autre humain, cet amour inconditionnel. Elle était vraisemblablement destinée à rester seule jusqu'à la fin de sa vie. Kirstie ne réalisait pas la chance qui était la sienne d'avoir une famille.

— Si nous sommes prêts, j'appelle mes collègues pour le transfert, déclara Roman. Inutile que tout ce petit monde reste dans le froid trop longtemps.

Sophie avait presque oublié que l'accouchement n'avait pas eu lieu dans une salle bien chauffée, mais sur une corniche à la fin du mois de novembre. Kirstie et le bébé étaient vulnérables, il fallait qu'on les installe le plus vite possible en lieu sûr.

Ils habillèrent la mère et l'enfant. Sophie essayait de ne pas trop penser à la façon dont ils allaient retrouver la terre ferme. Elle ne souhaitait pas effrayer Kirstie en laissant paraître sa peur. Mais la perspective de voir un nouveau-né hissé dans un hélicoptère n'était pas faite pour la réconforter.

L'appareil apparut enfin au-dessus d'eux, ses pales vrombissant dans le vent. Sophie n'aurait jamais imaginé connaître un jour une situation aussi dramatique, mais il allait bien falloir l'affronter. En tout cas, le bébé n'avait pas demandé à venir au monde de cette manière. Il était clair que le destin se moquait bien des plans et des précautions.

Les collègues de Roman descendirent grâce à des câbles et remontèrent la mère et l'enfant. Ce ne fut que lorsque l'hélicoptère disparut dans la nuit, plongeant Sophie et Roman dans une relative obscurité, qu'elle prit vraiment conscience qu'elle se tenait sur une corniche avec son ex en pleine nuit.

— Euh... comment est-on censés remonter ?

Il lui tendit l'équipement dont elle espérait s'être débarrassée pour toujours lorsqu'elle l'avait enlevé.

— On va parcourir le chemin en sens inverse, expliqua-t-il.

— Dis-moi que tu plaisantes !

Sophie leva les yeux et regarda la paroi aussi loin que sa torche le lui permettait. Le sommet semblait encore plus lointain qu'elle ne le pensait.

— Non, malheureusement. Ils n'ont ni le temps ni les ressources pour une nouvelle rotation. Quelqu'un viendra nous prendre en ambulance. Tu l'as déjà fait, et ce n'est pas plus difficile. Tu n'auras qu'à me suivre et à poser les pieds sur les mêmes points d'appui que moi.

Il présentait les choses comme s'ils allaient cueillir des plantes sauvages, non pas escalader la roche dans le noir.

— Fastoche, répliqua-t-elle avec un haussement d'épaules.

— Je sais que tu en es capable, Soph. Je t'ai vue descendre le long d'une falaise et mettre un bébé au monde. Tu es une vraie superwoman.

Mais cela ne suffisait pas pour le convaincre de rester avec elle…

— Ah bon ? En ce cas peux-tu préciser mes pouvoirs ? J'apprécierais vraiment une paire d'ailes ou une cape qui me permettrait de voler jusqu'en haut.

Ce n'était pas comme si elle avait eu le choix. Soit elle se lançait dans l'escalade, soit elle restait coincée là toute la nuit, et elle avait vraiment envie de retrouver son lit. Même si elle y était seule pour la première fois depuis des semaines.

— Tu as fait le plus dur, insista Roman.

Une fois qu'elle fut équipée et qu'il lui eut donné toutes les instructions nécessaires pour l'ascension, Sophie comprit qu'elle n'avait plus d'excuses pour retarder l'instant fatal.

Elle s'agrippa à la roche et trouva le premier point d'appui pour son pied, puis Roman la souleva pour l'aider à quitter le sol. Ce ne fut pas une montée facile, et elle prit deux fois plus de temps que la descente. La pluie fine qui tombait et lui brouillait la vue n'arrangeait rien, d'autant qu'elle rendait la paroi glissante. À plusieurs reprises, Sophie dérapa, et ses genoux heurtèrent la falaise, mais Roman était là à chaque étape, l'encourageant et la poussant parfois littéralement. Lorsqu'elle atteignit le sommet, elle tremblait de froid et d'épuisement.

Roman lui ôta son équipement, puis il la prit dans ses bras, lui prodiguant un peu de chaleur. Soudain, ce fut comme un tsunami… l'accouchement, l'adrénaline, la proximité de Roman alors qu'elle savait que ce serait la dernière fois. Elle craqua et se mit à sangloter contre sa poitrine.

— Tu t'en es bien tirée, Soph. Je suis vraiment fier de toi.

Cette gentillesse rendait les choses encore plus difficiles. Il avait de la chance qu'elle ne le pousse pas en bas de la falaise !

Lorsqu'on vint les chercher et que les phares de l'ambulance les éclairèrent, elle s'écarta très vite de lui. Ils grimpèrent dans le véhicule et furent enveloppés dans des couvertures de survie.

— J'imagine que tu veux rentrer chez toi, lâcha Roman.

Sophie pensa à sa maison vide et aux fantômes qui l'attendaient.

— Non. Je veux aller à l'hôpital, pour voir comment vont Kirstie et le bébé.

— Je m'en doutais, dit-il avec un petit sourire.

Elle fut agacée qu'il la connaisse mieux qu'elle se connaissait elle-même.

— Tu n'as pas besoin de m'attendre, répondit-elle. C'est ma patiente, et tu peux aller te reposer.

Il ne fallait surtout pas qu'il se sente obligé de rester avec elle. Il devait avoir hâte de la quitter, après le tournant inattendu qu'avait pris la soirée.

— Non. Je veux toujours voir mes patients après un transfert à l'hôpital, de façon à m'assurer que tout se passe bien.

Elle n'allait pas discuter.

Tandis que la voiture longeait la côte, Sophie appuya la tête contre la vitre et regarda les vagues lointaines qui continuaient de s'écraser contre les rochers comme si rien n'était arrivé ce soir. Tandis que ses paupières commençaient à tomber, elle se demanda si elle réussirait un jour à être aussi indifférente au monde que la mer.

8

Roman regardait Sophie dormir. Il avait énormément de choses à lui dire, mais elle avait besoin de repos après tout ce qu'elle venait de vivre. Elle avait affronté ses peurs, elle les avait ignorées pour le bien de sa patiente. Elle avait risqué sa vie, ce qui constituait un véritable exploit, étant donné la façon dont ses parents étaient morts.

Enfin, malgré leur rupture si récente, elle avait travaillé à son côté, toujours pour le bien de sa patiente.

Elle était mille fois plus courageuse que lui !

En réalité, il était lâche.

Lorsqu'ils parvinrent devant l'hôpital, il fut obligé de la secouer légèrement.

— On est arrivés, Sophie. Tu es certaine que tu ne ferais pas mieux de rentrer te coucher ? Je peux te téléphoner pour te dire comment ils vont, si tu changes d'avis.

— Non, dit-elle en se redressant. Je ne dormirai pas tant que je ne saurai pas que tout va bien.

Elle était pourtant visiblement épuisée, mais Roman ne voulait pas lui causer de l'embarras ni se disputer avec elle.

Il ouvrit la portière pour elle, et elle accepta de prendre sa main lorsqu'il lui proposa de l'aider à sortir du véhicule.

— Quand tu seras chez toi, tu devrais te préparer une boisson alcoolisée et prendre un bon bain pour détendre tes muscles.

— Je sais prendre soin de moi, merci, répliqua-t-elle en lui arrachant sa main.

Le dos très raide, elle s'approcha de l'accueil et demanda des nouvelles de ses patients.

— Oh ! vous êtes les deux personnes qui l'ont sauvée ? On vous considère comme des héros, ici, dit la jeune réceptionniste.

— On faisait juste notre travail. Maintenant si on pouvait la voir…

Sophie balaya les compliments comme elle avait balayé la sollicitude de Roman. Il la voyait reconstruire ses défenses brique après brique. C'était d'autant plus triste qu'elle avait été tellement épanouie et ouverte avec lui. C'était sa faute, puisqu'il lui avait laissé croire qu'ils pourraient avoir un avenir commun et avait attendu trop de temps pour la détromper.

Il passait sans cesse d'un poste à l'autre, d'une ville à l'autre ou d'une femme à l'autre. Évidemment, il n'avait jamais été aussi heureux qu'il l'avait été avec elle.

Mais tandis qu'elle le précédait, n'ayant visiblement aucune envie de l'attendre, il se demanda s'il était trop tard pour réparer son erreur.

Décidant de la laisser tranquille avant de lui présenter humblement ses excuses, il prit l'ascenseur et monta en cardiologie pour voir son père.

Sa mère était assise près du lit, la main de son époux dans la sienne.

— Bonjour, Roman.

— Comment te sens-tu, papa ?

Le vieil homme parvint à articuler un mot, derrière son masque.

— Endolori.

— Je m'en doute. Désolé si j'ai eu les mains un peu lourdes.

Les massages cardiaques avaient souvent pour conséquence des côtes contusionnées ou même fêlées. Mais on n'avait pas le choix lorsqu'il était urgent de rétablir la circulation du sang dans le corps.

— Tu as fait ce que tu devais pour sauver ton père, et nous t'en sommes très reconnaissants, dit sa mère d'une voix tremblante.

— J'ai seulement fait mon travail.

Roman espéra que ses parents allaient enfin comprendre combien il était important que des professionnels comme lui interviennent en cas d'urgence.

— Et Sophie ? Elle va bien ? Elle est adorable. Dis-lui combien nous nous excusons d'avoir été aussi désagréables avec elle.

Roman pouvait imaginer l'attitude méprisante de ses parents envers Sophie. Elle ne méritait pourtant pas d'être traitée ainsi, alors qu'elle voulait seulement arranger les choses entre eux. Une fois de plus elle était l'innocente victime des conséquences de sa vie personnelle désastreuse.

— Sophie va bien. C'était l'une de ses patientes qui avait des ennuis. Qu'est-ce que vous lui avez dit ?

— Tu connais ton père. Il n'était pas de très bonne humeur et il n'aime pas qu'on lui dicte sa conduite.

Ce n'était pas la première fois que sa mère tentait d'excuser le comportement de son mari. Trop souvent, elle avait été sa complice quand il s'en prenait à Roman. Parfois, même, elle en rajoutait.

— Ce n'est pas une raison pour vous montrer grossiers envers la femme que j'aime. Je me moque bien de ce que vous pensez de moi mais, s'il vous plaît, ne vous adressez jamais à elle comme vous l'avez fait avec moi.

Roman avait conscience qu'il venait d'avouer son amour pour Sophie, mais qu'il ne s'était pas confié à la bonne personne. Sophie méritait de l'entendre la première, même si elle le repoussait.

— On est désolés, fils, répéta sa mère.

C'était bien la première fois qu'elle exprimait un regret quelconque ! Était-ce parce que son mari avait frôlé la mort, ce qui les amenait à reconsidérer leur comportement passé ?

— Tu as été extraordinaire, cette nuit, ajouta son père, et le personnel nous a parlé de tes nombreuses interventions dans d'autres urgences. Il est clair que tu es très populaire, ici.

Malgré sa situation inconfortable, son père faisait son possible pour s'excuser.

Roman avait envisagé de nombreux scénarios, pour leurs retrouvailles, mais jamais il n'avait imaginé que cela se passerait de cette façon. Ses parents semblaient... presque humains.

— Et respecté, intervint sa mère.

— Il faut que tu te reposes, papa. Cette discussion peut attendre.

Pour l'instant, il préférait ne pas gaspiller sa propre énergie. Après avoir espéré cette conversation pendant des années, il n'était pas à quelques jours près. Sauf que son père, avec son entêtement habituel, balayait son objection.

— Je sais que nous n'avons jamais été d'accord, dit-il.

Roman émit un rire amer. C'était vraiment l'euphémisme du siècle !

— Et cela continuera sans doute sur un certain nombre de sujets, poursuivit son père, mais en cette occasion je crois pouvoir affirmer que nous avions tort.

Les excuses d'Edward Callahan furent confirmées par un hochement de tête de son épouse. Roman ne put que leur opposer un silence incrédule.

— Nous aurions préféré que tu entres dans l'entreprise familiale comme tes frères, mais nous sommes néanmoins fiers de ton choix de carrière.

Roman sentit un reste de rancune dans les paroles de son père, mais il n'en demeurait pas moins qu'il lui tendait le rameau d'olivier. C'était plus que ce qu'il avait jamais offert à son fils.

Sans l'intervention de Sophie, il n'aurait pas rendu visite à ses parents. Cet infarctus les avait amenés à plus de raison, mais c'était grâce à elle.

Dans son métier, Roman avait appris que la vie était trop courte pour qu'on la gaspille dans de vaines rancunes.

— Sache que Sophie sera une partenaire idéale pour toi. Elle est aussi passionnée et têtue que toi, mais son cœur est à la bonne place.

— Merci.

Mille pensées tourbillonnaient dans l'esprit de Roman. Cette discussion impliquait-elle qu'il n'avait pas déçu ses parents, finalement ? Qu'il n'était pas le bon à rien de fils qu'on lui avait dit être pendant toutes ces années ? L'entêtement et la passion étaient-ils des qualités à leurs yeux, au bout du compte ?

— J'espère qu'on la reverra bientôt, enchaîna sa mère. Vous pourriez peut-être venir dîner chez nous un soir, quand ton père ira mieux ?

Elle s'efforçait visiblement de rétablir un lien détruit pendant des années. C'était peut-être trop tard, de vieilles querelles pouvaient renaître dans leurs têtes. Mais Sophie lui avait appris que parfois il fallait prendre les choses comme elles venaient, même si on avait peur, et espérer le meilleur.

— Nous verrons. Il faut d'abord que j'en parle à Sophie.

Il avait bien d'autres sujets à aborder avec elle, du moins si elle acceptait de l'écouter. Elle était plus que capable de continuer sa vie sans lui, ainsi qu'elle le lui avait déjà prouvé.

— Nous voulions seulement te dire combien nous sommes désolés et que nous sommes fiers de toi, fils.

Roman savait exactement combien il était difficile à son père d'admettre avoir eu tort. Mais il n'était pas en reste, car il avait fait des erreurs avec Sophie. Elle était bien plus importante pour lui que la victoire qu'il venait de remporter avec ses parents.

— Merci, dit-il. Maintenant, repose-toi. Je passerai plus tard, mais je dois voir Sophie.

Sophie passa la tête derrière le rideau. Kirstie était assise sur son lit, son bébé dans les bras. À la voir, on n'aurait jamais deviné qu'elle venait de vivre un accouchement traumatisant.

— Bonjour. Comment allez-vous, toutes les deux ?

— Très bien, grâce à vous et à votre collègue.

— Roman.

— Il est avec vous ?

— Il l'était…

Elle aurait aimé qu'il se joigne à elle, maintenant. Peut-être attendait-il qu'elle soit partie pour rendre visite à son tour à Kirstie. De cette façon, il évitait de créer tout embarras supplémentaire entre eux. Après tout, il ne lui avait signifié leur rupture que depuis quelques heures.

C'était douloureux. Travailler avec Roman lui avait rappelé toutes les raisons pour lesquelles elle l'aimait. Ses encouragements, sa patience vis-à-vis d'elle pendant la descente et l'ascension, la délicatesse avec laquelle il tenait le bébé et le courage dont il faisait preuve chaque jour dans son métier.

Le seul problème, c'était qu'il ne l'aimait pas.

— Peut-être viendra-t-il nous voir plus tard, dit Kirstie. Je voulais juste vous remercier tous les deux. J'ose à peine penser à ce qui se serait passé si vous n'étiez pas venus à mon secours.

Tout en parlant, Kirstie serra son bébé sur son cœur.

— En tout cas, j'espère que vous ne garderez pas un trop mauvais souvenir de votre accouchement.

Parfois une naissance difficile incitait les femmes à ne plus avoir d'enfants, ou bien elles avaient du mal à établir un lien avec le bébé. Par bonheur, il était clair que Kirstie adorait sa petite fille.

— Pas du tout. Je me dis au contraire que nous sommes capables de surmonter n'importe quel obstacle, à nous deux. C'est une survivante, comme moi.

— Je suis sûre que vous allez faire une grande équipe, toutes les deux.

Sophie s'apprêtait à partir, quand le bébé commença à pleurnicher.

— Je crois que quelqu'un a faim, remarqua la jeune maman.

— J'allais justement vous quitter, Kirstie. Je vous rendrai visite à domicile dès que vous serez chez vous. Bonne nuit.

Les larmes montèrent aux yeux de Sophie... Jamais elle ne connaîtrait ce bonheur.

La malchance voulut que Roman vienne vers elle juste à cet instant et soit le témoin de son auto-apitoiement. C'était vraiment injuste, si l'on considérait qu'elle avait tenu bon pendant toute la nuit.

— Kirstie est en train de nourrir son bébé, dit-elle. Je rentre chez moi.

Espérant qu'il n'avait pas vu qu'elle pleurait, elle baissa la tête et s'éloigna.

— Attends ! dit-il en se précipitant à ses trousses.

Tenter de l'ignorer aurait été une attitude puérile. Elle s'arrêta, non sans lâcher un soupir exaspéré.

— Quoi ?

— Il faut qu'on parle.

— Je ne vois pas ce qu'on a à se dire, Roman. Tu ne veux pas être avec moi, point barre. Qu'est-ce qu'il faudrait ajouter ?

— Ne sois pas comme ça, Soph.

— Qu'est-ce que ça veut dire, « comme ça » ? Nous ne sommes pas ensemble, nous ne l'avons jamais été vraiment, tu me l'as fait clairement comprendre.

— Tu veux bien cesser de ruminer pour m'écouter ?

La prenant par le bras, Roman l'entraîna dans un box vide.

— Tu sais que le personnel en a certainement besoin pour un patient. Je ne vois pas pourquoi...

— Je suis allé voir mes parents, un peu plus tôt.

Apparemment la curiosité l'emporta sur la colère chez Sophie.

— Comment ça s'est passé ?

— Pas trop bien. Mon père a fait un infarctus.

— Oh ! Roman ! Je suis navrée.

— Il est sorti d'affaire. J'ai réussi à le réanimer, et il est ici, à l'hôpital.

— J'imagine qu'ils se rendent compte de leur chance que tu aies été là, mais je suis désolée que tu aies subi une telle épreuve.

— Eh bien... je crois que cela leur a permis de prendre un peu de recul par rapport à nos mésententes passées. En tout cas, on a pu parler. À ce propos, ils ont dit être désolés de la façon dont ils t'ont accueillie et aussi... qu'ils étaient fiers de moi.

C'était difficile à croire. L'étonnement de Sophie devait être visible, car Roman continua :

— Je sais... je pense qu'en frôlant la mort mon père a réfléchi à ses choix de vie. Quant à ma mère, elle a peut-être réalisé que si elle le perdait elle n'aurait plus personne pour la soutenir, ici. Je ne sais pas où tout cela nous mènera, mais ils font des efforts, apparemment. Évidemment, comme mon père était dans les vapes, je ne suis pas sûr qu'il s'en souviendra.

— Ta mère le lui rappellera s'il le faut. Je suis contente qu'ils reconnaissent enfin tes talents.

Sophie se réjouissait que quelque chose de bon sorte de tout ce gâchis, finalement, mais cela ne changeait rien pour elle. Même si Roman décidait de s'installer définitivement à Carey Cove et se réconciliait avec ses parents, il ne le ferait pas pour elle.

— Les gens font des erreurs, ils disent des choses qu'ils ne pensent pas.

— Cela ne rend pas les paroles moins douloureuses.

— Non, mais des excuses et une seconde chance peuvent changer la donne des deux côtés.

— Sans doute.

Sophie ne comprenait pas pourquoi il lui disait tout cela. Ce qui arrivait entre lui et ses parents ne la regardait pas, comme il le lui avait bien fait comprendre.

— Je veux te demander pardon, moi aussi. Pour ce que je t'ai dit et pour mon manque d'honnêteté à ton égard. Je suis désolé. J'avais trop peur que tu t'aperçoives que je ne valais pas le coup sur le long terme et que tu ne puisses envisager l'avenir avec moi.

— Et maintenant ? Qu'est-ce que tu es en train de me dire, Roman ?

Cette conversation n'avait aucun sens.

Il émit un son étranglé.

— Tu dois me pardonner. Je n'ai jamais demandé à personne de me reprendre, pas plus que je ne sais dire aux gens que j'aime que je les aime.

Le cœur de Sophie battit plus vite.

— Que je sache, tu ne m'as pas demandé de te reprendre et tu ne m'as pas dit que tu m'aimais. Il me semble que je m'en souviendrais, vu que ce sont des mots que j'attends depuis des siècles.

Partagée entre l'espoir et la peur d'être la victime d'une plaisanterie cruelle, Sophie retint son souffle.

Roman lui prit la main.

— Je t'aime. Est-ce que tu veux bien me reprendre ?

— Je ne veux pas gâcher cet instant, mais pourquoi ? Il y a quelques heures, tu me disais exactement le contraire, et maintenant je suis censée croire que c'est vraiment ce que tu veux ? Qu'est-ce qui t'est arrivé pour que tu changes d'avis ? Du moins… si l'on excepte une expérience dangereuse sur une falaise.

Peut-être arrivait-il à Roman la même chose qu'à son père. Ayant pris conscience qu'il n'était pas immortel, il décidait que le célibat ne lui convenait plus par peur de la solitude. Elle avait beau vouloir Roman dans sa vie, elle n'accepterait rien de moins que le véritable amour et l'engagement. Son pauvre cœur ne pourrait pas supporter de nouvelles promesses trompeuses.

— Ce n'est pas à cause de ce qui nous est arrivé ce soir. Enfin si, dans un sens. Cela m'a rappelé quelle femme extraordinaire tu es, mais ça n'a rien changé sur le fond. Je t'ai toujours aimée et j'ai toujours voulu être avec toi, mais j'avais peur de voir dans tes yeux la même déception que dans ceux de mes parents, quand tu réaliserais que je ne correspondais pas à tes idéaux.

— Mais je n'ai jamais…

— Tu ne m'as jamais rien demandé, je sais. Mais au fond de moi je ressentais une attente de ta part. Il fallait que je sois tout ce que tes parents n'avaient pas été. Je sais que j'ai été idiot, mais si tu parvenais à me pardonner on pourrait peut-être essayer à nouveau.

— Tu me donnes le vertige, avec tes volte-face !

Comment croire qu'il lui disait maintenant la vérité, alors qu'elle souffrait encore de leur rupture ?

— J'ai toujours voulu être avec toi, mais ce que nous avions ensemble était si bon que cela me faisait peur. Je craignais que nous soyons incapables de soutenir ce rythme au-delà de Noël. Et aussi de ne pas être la personne qui puisse te rendre heureuse. Dans ma logique tordue, te quitter pour que tu sois heureuse avait un sens.

Maintenant que Roman lui avait expliqué son comportement, l'espoir fleurissait dans le cœur de Sophie. Tout n'était peut-être pas perdu, finalement.

— Comment peux-tu être aussi stupide ? Ton départ ne peut sûrement pas me rendre heureuse.

Elle entoura la taille de Roman de ses bras et se blottit contre lui pour lui rappeler combien ils étaient bien ensemble.

— Dans mon esprit, si. Il faut peut-être que je cesse d'anticiper ce qui peut arriver pour me concentrer sur le présent.

Roman posa sur Sophie un regard tendre. Cependant, pour qu'elle puisse envisager l'avenir avec lui, il devait être capable de s'engager… quelque chose qu'il fuyait depuis dix ans.

— Dis-moi ce que tu veux, Roman.

— Toi.

— Bonne réponse.

— Apparemment, tu as fait très bonne impression à mes parents.

— Je m'en réjouis, répliqua-t-elle avec un brin de sarcasme.

— Ce qui m'a laissé penser que peut être je pourrais être pour toi un partenaire sur le long terme. Qu'est-ce que tu dirais de te marier, Soph ? lança Roman avec un sourire en coin.

Était-il sérieux ?

— Même si j'attendais cet instant depuis longtemps, je n'espérais pas une demande en mariage, répondit-elle, le cœur battant.

Elle inspira lentement pour tenter de calmer son rythme cardiaque. Elle devait garder les pieds sur terre, quand l'histoire se muait en conte de fées.

Roman fronça les sourcils.

— Ça veut dire non ?

— Roman, je ne veux pas que tu m'épouses parce que tu crois que c'est ce que je veux ou ce que tes parents veulent. Il faut que cela vienne de ton cœur. Je ne pourrais pas supporter que tu changes d'avis et me laisses tomber quelque part sur la route. Je préfère rester seule qu'être avec toi si tu ne m'aimes pas. J'ai besoin de savoir si tu parles sérieusement.

— Absolument. Je t'ai dit que je t'aime. Je t'ai toujours aimée et je t'aimerai toujours, Sophie. J'étais prêt à m'engager envers toi avant cette descente le long de la falaise parce que tu me manquais déjà trop. Quand j'ai vu avec quel courage tu surmontais tes craintes, ma résolution n'en a été que plus forte. Comme je te l'ai dit, la seule raison pour laquelle je ne voulais pas rester avec toi, c'est parce que je craignais de te faire du mal. Que mes parents soient fiers de moi, dorénavant, c'est juste la cerise sur le gâteau. Mais nous pouvons attendre aussi longtemps que tu le souhaites ou même retarder notre mariage, si je dois d'abord faire mes preuves. Je veux juste que tu saches que je t'appartiens pour toujours.

À mesure qu'elle l'entendait prononcer les mots qu'elle avait toujours espérés, Sophie comprenait qu'il ne s'agissait pas d'un coup de tête. Roman ne lui avait jamais promis quelque chose qu'il ne voulait pas donner. Maintenant, c'était à son tour d'être courageuse et de croire qu'en effet ils pourraient vivre ensemble pour le reste de leur vie.

— Tu n'as rien à me prouver, Roman. J'ai confiance en toi.

— En ce cas, Sophie French, me ferez-vous l'honneur de devenir ma femme ?

Roman mit un genou à terre et, en dépit de l'environnement stérile et de l'odeur de désinfectant, Sophie pensa qu'elle vivait le moment le plus romantique de son existence.

— Oui, Roman Callahan, j'accepte de vous épouser.

Épilogue

Trois ans plus tard

Sophie s'installa à l'avant de la voiture et adressa un signe d'adieu à Pénélope et à Edward, qui rentraient dans leur maison.

— Waouh ! Je suis contente que ce soit fini. N'y vois aucune offense, Roman, mais je supporte ta famille à petites doses, surtout le jour de Noël. Je n'ai qu'une envie : rentrer chez nous et glander devant la télévision, pour une fois.

Roman fixa la ceinture de sécurité de Freddie, à l'arrière, puis il se glissa derrière le volant.

— Maintenant, tu sais pourquoi je préférais passer du temps chez ta grand-mère, quand j'étais plus jeune.

Elle le comprenait très bien. Au fond, les parents de Roman étaient de braves gens, mais ni elle ni Roman ne parvenaient à se détendre en leur présence. Lui et son père se disputaient à propos de n'importe quoi, aujourd'hui parce qu'ils avaient permis à Freddie d'ouvrir ses cadeaux avant d'aller à l'église. Chez les Callahan, on devait attendre le retour du service. Mais Roman avait été ferme sur ce point : leur tradition familiale était complètement différente. Ils n'allaient pas gâcher le plaisir de leur fils le matin de Noël. S'ils étaient honnêtes, Sophie était certaine que Roman et elle étaient tout aussi excités que lui de le voir ouvrir ses cadeaux sous le sapin, même si à dix-huit mois il n'était pas tout à fait conscient de ce qui se passait.

Pénélope et Edward adoraient visiblement leur petit-fils, et c'était réciproque. L'enfant leur montrait son affection avec des baisers mouillés, et ils ne se plaignaient même pas quand il posait ses mains collantes sur leurs vêtements de prix.

— Les garçons seront toujours des garçons, avait coutume de dire Edward.

Et chaque fois Roman levait les yeux au ciel, mais il se réjouissait qu'ils soient meilleurs grands-parents que parents.

Quand ils leur rendaient visite, Sophie était sur des charbons ardents à l'idée que Freddie, lâché dans un si grand espace, puisse faire des bêtises ou causer des catastrophes. Comme toujours, Roman l'apaisait. Leur fils ne faisait qu'explorer le monde, et on ne pouvait pas le surveiller à chaque seconde.

Mais ils étaient bien plus heureux chez eux. Le plus souvent, il y régnait un grand désordre, mais leur petite maison était remplie d'amour.

— Tu es certaine que ça ne t'ennuie pas que je parte en randonnée sans toi, la semaine prochaine ? demanda Roman. Je peux annuler, si tu préfères que je sois là le soir du nouvel an.

— Pas de problème, tant que tu es prudent.

Sophie s'inquiétait toujours quand Roman partait vivre des aventures, mais elle acceptait que l'amour de sa vie soit ce qu'il était. D'ailleurs, il se rattrapait systématiquement en lui proposant des vacances au soleil. Après leur mariage, deux ans et demi auparavant, ils avaient passé une quinzaine de jours aux Bahamas. Pendant ce séjour, il l'avait persuadée de faire de la plongée sous-marine avec lui.

Roman porta la main de Sophie à ses lèvres.

— Je serai prudent. J'ai trop à perdre.

— Je t'aurais bien accompagné, mais…

Sophie désigna son ventre du menton. Il s'était considérablement arrondi, ces temps-ci. Même ses doigts avaient enflé, et elle avait dû retirer son alliance et la bague de fiançailles qui avait appartenu à la grand-mère de Roman. Penny Callahan l'avait gardée pour son petit-fils prodigue, au cas où il reviendrait à la maison. Sophie l'adorait, ainsi que l'alliance qu'ils avaient achetée à Paris lors d'un voyage romantique.

— L'année prochaine, on devrait peut-être faire le réveillon chez nous… pour inaugurer de nouvelles traditions dans la famille Callahan, suggéra Roman.

— C'est une très bonne idée, d'autant que nous aurons deux jeunes enfants à gérer.

Sophie imagina le matin de Noël dans leur maisonnette emplie de chaos, de jouets et d'amour.

Exactement ce qu'elle avait toujours souhaité.

Vous avez aimé ces romans ?
Découvrez la suite de votre série « Sages-femmes de Carey Cove »
dès le mois de décembre dans votre collection Blanche !